JN194274

終わりなき探求

Pearl S. Buck
The Eternal Wonder

パール・S・バック　著
戸田章子　訳

国書刊行会

パール・S・バック

終わりなき探求

戸田　章子　訳

PEARL S. BUCK
THE ETERNAL WONDER

THE ETERNAL WONDER
by Pearl S. Buck
Copyright © 2013 by the Pearl S. Buck Family Trust
Japanese translation rights arranged with the Pearl S. Buck Family Trust
c/o Inkwell Management, LLC, New York
through Tuttle-Mori Agency, Inc., Tokyo

序文

母パール・バックによるこの小説は、彼女が一九七三年三月六日、バーモント州ダンビーで、八十歳で亡くなるまえの数年間に執筆していたものである。母の晩年は混沌としていた。財産を狙う人びとが、彼女を家族、友人、仕事上の関係者、編集者たちから引き離した。母は経済的に破綻同然だった。私を含む七人の養子は母の所有物に一切触れることができないでいた。本書の手書きおよびタイプ打ち原稿は何者かに持ち去られて四十年間行方がわからなくなっていた。

母が亡くなったあと、私は兄弟姉妹とともに残された母の著作物や遺産の回収に取り組み、数年がかりでそれをやり遂げた。私はパール・バックの遺著管理者になった。だが、家族が管理するようになる以前に、彼女の個人文書、書簡類、自筆原稿、および所有物などの多くが姿を消していた。遺作の存在について、家族はまったく知らされていなかった。そのほかに持ち去られていたものは、母の死後に家族が回収した。二〇〇七年に、パール・バックのもっとも有名な小説『大地』が執筆された当時の原稿が見つかった。一九六〇年代半ばに、元秘書が盗んで秘匿していたのである。

二〇一二年十二月に、テキサス在住の女性がフォートワースの貸倉庫に預けられていた荷物を買い取ったことを聞き知った。その時点まで倉庫の使用料の支払いはなく、法律上、倉庫会社は中味を競売にかけて処分することができたのである。買主が中味を確認したところ、ほかのものに混じってパール・バックの小説の手書き原稿とおぼしきものが見つかった。三百枚を超える原稿には、タイプ打ち原稿が添えられていた。女性は原稿を売る意向を示し、交渉の末にわれわれ家族が買い取った。

本書の原稿がいつ誰によってバーモント州のダンビーから持ち出され、どのようにテキサス州フォートワースの貸倉庫にたどりついたのかは未だ不明である。

母は、一八九二年六月二十六日、ウエストバージニア州ヒルスボローにて、アブサロムと妻キャロラインの子として生を受けた。父は長老派の宣教師で、妻キャロラインとともに一八八〇年に初めて中国に赴任した。十年おきに一時帰国をゆるされ、最初の米国滞在中にパールが誕生した。一八九二年十一月に一家は中国に戻った。一九〇一年八月にパールは両親とともにふたたびアメリカに一時帰国し、一九〇二年八月まで滞在する。その後、大学生活を送るために一九一〇年から一九一四年にかけてと、コーネル大学で文学修士号を取得するために一九二五年から一九二六年まで帰国することになる。永住目的でアメリカに帰国したのは一九三四年である。つまりその前半生の四十年近く、彼女にとっての祖国は中国であった。

　彼女は中国の土地と人と文化を熟知していた。一九一七年に農業技術宣教師のジョン・ロッシング・バックと結婚し、夫の任地である中国の田舎に赴いた。パールはこの地で中国の農民の生活、家族、そして文化への洞察をふかめた。このときに得た知識は、『大地』のなかにみてとれる。バック一家は一九二一年に南京に移り、夫婦ともに南京大学で講義をした。

　パールは子供の頃から作家志望を自認していた。少女時代に書いた文章が数回、英字新聞の上海マーキュリー紙に掲載されているし、ランドルフ・メイコン女子大学在学中に小説や戯曲を書いて賞を獲得しており、ファイ・ベータ・カッパ（卒業生名士会）の一員にも選ばれている。

　一九二〇年代末には初めての小説『東の風、西の風』を著した。母はニューヨークの著作権代理人に原稿を送り、代理人は数多くの出版社にかけあって出版を断られた。主たる理由は、小説が中国を題材としている点であった。一九二九年に、ジョン・デイ出版社の社長、リチャード・ウォルシュがパールの仕事を引き受け、一九三〇年に出版した。

　ウォルシュは彼女に書き続けるよう勧めた。第二作は『大地』で、一九三一年に出版された。『大地』は一躍ベストセラーになり、彼女は有名になり、経済的にも潤った。この時期、リチャード・ウォルシュと恋愛をし、夫ロッシング・バックとは一九三五年に離婚、先妻ルビーと離婚していたウォルシュと同年再婚した。編集主幹であり発行人のウォルシュと、作家であるバックの著述業どうしの結びつきは、実り多く、成功だった。一九六三年に亡くなるまで、ウォルシュはバックの全作品の編集と出版をてがけた。

私の養父母のパール・バックとリチャード・ウォルシュはペンシルベニア州バックス郡に我が家を構えた。夫婦はニューヨークにもマンションを持ち、そこをジョン・デイ出版社の事務所とした。結婚したとき、パールには二人の子供がいた。重度の障害をもってうまれた実子キャロルと、養女のジャニスである。ウォルシュには先妻とのあいだに成人した子供が三人おり、いずれも父親と同居していなかった。

あらたな結婚と家を得て、ウォルシュ夫妻はさらに養子養女を迎えることにした。一九三六年の初めに、二人の男の赤ちゃん、さらに十四か月後には男の幼児（私）と女の子を養子にした。一九五〇年代に入り、こんどは思春期の女の子二人を迎えた。家族の生活はパールがグリーン・ヒルズ・ファームと名づけた農場で営まれた。五〇〇エーカー近くある広大な土地に建つ、元農家を住み心地よく増改築した住居に一家は暮らし、いくつかの農場で家畜や作物を育て、農場管理や農作業をする人たちが働いていた。一九三五年このかた、バーモントで送った生涯最後の三年間を除き、パール・バックはここグリーン・ヒルズ・ファームに住んで仕事をした。

一九三八年にバックはノーベル文学賞を授与された。作家にとっての最高峰の名誉とみなされる賞の受賞対象となったのはバックの一連の作品であった。その時点までの著作物は、小説が七作、伝記が二作、そしてエッセイや記事が含まれる。多くの批評家は四十六歳のバックが受賞するには若すぎると感じ、また彼女の作品は「文学的」ではなく、受賞作としてあまりにも「読みやすく」、「大衆的である」と指摘した。

そうした批評にもかかわらず、賞はバックにとって、優れた作家であると認められたことの証しであり、妬む者は無視すればよく、自分はただ座って好きなことをすればよいと確信した――小説を書くのだ！　彼女が生涯を終えたとき、その作品は小説四十二、ノンフィクション二十八、短編二四二、児童文学三十七、映画・テレビの脚本十八、舞台・ミュージカルの脚本数本、記事・エッセイの類五八〇本、そして書簡類が数千通にのぼった。

母がノーベル賞を受賞したとき、私は一歳半だった。両親が抱いたはずの高揚感はまったく覚えていない。当時の思い出といえるものは、授賞式の後で母がスウェーデンから送ってくれた、今では年季の入った絵葉書だけである。

一九三〇年代末から一九四〇年代にかけて、グリーン・ヒルズ・ファームでの日々の暮らしは、平穏な、家族だけの守られた生活だった。一九三一年九月に日本が満洲を攻撃し、それがひきがねとなってやがて日中戦争が勃発し、ついには米国は対日戦争への道をたどることになるが、ペンシルベニア郊外の平穏な生活に戦争の影響が及ぶことはなかった。一九四一年十二月に、わが国が日本とドイツを相手に参戦したとき、戦争は遠い国のできごとだった。ニュージャージー州のアイランド・ビーチの別荘は、すぐ沖合で魚雷に撃沈された油槽船から燃料油が漏れ出て、海岸が黒一色に覆われ、ひきあげねばならなかったが。

爆撃や戦地を遠く離れて、パール・バックは中国の国民と軍隊への軍事ならびに人道支援の擁護を断固として訴えた。祖国の国民が旧日本軍と死闘を繰り広げるさなか、しばしばペンをとり、日本の国民は罪深い国家の上層部によって戦争の災禍に追い込まれたことを理解しなければならないと記事に書いている。二十一世紀の今、中国政府と国民は第二次世界大戦中のパール・バックの救済活動にたいして、その功績を称えている。一方で、日本を舞台にした彼女の著書は良識ある日本国民の人間性と文化を伝えている。

子供の頃、私の家は本で溢れていた。父親は、自分がてがけた作家たちの著書を家に持ち帰ってきたし、本の宣伝になるようなひと言をもらおうと、同業者が母に新刊本を送ってきた。じつに興味深い男女が訪ねてきた。アフリカ人、中国人、ヨーロッパ人、そしてインド人。作家、知識人、外交官、また、時には政治家もいた。一番よくおぼえているのは、作家の林語堂（Lin Yutang）夫妻と三人の美しい娘たち、そして著名な水彩画家の程及（Chen Chi）は、わが家に滞在中、家の絵を何枚か描いている。駐米インド大使や、インドの首相ネルーの妹ヴィジャヤ・ラクシュミー・パンディット（Vijaya Lakshmi Pandit）とその娘たちも頻繁に訪れた。近隣住民にはオスカー・ハマースタイン、ジェームズ・ミッチェナー、デイビッド・バーピー、そしてペンシルベニア州ニューホープの芸術家村の人々がいた。

本館から別棟につづく通路の観音開きのガラス扉の先に、部屋が三つあった。両親各自の仕事部屋と、それぞれの秘書の事務所だった。母の仕事部屋にはデスクと暖炉、くつろげる椅子がおかれ、大きな窓からは庭のバラ園やスイレンの浮かぶ池やガーンジー種の牛が草をはむ農場を見晴らせた。遠くには石造りの三連のアーチ橋がみえ、その上を公道が走っていた。

バックス郡ののどかな田園に囲まれて、パール・バックは盛んに執筆に励んだ。

一九三八年にノーベル賞の授賞式参列のためスウェーデンを訪問して以降、一九五〇年代末まで、国外に旅行することはなかった。彼女は家庭を経営し、スタッフと子供たちの管理をぬかりなく行った。毎日午前中の四時間を執筆にあて、午後は読者からのファンレターへの返信と、事務処理に費やされた。いつでも子供たちの宿題やピアノの練習をみてやる時間をとり、子供たちに最大限の力を発揮させてくれた。母は怠惰を忌み嫌った。十九世紀末から二十世紀初頭にかけて中国で暮らし、大多数の中国人の暮らしに蔓延する貧困を知った母には、ただ懸命に働くことでしか、豊かな暮らしは得られないという考えが身についていた。

二〇一三年一月四日に、本書の手書き原稿とタイプ打ち原稿が手許に届いた。テキサスから届いた包みを解くと、見慣れた母の文字が目に入った。タイプ打ち原稿とつきあわせながら物語を目で追った。明らかに母の作品だった。そうに違いないが、通読した原稿は編集作業が必要だとみてとれた。タイプをした人間が誰なのかはわからないが、手稿をタイプで打ち直したときに、改変が加えられたことは明らかだった。タイプをした者が誰であったにせよ、手書きの原稿の何か所かを読み間違えていたし、一方、母はいつもの速さで書いており、物語の時系列や場面転換において、随所に誤りがあった。母が生きていたら、一部を書き換えただろうし、結末を書き足すか、一部変更するかしただろう。

パール・バックの電子書籍の出版社であるオープン・ロード・インテグレーテッド・メディアから初校をもらったとき、いったん自分で目を通し、出版社と共同で内容の不備をできる限り整え、一方、作品に手を加えるのは最小限にとどめた。その際、私の知り得る母の文章と父の編集に対して忠実でいることを指針とした。

この本を読んでいて、母の沢山の著書や物語のなかでしばしば使われていた手法に気づいて面白かった。母は、興味深い経験をしたり、特別な場所に行ったり、魅力的な人物に会ったりすると、そういった出来事や場所や人間を、物語のどこかに投入するのだった。ほかにも、こまごまとした日常茶飯事を採用することもあった。主人公の成長を追う物語の途中で、ある日少年ランドルフ（ラン）が母親と二人で自宅にいる場面がある。

彼は犬をガレージに入れると、キッチンに戻り、料理をする母親のそばに腰を下ろした。「二人ともなにも入らないわね」彼女は言った。「でも、ジンジャーブレッドを焼いて、おまえの好きな甘いソースを作るわ」

母の手作りのジンジャーブレッドと特製の甘いソースはおいしくて有名だった。子供たちの大好物で、毎回楽しみにしていたものである。

また、別のときには十代のランが英国に船で旅をするくだりがある。船上で彼は美しい貴族の未亡人で年上の女性に出逢う。二人が英国に着くと、未亡人はランをロンドン郊外の貴族の邸宅に滞在するよう誘う。母と私は一九五九年にロンドン北部の城に招かれたことがある。本に出てくるのはそのときの城である。

この本を出版することは、その欠点にもかかわらず、重要だと考えている。出版社のオープン・ロード・インテグレーテッド・メディアのＣＥＯ、ジェーン・フリードマンに原稿を渡しに行ったとき、彼女も出版に賛成してくれた。ジェーンとスタッフによる惜しみない努力の結果として本書は出版までこぎつけた。関係者全員に感謝している。母が生きていれば喜んだだろうと思う。

パール・バックが存命中に、現状では不完全な本書に手を入れていたなら、どのように修正したであろうかは知るすべもない。彼女は完璧主義者であるが、作品は完璧とは程遠い。作品の完成形がどうあるべきか、彼女はなにも示してくれていない。それでも、過去と現在の読者にとって、この作品は彼女のことをよく知り、彼女の気持ちや信念を理解するための貴重な機会になるだろう。

私は母の家に二十五年近く暮らした。結婚して独立した後も、母が亡くなるまで定期的に連絡をとっていた。息子の目でみて、作家としての人生のほかに母には幅広い関心事があることに気づいていた。彼女は女性の権利、人種的少数派の公民権、障害者の権利、混血児と混血成人の権利、そして宗教的寛容を徹頭徹尾擁護してきた。実に世界中の恵まれない人々のために闘った。この小説を読むと、パール・バックが翻訳した中国の古典文学『水滸伝』の英文の題名を借りるなら、"all men are brothers"（人はみな兄弟）こそ、著者の信条であったことが読み取れるだろう。

私にとってこの物語は、もういちど母の書斎で炉辺に憩いながら、彼女の考えや意見を聞いているようなところがあった。作中の若い天才少年は母の自伝的な肖像ともとれるし、彼と関わり、教え導くさまざまな登場人物たちは、母だったら言いそうなことを語っている。著者の死後、パール・バックは今なお世界中で読み継がれ、何か国語にも翻訳され続けている。パール・バックの愛読者であれば多くの作品で親しんできた母の語り口を本書のなかに発見するだろう。そして、私同様、読者にも本書を読んで思わず目を見張るような思いを味わっていただけたらと思う。今後、新たな原稿が発掘されない限り、本書が母の遺作である。

二〇一三年七月

エドガー・ウォルシュ

人生の驚異が

われわれを取りかこむ

第一部

まわりの水は静かだ。動きがないのではない。自分ひとりの海のなかで、なにかが動いている。ときには強い衝撃さえ感じる。暖かい液体のなかで、翻弄されると、彼は本能的に両腕を振り回し、脚を広げて全速力で泳ぐカエルの恰好になった。カエルを知っているわけではない。知るにはまだ早すぎた。知識そのものが早すぎた。彼にあるのは本能だけ。彼はほとんど動かず、外界からの不意の動きに反応するだけだ。

このような反応が自己保存に必要なのだと本能的に彼は悟った。同時にそれが快感となった。本能が積極的な行動につながったのだ。もはや外界からの刺激は必要ではなく、刺激は自分のなかにあった。両脚と両腕を動かすうちに彼は寝返りを打った。それは偶然だったが、やがて自分の意志でできるようになり、達成感が生まれた。自分がいる暖かな海を左右に動くことができたが、体が大きくなるにつれ、海が無限でないことがわかった。手足は何度も柔らかな壁にぶつかった。その壁の向こうにはゆくことができない。前後、上下に移動し、ぐるぐる回っても、壁を超えることはできない。

再び本能が彼を過激な行動に仕向けた。彼は日ごとに大きく強くなり、それにつれて彼の海は狭くなった。すぐに大きくなり過ぎて、ここにはいられなくなる、と彼は感じた。さらに遠くから微かな音が聞こえてきた。今までは静寂がすべてだった。だが今や顔の左右にひとつずつついている小さなもののなかに音が入っているようなのだ。それが器官であることも、その目的も彼は知らなかったが、音を感じることはできた。ときどき彼の口は開いて音をだそうとしたが、それが音であることがわからず、わからないことも知らなかった。本能がすべてだった。

本能によって、自分の入っている容器が狭くなりすぎたことを彼は感じた。居心地の悪さのために、彼は突然反抗的になり、その場所から自由になろうとした。本能は苛立ちとなって噴出した。思い切り両脚と両腕を突き出すと、或る日壁が破れた。激しい勢いで水が退いてゆき、彼は取り残された。その瞬間、あるいはその直後だったか、圧倒的な力に押されて、彼は通れそうもない細い通路を、頭を下にして移動し始めた。体が濡れてぬめぬめしていたので、辛うじて進むことができた。ねじられ押されて、彼は暗闇のなかをじりじりと下降した。それが暗闇だと知る由もなかったが、遮二無二動いていた。それとも入りきらなくなったために締め出されたのか。彼には知る由もなかったが。

ひたすら下降した。狭い通路に無理やり体をねじり込ませ、やっとのことで通り抜けた。新たな液体が噴出し、彼は流れに押されて、ついに無限の広がりのなかにおどり出た。あまりに唐突で、はじき飛ばされたかのようだった。頭部はなにかに摑まれていた。それが何かはわからなかったが、優しい動きで高いところまで持ち上げられ、今度は頭を下に、両足を摑まれてぶら下がった。とっさのことで彼は反応できなかった。そのとき、足の裏になにかが鋭く触れた。初めての感覚だった。痛みだった。どうしてよいのかわからず、彼は思わず両腕をぐっと伸ばした。あの安全で暖かい場所に戻りたかった。だが、どうすれば戻れるのだろう。痛みから離れたい。彼は息苦しく、困り果て、完全に孤独で、どうすることもできなかった。

なすすべのないまま彼はただ怯えていた。恐れの認識はなかったが、本能的に自分が危険に曝《さら》されていると感じ、再び足に鋭い痛みが走るのを感じた。両足首をつかまれ、衝撃を与えられた。誰に何をされているのかわからなかったが、痛みは感じていた。突然、本能が働いた。痛みを逃れるには前に進まねばならない。彼には前進する意志があり、後は本能に従えばよかった。彼の口は開いて音をたてた。痛みへの抗議の叫びだったが、これは前向きな抗議だった。もはや肺のなかの水がなくなったことに気づき、水のかわりに彼を取りかこむ、静止していないもの――空気を吸い込んだ。体は本能的に呼吸を促し吐き出した。同時に、彼は泣きだしていた。自分が泣いているのだとは知らず、初めて自分の声を聞いていた。それが自分の声であるという認識はなく、声が何であるかも知らなかったが、本能によって泣き、本能によって聞いた。

それからまっすぐにされ、頭を持ち上げられ、暖かくて柔らかいものにくるまれていた。それが油だとは知らなかったが、何かが体に塗られるのを感じた。次に体を洗われたが、なにもわからないので、されるがままだった。痛みもなく、暖かくて気持ちがよかった。とても眠かったが、眠さを意識していたわけではない。瞼が閉じて、眠りに落ちたが、眠りが何かを彼は理解していない。いまだ本能がすべてだった。それで十分だった。

眠りから目覚めた。まだ夢とも現《うつつ》ともつかなかった。そこはもう自分ひとりの海ではなかったが、暖かいものに包まれていた。何かが動く気配がする。だが、自分の動きはまだ意識されていない。実際、水ではなく空気に取りかこまれ、規則的に呼吸をしていた。本能によってである。本能は、かつて自分ひとりの海のなかでそうしたように、脚や腕を動かすよう彼を促した。突然、彼は平板な面に寝かされた。暖かいものにしっかりと抱かれているのを感じ、口は別の暖かいものに当てられていた。本能に搔き立てられて口を開くと、柔らかく小さな暖かいものがそっと差し入れられた。甘い液が舌に触れ、全身に快感がみなぎった。彼は、今までに感じたことのない欲求を感じた。吸っては飲み込むことを覚えると、この新たな本能に夢中になった。それは今までに経験したことのないない、全身を満たす快感だった。痛みを感じたときと同じぐらい強く、今度は喜びを感じた。彼が最初に知ったもの、それは痛みと快感だった。それらが何かを理解していなかったが、好悪の別はついた。知ることは、本能が関与していたが、本能にもまして重要だった。快感や痛みの感覚は本能で感知できた。苦痛を感じると、彼は本能的に口を開いて、怒りにも似た泣き声をあげた。こうすると、痛みの原因が止むことがわかった。このことは知識となった。

彼は気づいていなかったが、快感を味わうと唇が割れて口が開いた。ときどき口から変わった音が出るのは、嬉しさで息を吸いこむせいだった。或るものを見ると——とくにそれが自分に近づいて音を立て、頬や顎に手を触れてくれるときに——口が音を発した。自分のほうから嬉しさを見せると、相手もさかんに音を立てて触る。このことも知識となった。自分の意志と努力でできることは何によらず知識となり、彼は本能的にそれを利用した。このようにして知識が彼を人びとに結びつけた。最初、意識のなかには自分しか存在せず、自分の快感と苦痛がすべてだったが、やがて快感や苦痛をとおして、彼は或る人びとと結びつくようになった。快感によって誰よりもまず母親を知った。母親の乳を吸うのは最初の、最大の快感だった。吸いながら母親の顔を見つめていると、目鼻立ちのひとつひとつが快感のなかに溶けていった。快いときは笑うようになっていたので、彼の最初に微笑んだ相手は母親だった。

或る日、彼はショックを受け、怯えさえした。いつも快感を与えてくれる、心地よい相手が苦痛も与えることを知ったからだ。少し前から顎がひりひりと熱っぽく、何かを噛みたいという欲求が彼につきまとっていた。この日、十分に乳を飲んで空腹が満たされると、彼はその欲求に突き動かされて、口に含んでいるものを噛んだ。驚いたことに彼女は叫び声をあげた。それは彼が痛みを感じたときの叫びに似ていた。その瞬間、また痛みが走った。今度は頬で、このとき初めて自分の一部だとわかった。彼は本能的に大声で泣きだした。顔が水のようなもので濡れていた。それは彼の最初の悲しみの涙で、新たな苦痛の所産だった。それは、今もジンジンする頬ではなく、内側の傷からくる痛みで、何とも言い表せなかった。胸中に拡がる、内面の痛みだった。突然、独りきりで不安を感じた。日夜世話をされ、乳をもらい、すべてを依存している、柔らかくてあたたかい存在が、自分に苦痛を与えるとは！　すっかり信頼していたのに、痛い目にあわされて、もう信じることなどできない！　彼は寄る辺がなく、孤立し、路頭に迷った。落胆し、泣き続け、母親が胸に抱きよせて左右にゆすろうにも、嗚咽が止まらなかった。開いた口元に乳首を押しあててもう一度乳を与えようとしても、あれほど喜んで欲しがった暖かくて甘い食べものから顔をそむけ、それを拒んだ。彼は内面の痛みを感じなくなるまで泣きつづけ、そして眠りにおちた。

眠りから覚めると、彼は乳児用ベッドで、右側を下にして寝ていた。いったん仰向けになり、今度は左向きになった。今までに感じたことのない欲求にかられて、再び右向きになり、続けて腹ばいになった。顔がベッドに押しつけられているので、無理やり頭を持ち上げた。目に見えるものすべてが、まったく新しく違って見えた。そこは今まで一度も来たことがない場所で、自分がどこか高いところから眺めている気がした。さらに、顔を左右に向けることができた。こうして彼は絶え間なく驚きにみまわれていた。こんどは大きな声がして、例の生き物の腕に抱き上げられるのを感じた。彼が泣き疲れるほどの痛みを与えたあの生き物だ。だが、今感じているのは喜びだった。それは食べ物とは関係のない、新しい種類の喜びだった。彼が内面の苦痛を味わったなら、今は内面の喜びに満ちていた。彼女の元に戻った。以前と同じ暖かさに包まれ、彼女に愛着を感じた。彼女は音をたて、自分の頬や首すじに彼女の唇が触れるのを感じた。彼女が呼ぶと、もうひとりの生き物がやってきて彼をじっと見つめた。彼はその人たちを交互に見比べ、どちらのことも好ましいと思った。これもまた、本能であった。彼は二人のことを知らず、なぜ愛着をもっているのかもわからなかったが、それでも嬉しいと感じた。本能的に口が動き、唇が震えて新たな音をたてた。驚いた二人が歓声をあげるのを彼は聞いた。

これ以降、彼は毎日のように自分が変化してゆくのを感じた。決してできそうにないことに挑戦せずにはいられなかった。ベッドにいるときうつ伏せになったり、頭を持ち上げることは、今ではごく自然にできた。次に、両腕を立てて上半身を起こすと世界が広がって、乳児用ベッドの外を見ることができた。本能が優勢で、日にちの感覚はまだなかったが、数日後には両膝をついて体を持ち上げることができるようになった。両手と両膝をついて、体を前後に揺らし、全身で動きを感じた。面白くてなんども繰り返した。以後、日々は速やかに過ぎ、本能は急速に知識へと変わっていった。四つん這いになるのにも慣れ、それだけでは物足りなくなった。本能が彼の手を、もう片方の手の先に、同時に膝も動かして、前進するよう促した。そうしてベッドの端、または昼間に入れられている囲いの端までくると、それ以上先に行けなかったので、彼は木製の枠を摑んで立ち上がった。

今や彼はたいそう高いところにいた。これほど高いところからは、あらゆるものが、全世界が、違って見えた。もはや、何かの下ではなく、上にいるのだ。彼は世界を見降ろして、愉快になって笑った。

ベッドの木枠に顔を押し付けて覗いていると、仲間の人たちが、ひとり二人見え隠れした。本能が彼を衝き動かしていたが、今では知識も備わっていた。彼には、知る方法がいくつもあった。目で見るとき、最初は何もわからずにただ見ているが、たとえばスプーンや、皿や、コップを何度も目にするうちに、これらが母の乳房に代わって、栄養を運ぶものだとわかる。わかるようになると、彼は本能的な動作よりも学習により多くの時間を費やすようになった。周囲にあるもののひとつひとつが、学ぶ対象だった。どんな手触りで、大きさは手で摑める程度かどうか。彼は摑んだり触ったりしたがった。なんでも舐めたがったが、これは、舌で触る行為であった。知る方法を学んだ彼は、何でも口に入れ、大きすぎて入らないときはそれを口にあてた。こうして味覚を覚えた。どんなものにも味があり、触《さわ》れる表面があった。彼は多くのことを知り始めた。人は本能で学び、知ることもまた、本能だからである。

学習に打ち込み始めると、体を動かす必要が生じた。片手をもう片方の手の先ついて、それを交互に行えば、膝も同時に進むことがわかった。もはや狭い囲いのなかに収まっていられず、外へ出たくてたまらなかった。自分の意志を主張して、声を張りあげて泣き叫んだ。とうとう抱き上げられて囲いの外へ、広い世界に出た。それから、四つん這いになって探検を始めた。椅子やテーブルの脚に辿り着くと、よじ登ろうとする本能が働き、高いところをめざして立ち上がろうとした。最初はどうしてよいかわからなかった。手で何かにつかまり、自分の両足で立っていたが、次にすべきことがわからない。実際、他の人たちのやり方を見ているだけでは、わからないのだ。転倒の危険性もあった。両手を放したとたん、勢いよく床に尻もちをついた。泣くことしか頭になかった。そうすればあの人に抱きあげて慰めてもらえる。彼はまだ、永久に変わらない状態などないことを知らなかった。最初はみんな無知なのだ。失敗してもやり直せることを、体で覚えねばならなかった。本能によって同じ動作を繰り返しながら、それを徐々に体得していった。

今度は、あの人が手を貸してくれている。両手で支えながら、彼を両足で立たせ、自分のほうへ優しく引き寄せると、本能的に足が片方ずつ前に出て、動き始めた。歩いたのだ！ それから先は、決して一か所にとどまることはなかった。ほかの二人と同様、彼は自由な生き物だった。時々転んで痛い思いをすることもあったが、立ち上がってまた初めからやり直せるようになった。

これは新たな愉しみとなった。行き先や目的があるわけではなく、自分で立って動くことが愉快だった。興味を引くものがあれば、立ち止まり、目で見て、感じて、触って舐めてみて、どんなもので何に使うのかを知ろうとした。それがわかると、本能的に次の目標に向かった。彼は徐々に体のバランスがとれるようになり、まったくと言わないまでも、それほど転ばなくなった。

一方、彼は音をたてることが必要だと感じた。初めて自分の声を聞いたのは、ただひとりでいたあの海を出てすぐ、苦痛から本能的に叫んだときだった。苦痛から彼は騒いで抗議することを学んだ。次に、笑いを知った。この二種類の音を毎日のようにたびたび使った。彼の声は、違う音も出した。人間たちは常時声を発していて、それは笑い声や、あるいは別の音であったりした。例えば、彼に向かってある特定の音をたてた。それは彼が初めておぼえた特別な音で、固定の音、最初の言葉――彼の名前ランドルフ、ラニーだった。この言葉は、ほかの二つの短い言葉、「ノー」と「イエス」と組み合わせて使われることが多く、それぞれ痛みもしくは快感に関係していた。「ノー、ラニー ―― イエス、ラニー」、前者が痛み、後者が快感を意味した。言葉は本能で身につけられるものではなく、経験から学ぶことしかできなかった。彼は最初、言葉を聞き流していた。彼にとってノーは何をも意味しなかった。だがすぐに、無視をすれば必ず痛い目にあうことがわかった。突然手をピシャリとやられたり、お尻を叩かれたりする。そこで、「ノー」と聞こえたら、動作を止めることにした。特に「ラニー」と言う言葉が続くときはそうだった。それは自分を指していた。同じように、誰にもその人を指す特定の言葉があることがわかり、「ママ」と「パパ」を覚えた。二人は、ラニーと分かちがたく繋がっていて、ノーとイエスを言う人たちだった。また、「おいで」とも言った。彼は学習によって「ノー」と「イエス」を使い分けるようになってきた。ある日両親が言った。「おいで、ラニー、さあ、こっちにおいで」。彼はたまたま自分のことにかまけていて、行きたくなかった。本能的に、いちばん馴染みのある単語を返した。

「ノー、ノー、ノー」

背の高いほうの人間がさっと彼を抱き上げた。

「イエスだ、イエス、イエス」その人が言った。

快感の言葉につづいていきなり尻をきつく叩かれたので、彼はとっさに泣きだした。泣くのは彼にとって造作のないことだが、その結果はよしあしであって、今回は役に立たなかった。

「泣くのはだめ」背の高い人が言った。

彼は背の高い人の顔を見て、泣きやむことにした。これは経験による学びだった。大きいほうの人が「おいで」または「イエス」と言ったら、「ノー」とは言わないことだ。


だが、彼の本当の関心は、そうした細々とした知識の寄せ集めにあったのではない。率先して行ったのが調査の仕事で、それに病みつきになった。箱という箱をあけてはまた閉じ、なかにものが入って入れば検めた。ドアというドアを開け、飽きずに何度でも階段を昇り、戸棚のなかから鍋や釜、缶や容器を取り出し、本棚の本を抜きとり、引き出しを開け、広口瓶の蓋をねじり、ボトルの栓をはずした。なにかを発見した後で、元の状態に戻すことは頭になかった。好奇心が満たされればもう用はないのである。彼は嬉々として引き出しの中身を空け、トイレットペーパーのロールを回した。水遊びが大好きで、浴室で水を出したり止めたりした。母親が驚いて悲鳴をあげる理由が彼にはわからなかったが、「ノー、ノー、ラニー」というのが聞こえると、彼はその場で作業を止め、よそへ行ってまた続けるのだった。

初めての誕生日、この日の意味を知らない彼は、ケーキに立てられた一本のロウソクが気になった。火を吹き消す方法をおぼえると、こんどは何遍でも点けてほしいとせがんだ。火の正体をつきとめようとしたのである。背の高いほうの人が、「これでおしまいだよ、ラニー。ノー、ノー」と言って火を点けたとき、ラニーは別の方法を試すことにした。彼は人差し指を炎につっこみ——その瞬間、指を引っ込めた。あまりの衝撃に、泣くことさえ忘れていた。それどころか、彼は人差し指をしらべ、母親の顔を怪訝そうに見た。

「ホット」彼女が言った。

「ホット」彼は繰り返した。理解したとたん、熱いやら痛いやらで思わず泣き出した。

すると母親は、レモネードのグラスのなかから氷のかけらをとりだして、水ぶくれになった人差し指に当ててやった。

「コールド」

「コールド」彼は繰り返した。

こうして熱いと冷たいを理解した。学習には骨が折れたが、スリルも感じた。アイスクリームを食べたとき、彼は早速、知識を披露した。

「コールド」彼は言った。

大人が手を打って笑ったが、その理由はわからなかった。

「コールド」二人は彼に同調し、上機嫌だった。何が大人を喜ばせたのかわからなかったが、彼も満足して一緒に笑った。


時間の認識はまだなかったが、自分の体とその要求を常に意識しているうち、時間の感覚が芽生えた。空腹になると、苦痛は感じないまでもたまらなく不快で、なにか食べないとおさまらなかった。こうした必要性が、一日を時間に分けた。日が落ちると、眠くなる。瞼が閉じると、母の形姿をした人が彼をお湯に浸し、暖かくて柔らかい衣服で包んだ。ミルクを飲み、食べ物でお腹も落ち着き、ベッドに入っておもちゃの動物と遊ぼうとする頃には瞼が重くなった。部屋は暗かったが、ふたたび目を開けると明るくなっていた。彼は立ちあがって大きな声で母親を呼んだ。母親は満面の笑みで部屋に入ってくると、彼をベッドから抱き上げ、また体を洗い、食事をさせた。それから彼は一日の務めにとりかかった。相変わらずそれは調査で、なんでも繰り返し調べた。新しい発見があれば思案し、ひとりのときは、母親が部屋にいたなら必ずノーノーと言うことを、その場でやってみた。際限なく知りたいのである。知らずにはいられなかった。

ある日、彼はあらたな生き物のことを知った。背の高いほうの人が連れてきたその小さくてやわらかい生き物は、四本脚で、今まで聞いたことのない音をたてた。

「ウーウー」

「犬」背の高い人が教えた。

彼は犬を怖がってあとずさりし、両手を後ろに回した。

「ウーウーウー」

「ほら、ラニーの犬だよ」

背の高い人がラニーの手をとって、犬をなでさせた。

「犬」ラニーは言い、もう怖くはなかった。これは新しい学習材料だ。早速調べて、尻尾を引っ張ってみなくてはならない。そもそもなぜ尻尾があるのか？

「ノー、ノー」母親が言った。「痛いのはだめ」

「痛い？」ラニーはきょとんとして聞き返した。

彼女はラニーの耳を強く引っ張った。「痛い――ノー、ノー」彼女は繰り返した。

「ほら、こうするの――」

彼女はやさしく犬をなでてやった。ラニーはじっと見ていて、そのとおりにした。ふいに犬が彼の手をなめて、ラニーは思わず手をひっこめた。

「犬、ノー、ノー」彼は叫んだ。

母親は笑った。「おまえが好きなのよ――気のいい犬だわ」


彼は日々、新しい言葉を学んでいた。言葉が早いことが珍しいこととは知らず、ただ、両親が何度も笑って手を叩くのが嬉しかった。

二回目の誕生日を迎える頃には、もう数を数えられた。一の後にひとつずつ増えていき、それぞれに名前があるのを知っていた。名前は、ブロック遊びをしていて偶然に知った。彼はブロックのたくさん入っている箱からひとつとりだして床の上に置いた。

「それは、いち」と母親が言った。

彼はもうひとつ取りだして、「いち」の隣に置いた。「それは、に」と母親が言った。

彼女が「じゅう」というまで彼は続けた。ここで再び彼はいちに戻り、自分で名前を繰り返した。母親は目を丸くしてわが子を見つめ、喜びで思わず彼を抱きしめた。夜父親が戻ると、彼女はもういちどブロックを取りだした。

「言ってごらん、ラニー」彼女は言った。

彼は難なく名前を言えたので、二人は真顔になり、驚いて顔を見合わせた。

「もしかして――」

「そのようだな――」

彼は笑いながら早口で繰り返した。「いち、に、さん――！」

両親は笑わなかった。二人は顔を見交わした。ふいに、父親がポケットからいくつか小さな丸いものを取りだした。

「ペニー」彼は言った。

「ペニー」ラニーが続けた。彼はなんでも繰り返した。そして、それぞれのモノを指す言葉を、時間がたっても忘れなかった。

父親はラニーの前にひざまずいて、カーペットの上に一枚の硬貨を置いた。

「一ペニー」彼は念を押すように言った。

ラニーは繰り返さずに聞いていた。一ペニーなのはわかりきっていた。父親は、硬貨をもう一枚床の上に置いてラニーを見た。

「二」と言う返事。

そうして十枚の硬貨が並んだところでゲームは終わった。両親は、顔を見合わせた。

「確かに――数がわかっている」

「言ったとおりでしょ」

これ以後、彼はなんでも数えるようになった。ボウルに盛られたリンゴ、戸棚の本、食器棚の皿。だが、十の次は何がくるのか？　彼は母親に答えを要求した。

「十、十、十」彼は知りたくてうずうずしていた。十の次はなに？

「十一、十二、十三」母親が答えた。

彼は数の概念を即座に理解した。なんでも夢中になって数え、数えきれないものまで数えようとした。やがてきりがないことに気づき始めた。例えば家族でピクニックにでかけた森の木々——いったん数え方を覚えてしまえば、何を数えても同じことで、それ以上数える意味はなかった。

もちろん金銭は、野の木々やヒナギクとは違っていた。彼が三歳になるころには、金銭は自分の欲しいものと引き換えに払わねばならないことを知っていた。彼は母親と二人で近くの食料品店にでかけ、母親がパンや牛乳、肉、野菜、果物と引き換えに金属片を渡すのを見た。

「これなに？」初めての買い物の後、家に帰ると彼は訊いた。彼は母親の小銭入れを探し出すと、それを開け、さまざまな種類の硬貨をキッチンのテーブルに一列に並べた。

母親はひとつひとつの硬貨の名前を教え、彼はその都度繰り返した。

彼はいちど覚えたことは決して忘れなかった。際限なく質問をし、常に回答を記憶していた。彼の能力は記憶することにとどまらなかった。彼は原理を理解していた。お金はお金にすぎず、欲しいものと引き換えに出すのでなければ、意味のないものだった。これが金銭の持つ価値であり、その意味だった。

あるとき、彼女に教わった硬貨の名前を、彼が完璧に繰り返したとき、母親は不思議そうに彼を見つめた。

「おまえは何でも忘れないのね、ラニー」

「うん」彼は答えた。「憶えておいた方がいいかも知れないから、忘れられないんだ」

彼女はしばしばわが子を怪訝な顔で見つめた。まるで彼を怖がっているようだった。

「ママ、どうして僕をそんなにじっと見るの?」

「よくわからないの」彼女はありのままに言った。「たぶん、おまえのような小さい子を見たことがないからよ」

彼は母の言ったことの意味がわからないまま、思い返してみた。それはなぜか彼を寂しい気持ちにさせた。だが、彼は字を読めるようになりたかったので、このことを深く考えている時間はなかった。

ある日、彼は父親に言った。「どうして本があるの?」

彼の父親はいつも本を読んでいた。彼は大学の教授だった。毎晩本を読み、紙に文字を書きつけていた。

「本からなんでも学べるんだ」父親は言った。

ある雪の土曜日のこと、父親は家にいて本を読んでいた。

「僕も読みたい」

「学校に行くようになったら読み方を教わるよ」

「今、読めるようになりたい」彼は言った。「世界中の本を全部読みたい」

父親は笑って、読んでいた本を置いた。

「そうか、よし」彼は言った。「紙と鉛筆を持ってきなさい。そうしたら、まずどうすれば読めるようになるか教えてやろう」

彼は母親が夕食の支度をしているキッチンに走っていき、「紙と鉛筆ちょうだい」と元気よく言った。「僕、本を読むの」

鍋をかきまぜていた大きなスプーンをレンジの上に置くと、彼女は夫が読書をしている書斎に入っていった。

「赤ん坊に読み方を教えるんじゃないでしょうね！」彼女は叫んだ。

「彼は赤ん坊じゃない」父親が言い返した。「私に言わせれば、彼が赤ん坊だったことはない。読みたがっているんだから教えるのが普通だろう」

「子供に無理強いすることには反対です」

「無理強いなんかしていないよ――この子が言うんだ」父親はそう言って笑った。「よし、ラニー、紙と鉛筆をよこしなさい」

ラニーは母親のことを忘れ、彼女は部屋を出ていき、部屋には二人だけになった。父親は紙の上に一列の記号を書いた。

「これは言葉を作っているレンガだ――全部で二十六ある。文字と言うんだ」

「全部の言葉？」彼は訊いた。「言葉がつまっている本も全部？」

「全部の言葉、全部の本――英語で書かれた本だがね」父親は答えた。「レンガにはひとつひとつ、名前があり、音もきまっている。まず、名前から教えよう」

父親ははっきりと、そしてゆっくりと文字の名前を繰り返した。三度ほど繰り返されると、彼はそれぞれの文字の名前を覚えた。父親は順番をばらばらにして文字を紙に書き出してテストしてみたが、彼は全部正しくおぼえていた。

「よろしい」父親は驚いた表情で言った。「よくできたぞ。では次にどのように言うかだが、それぞれに決まった音がある」

それから一時間のあいだ、彼はひとつひとつの文字がどのような音で表されるのか、注意深く耳を傾けた。「僕、もう読めるよ」彼は叫んだ。「もうわかったから、読める」

「そんなに慌てなくてもいい」父親が言った。「文字と文字とを組み合わせると、いろいろな音に聞こえるんだ。今日のところはこれで十分だろう」

「僕もう読めるよ、だって、どうすれば読めるかわかってるもの」彼は言い張った。

「わかってるから、もう読める」

「そうか」父親は言った。「なら自分で読んでごらん。わからなければいつでも聞きにおいで」

そう言って父親は読書に戻った。


この雪の土曜日以降、三歳の彼はほとんど一日中ひとりで読む練習をして過ごした。最初は母親になんども質問しなければならず、朝から晩までベッドメークや床掃除やなにかで忙しい母親の居場所を走って捜しに行った。

「これなんて書いてあるの?」

母親はどんなときも手を止めて、彼の小さな人差し指が示す先に目を留めた。

「その長い言葉? ラニー、おまえはまだ当分使わないでしょうけど、『知性的』と読むのよ」

「どういう意味?」

「脳ミソを使うのが好きということ」

「脳ミソって？」

「考える機械よ――ここに入ってる」

母親は金色の指ぬきをはめた指で、子供の頭を軽くコツンとついた。父親のシャツのボタンをつけているところだった。

「僕の脳ミソがここにあるの？」

「ありますとも――ママはときどき怖くなる」

「どうして？」

「だって――おまえはまだ四つにもならないからよ」

「ママ、僕の脳ミソってどんなの？」

「みんなと同じでしょ――シワがよってて灰色をしてる」

「じゃあどうして怖いの？」

「怖くなるような質問をするから――」母親はそこで止めた。

「でも、僕質問したいんだ。訊かないとわからないから」

「辞書を引くこともできるのよ」

「それどこにあるの？」

母親は縫い物を置くと、書斎にある大きな本の置かれた小卓の前に彼を連れていき、辞書を引いてみせた。

「たとえば、知性的を引くには――『ち』で始まる言葉はここを見るの。それから、次の文字を探すのよ、『せ』はさしすせの順に探せば見つかります」

彼は説明をじっと聞き、見つめ、話を飲み込むと同時に心を奪われた。この大きな本が、言葉の大元なんだ！　彼は手がかりを得た。原則を理解したのだ！

「もうママに一生質問しなくて平気だ。僕ひとりでわかるよ」


彼が暮らしていたのは小さな町で、大勢の大人たちが行きかっていた。そこは大学町で、彼の父親は週末を除く毎日教壇に立った。日曜の朝には両親と教会に行った。あと一週間足らずで四歳になる彼は、自分を子供だと思っていなかったが、教会に通い始めたばかりの小さい時分は、地下室の託児所に入れられていた。これは長くは続かなかった。じきに託児所に置いてある絵本を読みつくし、パズルを全部解いて、自分はほかの子より大きいんだと言うことを全員に見せつけた。彼は年齢の割に体格がよく、ほかの子供たちはみな赤ん坊にみえた。赤ちゃん言葉は不快で、そんな彼らと一緒に置いておかれるのは彼のプライドを傷つけた。二回目の日曜日が過ぎたとき、彼は自分も教会の一階の大人と一緒の席に座らせてほしいとせがんだ。

父親は判断に迷って、妻を見た。

「じっと座っていられるかな、どうだろう?」

「じっとしてるよ」彼はすかさず言った。

「一度そうさせてみましょう。地下が面白くないのよ」

結局、一階もそれほど面白くはなかった。だが両親との約束が浮かんで、それを守った。頭のなかは、脳が本能的に休みなく働き、一瞬も弛むことがなかった。彼は牧師の言葉をあれこれ考えた。ときには言葉から連想されるものを無視して、音や綴りや意味について考えた。精緻な記憶力で、新しい言葉を逃さず捉え、家に帰って必ず辞書にあたった。ときには辞書を引いてもわからないことがあったが、最後は母親に助けを求めるほかなかった。彼には知らないことが耐えがたかった。

「ママ、『ヴァージン』ってどういう意味?」

母親はキッチンのテーブルでかき混ぜていたボウルから驚いて目をあげた。彼女は一瞬ためらった。「そうね、結婚していないっていうことかしら」

「でもママ、マリアは結婚していたよ。ヨゼフと結婚していたんだ。牧師さんがそう言った」

「ああ、そのことだったの——それは、誰にもよくわからないのよ。イエスさまは、処女降誕、っていう方法でお生まれになったの」

二つの新しい言葉は辞書の離れた場所にあった。二つを並べてみても、意味が理解できなかった。まだ大文字しか書けないので、大文字で書き写し、キッチンの母親のところに戻った。彼女はさきほどかき混ぜていたボウルとスプーンを洗っており、室内はケーキを焼くいい匂いに満ちていた。彼は母親に大文字の二語を見せて訴えた。

「僕、まだわからない」

彼女は左右に首を振った。「ママには説明できないわ。ママにもよくわからないのよ」

「じゃあどうすればわかるの？」

「お父さんに訊いてみて頂戴、今夜帰ってきたら」

彼は紙きれを折りたたんでポケットにしまった。だが父親に質問するまえに、裏庭で犬と遊んでいた彼の耳に開け放しのキッチンの窓からたまたま両親の会話が聞こえてきた。飼い犬と遊ぶときは、名前をブリスクと言うのだが、たいてい新しい芸当を教えて、成功するかどうか試してみるのだった。ブリスクが命じられたとおり一生懸命に後ろ足で立って歩こうとするのが可笑しくて笑っていると、窓越しに母親の抗議するような声が聞こえた。

「ジョージ、あなたが説明してくださらないと。私にはできないわ」

「説明ってなにを？」

「ラニーが『ヴァージン』の意味を訊いたの。『処女降誕』の意味も。その説明」

父親が笑うのが聞こえた。「処女降誕はたしかに僕には説明できないね！」

「なんとか説明してやるしかないわ。あの子が何でも憶えているのはわかっているでしょう。どうしても知りたいのよ」

両親の会話に質問を思い出し、ラニーは急いで犬を置いて、父親を見つけに家に駆けこんだ。父親は二階の部屋でセーターとスラックスに着替えているところだった。春がすぐそこまできており、庭の土は掘り起こされていた。

「ヴァージンが何かって？」父親は聞き返し、仕事用のスーツをクローゼットに掛けて、窓の外を眺めた。

「庭が見えるね？」

ラニーは父親の傍らに寄った。「今朝、ベイツさんが耕したんだ」

「これから種を蒔かなきゃならない」父親が言った。「つまり――」

彼は座って、ラニーを膝元に寄せ、その両肩に手を置いた。「ああやって耕された土に種を蒔くまでは、まだ庭じゃない。そうだろう？」

ラニーは父の凛々しい、端正な顔を見つめてうなずいた。

「つまり」父親は続けて言った。「ヴァージン・ソイル、手つかずの土地だ。土地だけでは、庭の花や草木は育たない。すべては一粒の種から始まるんだ――果物や野菜、木々や雑草――それに人間もだ」

「人間も？」ラニーは驚いて訊き返した「僕はタネだったの？」

「そうじゃない」父親は言った。「でも、一粒の種がおまえの始まりだった。お父さんがその種を蒔いたんだ。だからおまえの父親なんだよ」

「どんなタネなの？」彼は仰天してきいた。

「お父さんの種だ」父親はあっさり答えた。

「でも、どこに蒔いたの？」

質問が次々に浮かび、口が頭に追いつかなかった。

「おまえのお母さんにだ」父親は言った。「それまでは未開の地だった」

「処女降誕？」

「多分ね」

「コンセプション〔原語は Immaculate Conception で、カトリック教義の『無原罪懐胎』。Virgin Birth と同意の語として一般に通用するが、厳密には誤用である〕って――」

父親が言葉を継いだ。「もとはラテン語の概念とか抽象概念を意味する言葉でね――最初はひとつの考えだったものが、さらに進むとコンセプトになる。それから――」

「僕はコンセプトだったの？」

「ある意味——そう言えるね。父さんはお母さんに会って、彼女を好きになった。僕の妻になって、おまえの母親になってほしいと思った。それは父さんの考えで、コンセプトだった。だからおまえの始まりは、コンセプションなんだ」

「イエスさまのときは——」

また父親が口を挟んだ。「彼は愛によって生まれたと信じられている。だから、処女降誕と言われているんだよ。種を蒔いたのはヨゼフではなかった。それには年をとりすぎていたんだ。マリアはまだ若く、清純な乙女だったろう——おそらく。そこで、彼女を愛した誰かが、種を蒔いたんだよ。それが特別な誰かだということはわかっている——でなければ、特別な御子はお生まれにならなかった」

「その人はどこにタネを蒔いたの？　お父さんは——」

「質問の二番目だな！　お母さんという人のなか、つまり女性のなかには庭があるんだ。その小さな、閉ざされた空間に種が落ちて成長を始める。子宮と言って、赤ちゃんが成長する場所なんだよ」

「僕にもある？」

「いや、おまえは種蒔きをするほうだ、父さんと同じだ」

「どうやったら——」

「ペニスが道具の働きをする。子宮への通り道があって、これはヴァギナという。両方とも辞書で引いてごらん」

「僕も今タネを蒔ける？」

「いや、大きくなってからだ。大人にならなきゃ」

「いつでも好きなときに蒔けるの？」

「そうだが、父さんだったら、お母さんの準備ができているときがいい。種を育てるのはお母さんの仕事だからね――世話をしたり、いろいろあるんだよ。庭の準備ができていなければならないんだ。それを忘れないようにね」

「ブリスクもタネを蒔けるの？」

「ああ」

「そうしたら仔犬が生まれる？　僕、仔犬がほしい」

「お母さんになる犬をさがそう」

「どうやって見分けるの？」

「そうだな、ブリスクみたいなペニスがないんだ。ペニスは種蒔き機だからね」

「お母さんは――」

「お母さんにはない。さっき辞書をみてごらんと言ったね。さあ、表に出て土を掘り起こすのを手伝ってくれるかな。今はそれがおまえさんの仕事だ」

とはいえ、彼の頭から種のことが離れなかった。この世のなかのすべての生き物は、初めはみんなタネだったんだ！　でも、タネは何からできたんだろう？　ある日曜の朝、教会で牧師が朗読した。「初めに言葉があった。言葉は神であった」

「神さまってタネと同じ？」帰り道に彼は父親に訊いた。

「そうじゃない」父親は答えた。「あと、神さまが何かって訊いてもだめだよ。父さんにもわからない。わかる人などいないと思うが、幾らか知性のある人間なら誰もが、神についてそれぞれ思いを巡らすものなんだ。ものごとに初めがないはずはないように思うが、あるいはなかったのかもしれない。人間の生は永遠なのかもしれない」

「そんな難しい話！」母親が言った。「坊やにはわかりませんよ」

「この子にはわかるさ」

彼は両親の顔を見比べて、父親のほうが好きだと思った。

「僕、ちゃんとわかるよ」

六歳になると小学校に上がった。爽やかな秋のある朝、彼の新しい人生が始まった。

前の週に、母親は息子のために濃紺のスーツを新調し、父親は彼を床屋に連れて行った。

「かっこよくみえる?」戸口に立ちながら、彼は母親にそう訊ねた。

母親は笑って言った。「おかしな子ね、この子ったら!」

「どうしておかしいって言うの?」彼は怪訝そうに訊いた。傷ついたとでも言いたげである。

「だって、おかしなこと聞くからよ」と母親。

「実際、すごくかっこいいさ」父親が言った。「ありがたく思わなきゃね。男にはそのほうが有利なことは、経験上わかっている」

母親はさらに笑った。「虚栄よ、虚栄。汝の名は男!」

「虚栄ってなに?」彼が問いかけると、母親は愛情をこめて彼の背中を押した。

「学校で訊いていらっしゃい」

学校は静かな大学街にあり、わずか三ブロック先の校舎には歩いて行くことができたが、道すがら、彼は今日という日の重大さに思いを巡らした。

僕はなんでも勉強するぞ、と彼は思った。学校ではエンジンの造り方や、タネがどうして育つのか、それに神さまって何なのかも教わるんだ。

朝の静けさが、喜びと満足感でラニーを満たした。学校では何でも学べる。疑問への答えがすべてそこにある。勉強を教えてくれる人がいる。校庭に足を踏み入れると、同じ年恰好の子供たちが遊んでいた。初めての登校に母親が付き添ってきた子供もいた。その朝、母親は言った。「今日は初めてだから一緒に行ったほうがいいかもね、ラニー」

「なんで?」彼は訊き返した。

父親は笑って言った。「なぜはよかったな! そのとおり――彼ならひとりで大丈夫さ」

ラニーはほかの子供たちと一緒に校庭で遊んでいかなかった。知った顔が何人かあったが、彼には遊び相手がいなかった。自宅の庭に遊びにやってきた子供たちに、彼はすぐに飽きてしまい、外で遊ぶより読書のほうが好きだった。母親は折に触れて彼に注文をつけた。

「ラニー、他の子供たちと遊びなさい」

「どうして?」

「きっと楽しいわよ」

「ひとりが楽しいよ」彼は言った。「それに、みんなは楽しくても僕は楽しくないんだ」

彼はまっすぐ校舎に向かい、ひとりの男に一年生の教室はどこかと訊ねた。相手がこちらを見た――白髪頭に似合わず若い顔の男だった。

「コルファックス教授の息子さんだね?」

「そうです、先生」ラニーは答えた。

「君のことは聞いていますよ。お父さんとは同級だったことがある――君が生まれる前の話だけれど。私はジョナサン・パーカー、この学校の校長です。さあ、ついていらっしゃい。みんなに紹介しよう」

校長はラニーの肩に手を置くと、彼を誘導しながら、廊下の角を曲がって右からひとつ目のドアの前で立ち止まった。

「ここが君の教室だよ。担任の先生はマーサ・ダウンズ――ダウンズ先生。いい先生ですよ。ダウンズ先生、こちらがランドルフ・コルファックス君、愛称はラニー」

「はじめまして、ダウンズ先生」

彼は皺の寄った、メガネの、親切そうだが笑顔に欠けた顔を覗き込んだ。

「待っていましたよ、ラニー」彼女はそう言い、二人は握手をした。

「あなたの席はあそこ、窓側の席です。お隣はジャッキー・ブレイン、反対側がルーシー・グリーンですよ。二人を知っているかしら？」

「まだ知らないです」とラニーは答えた。

ベルが鳴って、生徒たちが転がるように廊下に出てきた。一年生のほとんどは母親が送りにきており、小さい女の子たちは母親と別れて泣いた。ルーシーもそのひとりだった。ラニーは彼女のほうに体を傾けた。

「泣いちゃだめだよ」彼は言った。「学校はいろいろ勉強ができて楽しいよ」

「あたしは勉強なんてしたくない」彼女は泣きじゃくった。「お家に帰りたい」

「授業が終わったら僕が家まで送ってあげるよ」彼は言った。「スクールバスで来てなかったならね」

彼女はピンクのギンガムチェックのスカートの裾で涙をぬぐった。「バスで来なかった。お母さんと歩いてきたの」

「だったら、一緒に君の家まで歩いて帰るよ」彼はそう約束した。

だが、初日は総じて期待外れに終わった。彼は既に読み方を知っていたので、新しく学んだことは何もなかった。ダウンズ先生が黒板でアルファベットとその発音を説明している間に、彼は一年生用の国語の教科書を読み終えた。クレヨンで絵を描く半時間は楽しかった。家の裏の半エーカーほどの土地を流れる小川に彼が作ったダムに据え付けようと考えていた、水車で動くエンジンをうまいこと図案化できたからだった。

「それは何ですか?」ダウンズ先生が、メガネの下半分を通して見ながら訊いた。

「水力モーターです」彼は答えた。「まだ完成じゃありません」

「何に使うのかしら?」

「ダムの上側の池に魚を飼っておくのに使うんです。魚が下のほうに泳いでいくのを、水車が止めるんです」

「魚が川を遡ろうとしたら?」

「水車が遡るのを助けます――こんなふうに」

先生は洞察力に富む、優しい目で彼を見つめた。「あなたのクラスはここではないわね」

「僕はどこのクラスなんですか?」

「先生にもわかりません」彼女は残念そうに言った。「誰にもわからないと思いますよ」


担任が隣の席に移ると、ラニーは彼女の返事を胸にしまい、どういう意味なのか父親に訊こうと思った。だが、その日はたいへんな騒動で幕を閉じたので、ついぞ担任の言葉を思い出すことはなかった。彼はルーシーとの約束を忘れずに彼女を待ち、手をつないで彼の家とは反対方向に通りを歩いて行った。他の子供たちのクスクス笑いが聞こえても、彼はお構いなしだった。だがルーシーは動揺した様子で、実際、ほとんど憤慨していた。

「あの子たち、バカみたい」彼女はぶつぶつ言った。

「じゃあなんで気にするの?」

「みんな、あんたがあたしを好きだと思ってるのよ」

彼は考えてみた。「どういう意味かわからない」

「あたしが女の子だからよ」

「君は女の子」と彼。「つまり、ペニスがなければ女の子なんだ。お父さんがそう言った」

「ペニスってなに？」つぶらな茶色の瞳にあどけなさを浮かべて、彼女は訊いた。

「僕にはある。見せてあげるよ――見たいなら」

「あたし見たことない」彼女は興味を示した。

二人は、堂々たる楡の並木通りの、一本の老木の木陰を歩いていた。立ち止まって荷物を下に置くと、彼はズボンのチャックをおろして下腹のさきにぶら下がった小さなふにゃふにゃのペニスを見せた。

彼女は思わず言った。「ちっちゃくてかわいい！　それなにに使うの？」

「これは種蒔き機なんだ」ラニーが説明しようとすると、目の前でいきなり彼女がスカートをめくりあげて彼を驚かせた。

「あたしも見せてあげようか？」まったくの親切心から彼女は訊いた。

「うん。僕見たことない」

彼女は小さなパンツを脱ぎ、彼は初めての光景をよく見ようと草むらに両膝をついた。

蒼ざめた軟らかな花弁が二つ、ピンク色の開口部を覆っているのが見えた。内部は、ルーシーの小指の先にも満たない小さなバラ色の先端部以外、隠れて見えない。ひょっとしてそれはペニスだったかもしれないが、ばかに小さかった。ただの飾りかもしれない。母親が花壇で育てているミニバラのつぼみに似ていた。

「これでわかった」彼は叫んだ。立ちあがってチャックをあげ、リュックをとりあげると、周囲には気も留めず、二人でまたぶらぶら歩きだした。

街はずれの質素な二階建てのルーシーの家に着いたとき、驚いたことにルーシーの母親が門に出て待っていた。美人だったが、その顔つきは友好的とは言い難かった。

「ラニー・コルファックス」彼女は厳しく言った。「あなたはほんとうにいけない子ね。ルーシー、お家に入っていなさい。二度とラニーに話しかけるんじゃありませんよ！」

ラニーは茫然として言った「僕はルーシーをお家に送っただけなのに――彼女が怖いって言ったから」

「何をしていたか、言わなくてよろしい――とっくにわかっています。町の人からさんざん聞かされましたよ。今すぐ家にお帰りなさい。ご両親が待っているはずです」

彼はルーシーの家に背を向けると、驚きとショックで茫然としたまま家路についた。いったい僕が何をしたっていうんだろう？

ルーシーの母親は正しかった。彼が居間のドアの前に行くと、両親がなかで待っていた。母親はロッキングチェアに座って息子の赤いセーターをすごい速さで編んでいた。

「あなたから話してください」彼女が父親に言った。

そして椅子から立ち上がると部屋を出て、入口に立っていた息子の頬にキスをし、二階に上がっていった。

「こっちにきなさい」

父親は、祖父のものだった古い革製の肘掛け椅子に座っていた。厳格な聖職者だった父の質問に答えるために、この椅子の前に何度呼ばれたことだろう。子供心に恐ろしかったという記憶が、息子にいま向き合おうとする自分の気持を和らげた。

ラニーは父親のそばに行き、そのまま立って待った。胸の鼓動が烈しくなった。どういうことなの？　僕が何かしたの？

「その足置きをこっちへ引っ張ってきて、そばに寄せておくれ。真実を確かめようじゃないか」父親が言った。「忘れないでほしいが、お父さんが信じるのはおまえだけだ。何があったにせよ、必ず本当のことを話してくれると思っている」

ラニーの胸の鼓動が鎮まった。クルーエル刺繡のクッションを父親の膝元まで引っぱってゆき、そこに腰かけた。

「僕には意味がわからないよ、パパ。だって何も起こってないんだ」

「おまえには何もなかったように思えるかもしれないが、ルーシーのお母さんはおまえが女の子のスカートを引っ張り上げて、そして――」

その瞬間、彼は安堵した。「ああ、そのことか。だってペニスを一度も見たことがないって言うんだ。何なのかも知らないって。だから僕、見せてあげたんだ。それで、今度はルーシーが僕に見せてあげるって言って、自分でスカートをめくったんだ。僕のと全然違ったよ、パパ。パパも驚くよ。口みたいだけど赤くはない。小さなピンクの先っぽだけがベロの先みたいに顔をだしているんだ。あとはなにもなかったよ」

「誰か近くを通った？」

「誰も見なかった」

「実際、おまえたちを見ていた人たちがいたようで、ルーシーのお母さんに教えたんだ」

「教えたって何を？」

「二人で観察し合っていたことだ」

「でも、他にどうすればわかるの、パパ」

父親は眉をしかめた。「おまえが正しいのはもちろんだよ、ラニー。ほかにどうすればわかるのか？　なんでも真実を知ることにはまったく賛成だ。問題は、大半の人たちが、おまえや私と同じ意見ではないということだ。おまえにルーシーがどんな体の造りなのかがわかってよかったと思っているし、私がルーシーのお父さんかお母さんなら、彼女が男の子の体の造りを見ることができてよかったと思うだろう。どんな真実も、そしてあらゆる真実を知るのが早ければ早いほど、誰にとっても良いことなんだ。だが、なかには性を罪悪視する人たちがいる」

「性ってなに、パパ」

「前に教えたことを、別の言葉で言い替えただけだよ——種蒔きだ。人間の子供の場合は、種蒔きは男と女の間で行われる。ルーシーのお母さんは、おまえとルーシーがそれをしていると思ったんだ。そして、おまえたちはまだ子供だから、それは間違っていると思ったんだ。なぜなら、どんなことをするにも時期があって、おまえにもルーシーにもまだその時がきていないんだ」

「その時かどうか、どうしたらわかるの？」

「自分の体が教えるんだ。今は、それだけの知識を持っていればお父さんは満足だ。これからも知らないことは山ほどあるが、それを学びつづけてほしい。この世の中は、おまえの知らないことだらけだ。おまえに百科事典を買ってやろうと思う。辞書よりもいいだろう」

「それ、なんでも説明できる？」ラニーは訊いた。嬉しい贈り物が手にはいることを思うと、ルーシー母娘のことはもう頭になかった。

「ああ、何もかもだ」父親が言った。「オーブンでクッキーの焼ける匂いがするぞ」

父親は立ち上がってラニーの肩に手を載せると、二人でキッチンに向かい、入口で立ち止まった。

「ひとつ言っておく――おまえは悪いことはしていない。もしおまえが悪いことをしたと言ったり、そんな態度をとる者がいたら、パパのところによこしなさい」

「はい、パパ」

彼は父親の言葉を上《うわ》の空で聞いていた。シナモンクッキーの香りが無性に食欲をそそり、もう我慢ができなかった。


翌日の学校も、前日とまるで同じでがっかりするような一日だった。ルーシーの席は教室の反対側になり、代わって、年齢にしては大柄で黒髪のマークという子が隣になった。ルーシーのことをもうすっかり忘れていたラニーにとって、このことはなんでもなかった。なにに落胆したかといえば、一日が過ぎるにつれ、明らかに自分がなにも学んでいないということだった。一年生向けの英語読本は既に読み終え、クレヨン画にはとっくの昔に興味を失くし、書架にある数冊の本はどれも彼の目には幼児向きだった。ダウンズ先生がクラスに読み聞かせる物語もやはり幼児向けで、春に青い鳥がどうとかいう話だ。

「このすてきなお話が面白くないのですか、ラニー?」ダウンズ先生が訊ねた。

担任の先生が本を朗読するあいだ、彼は三角形が交錯する幾何学模様を描いていた。鉛筆を手に、彼は紙から目を上げた。

「面白くありません、先生」と彼。

彼女は数秒間じっと彼を見据えていた。教師が困っているのが見てとれ、なにか説明しなくてはと彼は思った。

「本が読めるようになった頃に、そういう話を読んだんです」

「それはいつ頃ですか?」

「おぼえていません」彼は答えて、鉛筆を握ったままでは失礼だと思い、机に置いた。教師は朗読を続けた。

待ち遠しかった休み時間のあいだも、彼はみんなから孤立している気がした。ルーシーは彼と口をきかず、彼はほかの子供たちを遠巻きに見ていた。恥ずかしいという気持ちはなく、好奇心と興味以外感じなかった。ぶらんこを巡って子供どうしのけんかが始まると、しばらくして体格のいいクリスという名前の男の子がその場を仕切り、一番背の高いブランコに自分が乗った。彼はラニーに気づいて声をかけた。

「次、乗る?」

ラニーは乗りたいと思わなかった。家にブランコがあったからだ。だが、仲間に入りたいというおぼろげな欲求が、彼をこくんと頷かせた。自分の番が終わって、ふたたび子供たちの輪の外に出ようとしたとき、気づくと横にクリスが立っていた。

「正門まで競走しようぜ——どっちが速いか?」

「いいよ」彼は丁寧に応じた。

彼らは競走し、結果は引き分けだった。

「おまえ、走るの速いな」クリスが言った。「俺は、残り全員、よちよち歩きのやつらには勝てる。おい、ルーシーがおまえに自分のを見せたんだってな!」クリスはラニーより上の学年だったが、彼が女の子のことを知ろうとした一件は、小さな学校中に広まっていたようだった。

彼はクリスをぼんやりと見つめた。「僕には彼女の何がそんなに面白いのかわからない」

「よく言うよ」

ラニーには答えようがなかった。というのも、彼はもうルーシーには興味がなかったからだ。クリスが続けた。「赤ん坊はどうしたらできるか知ってるか?」

「うん、お父さんに聞いた」

クリスは彼を凝視した。「おまえのおやじから聞いたのか?」

「そう、お父さんに」

「あきれた。おまえのおやじ、節操ねえな」クリスは軽蔑したように言った。

「それ、どういう意味かわからない」最初の驚きが怒りを帯び始めた。
そのとき、始業ベルが鳴って、会話はそれっきりになった。席に戻ったラニーは、物思いに沈み、漠然とした怒りを感じた。彼はクリスが好きだったし、彼のそっけない態度、強さ、乱暴なところが魅力だった。漠然とした怒りを抱いていながら、彼はできることならこの少年と友達になろうと心に決めた。そして、クリスに言われたことを父親には言わないでおくことにした。

学校がいかにつまらないかを両親に訴えずに済んだのは、クリスに負うところが大きかった。授業が始まるまでの三十分間、クリスと無我夢中で遊ぶために毎朝早くに家を飛び出した。午前の休み時間を楽しみにし、昼食は二人で食べた。残念なことにクリスの家は町のはずれにあったので、学校が終わるとクリスはバスで帰り、二人は離れ離れになった。ラニーの場合、紺色の表紙に金色の文字が入った百科事典二十四巻が家に届いたことは大いに埋め合わせになった。学校から帰ってくるや、キッチンで母親が用意した牛乳にサンドイッチ、それにパイかケーキかクッキーをお腹に入れると、百科事典のページを追って読み進め、一巻、二巻と、次々に読み終えた。主題ごとに、ラニーが今までその存在も知らなかったものごとが簡潔明瞭に説明されていて、興味は尽きなかった。日暮れまで読み、やがて父親が帰宅した。もちろん多くの言葉は辞書で調べなければならなかった。というのも、彼の両親は断固として辞書は自分で引くものと考えていたからだ。

「自分でできることは、人に頼るんじゃありませんよ」母親は彼に説教した。

「補足すると」父親が言った「楽しいことは、他人にさせるべからず、だ」

「あなたはそうなさっているの？」彼女は訊ねた。

「ああ、できる限りね」彼が答えた。

ラニーは両親の会話に興味をそそられた――実際、それは彼を魅了した。話の中身はいつも彼の理解を超えており、ときには理解まであと一歩ということもあったが、ついていくには頭を最大限働かせねばならなかった。両親は彼のために話を易しくしようとはしなかった。両親は何をするにも彼と一緒だったが、どういうわけか、どこかで両親が二人きりになることに、彼は気づいていた。両親の話題になると、彼とクリスはまったく意見が合わなかった。

「両親なんてアホさ」クリスはにべもなく言った。

「僕の親は違う」とラニー。

「いつも、なんだかんだ言ってわめいてる」

「そんなことない！」

お互いにまるで意見が合わなかったので、二人は密かに相手の両親に興味を抱いた。こうしてある土曜日、クリスはラニーに誘われ、裏庭の凍結したプールでスケートをしにやってきた。それは両親を偵察する機会だった。ラニーはキッチンで週末用のケーキを焼いていた母親をクリスに紹介し、ブロンドの美しい容姿にクリスが感心したのを見て嬉しかった。

「おふくろ、美人だな」彼は認めた。「おやじさんは？」

ラニーはクリスの言葉使いを、自分は使わずに理解できるようになっていた。「書斎で本を書いてるんだ。彼がドアを開けるまでは邪魔したらだめなんだ」

「本を書いてるって？」クリスは疑わしそうに聞いた。

「そうだよ――芸術の科学について」

「なんだそれ？」

「そのことについて本を書いてる」

「そうだけど――どういう意味なんだ？」

「芸術はある科学的な原則のもとに成り立っていると考えてるんだ」

「勘弁してよ――それどういう意味だよ？」

「僕にもわからない――お父さんが書き終わって、本が読めるようになるまでは」

「おまえ、本読めるの？」

「もちろん。君は読まないの？」

「読まない。本は大嫌いだ」

「じゃ、何かを知るにはどうするの？」

「何かを知るってなんだよ？　知りたいときは誰かに聞くのさ。たとえば西に行くにはどうすればいいかとか。将来は、西部に大牧場を持つんだ――今から十年か十一年後だな。ほら、滑ろうぜ」

二人でスケートをし、気がつくと正午で、たまらなく腹が減っていた。

「お昼よ！」母親がキッチンのドアを開けて叫んだ。

スキー靴を脱ぎ、寒さで耳を真っ赤にした二人が食堂に入ってゆくと、ラニーの父親が椅子に座って待っていた。

「パパ、クリスだよ」

「やあ、クリス、会えてうれしいよ」

「手を洗っていらっしゃい、ラニー」

ラニーが先に立って一階の洗面所に連れて行くと、クリスはみるからに感心した様子だった。

「おまえのおやじいかしてるな」彼は言った。「清潔だし、ほら――日曜日みたいな恰好してて。俺のおやじは修理工場で働いてる――おやじの工場さ。大きくなったら俺もそこで働くんだ。今は夏のあいだ、気が向けば行く。でも十六になったら毎日だ。そんときはおやじがうんと給料だすって言ってる。癇癪を起こさなきゃいいおやじなんだ。酒はやらないし、おふくろも喜んでる」

ラニーの両親があれこれ会話を工夫したにもかかわらず、クリスは食事のあいだひとこともしゃべらず、食事が終わると、とたんに家に帰ると宣言した。

「うちの用事があるから」彼はぶっきらぼうに言った。


その夜、ラニーの両親は、彼が今までに見たことがないほど口論寸前の状態になった。彼は学校で絵に描いた水力モーターを実際に組み立てようとしていた。学校では休み休みしか作業しなかった。というのも、彼自身の限られた経験のなかから、ある一定の期間は、注意を他に向けて、頭を休めることが必要だということを学んでいたからだ。ひとつの発明や課題に、いつまでも頭を悩ませていると、ある時点で、脳が当然解明すべき難題の解明を拒むのだ。彼が今取り組んでいるのは、水車のパドルまたは羽根の角度だった。それぞれに、角度が少しずつ違っていて、かつ、他のすべての羽根との角度が正しくなければならない。彼が微妙な調整をおこなっていたとき、尋常でない苛立ちに満ちた父親の声が聞こえてきた。

「でもスーザン、あの子は学校で何も学んでいない」

彼の母親も激しく言い返した。「同じ年頃の子供たちとの生活を学んでいるわ」

「スーザン、ああいう頭脳を持つ子供の親として、僕らに責任があるのがわからないのか」

「あの子がひとりぼっちで成長するのが嫌なの」彼女の声は途切れ途切れで、まるで泣くのをこらえているかのようだった。

「だけど、彼は常に孤独なんだよ――現実を受け入れなきゃだめだ」

「ある程度までは受け入れています。でも、すべてではないわ。彼はほかの人たちとやっていかなくちゃならないの。自分と同等のレベルの人たちでなくても、その人たちと一緒にいるのを楽しめるようにならなくちゃ。彼には自分から解放されることが必要なの」

「解放されるなんて無理だよ。数時間、いや束の間でさえね。実際、他人といるときほど孤独なことはない」

「なぜそんなことおっしゃるんです？　辛《つら》くなるわ」

「当然のことだろう――他人といると、自分との差が際立つのだ」

「私たちどうすればいいの？」

「自分自身を受け入れることを教えてやるんだ。彼は孤独なたちだ。親だからわかる。それを自覚させなきゃならない――そして、普通の人には決して持てない喜びや能力があるってことを知らないとね。彼は生きている限り自然の神秘に驚くだろう。なんとも果てしない喜びだろう！　あくなき探求心、そして鋭い好奇心！　スーザン、あの子のことを可哀そうだと思っちゃいけない。あの子のような息子を授かったことを喜ぼう！　僕らの責任は、子供の能力を十分に発揮させてやること、才能を無駄にしないことだ。彼にとって全速力で進めるようにしてやらねばならない。いや、スーザン、彼にふさわしい学校、教師を探すことが必要だ——自分たちで作るしかないとしても。ダウンズ先生はお見通しだ。彼女に神様の祝福があるように。先生は、自分では間に合わないのがみじめで、彼に六年生か七年生のクラスに入るべきだと言ったんだ。僕は、彼は自分の学年にいるべきだと思う。彼のペースでやらせるべきだ。彼に自由な環境を与えてやるのも、親の責任だ」

その秋、ラニーは同じ町の新しい学校に移った。小さな新設校で、校長と教師は彼の父親だった。生徒は女子が三人と男子が四人で、どれも知らない顔ばかりだった。そのうちの五人は隣町の子供、二人の男子は地元の子供で父親は二人とも理学部の教授だった。教室は大学の体育館の上の、広い屋根裏が使われていた。四方の壁は、屋根窓を除いてすべて本棚で埋まっていた。建物はかなりの高さで、窓のすぐ外に木々の梢が見え、ラニーには、まるで山にいるような気がした。学習の計画表はなく、ラニーの父親が数学、科学、文学のなかからその日に学習する科目を発表した。彼はある段階までは生徒に読んで聞かせ、その後で問題を出し、子供たちにそれを解かせた。教師の助けなしに自由に本を見て調べてもよいし、質問がしたければ訊いてよかった。男子は大抵自力で答えを探し、女子は決まって助言を求めた。

「そうするのは女子の能力が劣っているからではないんだよ」ある晩、ラニーの父親が母親に言った。「自分には能力がないと彼女たちが考えるからなんだ」

「それか、能力がなかったらどうしようと不安なのよ」母親が言った。

「同じことだろう？」

「全然違うわ。単に不安なだけなら、まだ希望があるわ」

誰も何年生だとか、点数の話をする者はいなかった。ラニー自身は言語に夢中だったので、ラテン語に興味を持ち、間もなくウェルギリウスを好んで読み始めた。ひとつの言語から別の言語へと興味が広がったため、父親は新たにフランス人の女性、年をとって声のかれたイタリア人歌手、大学の外国語学部の元学部長で、スペイン人の教授を新しく教師に採用した。

学校の教員はすべて父親の大学の教授陣に頼んできてもらった。各地から生徒が集まり、募集した二十名に達した。

ラニーの父親は、生徒に重荷を与えようとはしなかったが、好奇心や集中力に欠ける子供がいると、ふたたびその子のなかに好奇心が呼び覚まされるまで、数週間をかけて特別に指導をした。それでも元に戻らないとき、その生徒は元の学校に送り帰された。

「お父さん、なぜブラッドをニューヨークに帰したの？」

「才能が足らないんだ、頭脳も足らない」父親は返事をした。「飢えと忍耐を感じなきゃならない。知ることには、エネルギーと忍耐が必要だからね。私は、子供の知る欲求を呼びさまそうとする。

それができないなら、子供を親元に帰す」

「子供たちで実験してるんだわ」妻はいくぶん冷たい見方をしていた。

「そう、実験なんだ」父は頷いた。「だが、私がなにかをしているんじゃない。私は、あるがままを――または何もないことを、発見するだけだ。選別をしているんだ」


彼は十二歳で大学受験に臨み、難なく合格した。

「さあ」父親は言った。「おまえが自分の目でこの世のなかを見るときが来たんだ。今まで、この日のために何年も積み立ててきたんだよ。おまえのお母さん、おまえと私の三人でこれから長い長い旅に出よう。数年は帰ってこない。そして、おまえが十六歳ぐらいになったら、大学に行くだろう。いや、どうかな。おまえは行きたくないと思うかもしれない」

悲しいかな、このいと長き旅路は、ついに実現することがなかった。彼の父親は思ってもいない旅に出たのだった――それは孤独な、死への旅だった。最初はごくゆっくりと進んだので、誰も旅の始まりに気づかなかった。

「あなた、仕事のしすぎよ」六月のある日、スーザンは夫に言った。家族は七月に外国へ旅行しようとしていた。

「学校が休みになったら、一、二週間休むよ」父親はそう答えた。

背が高くて痩せているイメージの父親が、突然げっそりするほど痩せ細ったことに、彼の息子はほとんど気づいていなかった。今、あらためて彼は父を見た。夕食後、いつものように通りからの目隠しになる生垣に囲まれた芝生に面した、涼しいベランダに出て座った。父親はデッキチェアに寝そべった。言葉は交わされなかった。二人は、居間のステレオから流れてくる音楽に耳を傾けた。このときの光景は、彼の記憶に一生とどまることになった。なぜなら、母親のひと言の後で、椅子に体をもたせかけた父親の顔を眺めると、そこには父の閉じた眼瞼、血色の失われた唇、そして落ち窪んだ頰ばかりがあったからである。本来の父に似つかわしくない、ある脆弱さに彼は気づいた。その夜、彼は不安で、母を脇に呼び寄せた。「お父さん、どこか悪いの？」

「学校が休みになったら病院で精密検査を受けることになっているの」母親はそう言って、唇をぎゅっとすぼめた。

母親の上唇は弧を描き、下唇はふっくらとして、美しい形をしていた。いつもながら、彼は無意識のうちにすべてを悟り、当惑していた。同時に、周囲の景色が彼の感覚に訴えてきた。開かれた窓、風にそよぐシカモアの三角の葉、暖炉の上の、やわらかな牧草に覆われた丘の絵。曲がりくねった田舎道、石の壁、田舎家と厩、そして全体に霧がかった早春の光景。ウッドストックの早春、と額縁には書かれていた。バーモント州のウッドストックは、母の故郷だ。その絵を見ると、オハイオにお嫁に来てからもホームシックにかからないのよ、と母は言った。しかしその場はもう何も言うことがないように思え、彼は部屋に引きあげた。

長い夏のあいだ、彼は父親と自分の二重生活を送った。彼自身のことだけでも大変だった。十二歳にしては体格がよく、どこか自分ではないように感じられた。今までに感じたことのない新たな感情の芽生えとともに身体は変化し、急激に成長し、十分に余裕があった服が一か月後には着られなくなった。父が死ぬことがわかっていたからなのか、または、自分で自分の人生に乗り出そうと体が準備をしているためか、感情が高ぶり、筋肉がつき、体中が言い表せない焦燥感に満ちていた。次第にペニスが成長し、まるでそれ自体、生命をもった別個の生き物のように要求するのだ。彼には、この始終不満がちな生き物の要求にどう応えればよいのかわからなかった。

父が次第に弱っていく一方で、自分の身体の急激な成長への戸惑いを口にするのは憚られ、恥ずかしくさえあった。母親には理解できないに違いないと彼は考えた。そんなとき、クリスが思い浮かんだ。幼馴染だったクリスとは、もうずいぶん会っていなかった。公立の学校を辞めて以来、通りで姿を見かけるぐらいで付き合いがなかった。クリスが落ちこぼれて退学し、サウス・エンドで父親のガソリンスタンドを手伝っているとうわさに聞いていた。

サウス・エンドは町の反対側で、二人が出会う要素はなにもなかった。クリスと自分は属する世界が違い、それも、別々の惑星どうしのようにかけ離れていることがわかっていた。わかってはいても寂しさがこみ上げてきた。

父親がもう長くないことも、彼の孤独をいっそう募らせた。

げっそり痩せた父の体内に癌が形成され、癌は頭も心もないがそれ自体の生命を持っていた。それは父親の肉体を餌にし、父親の命を吸いとり、カニのような触覚を父親の体内の奥へ奥へと伸ばし、ついに父親はその生き物の付属器官になり果てた。父親の姿は彼に苦痛以外のなにをも連想させなくなった。薬を飲んでうつらうつらとし、ようやく息をひとつしては、また繰り返し、次が最後ではないかと思えるまでそれは続くのだ。

そうしている間にも、夏まっさかりの好天が続いた。トウモロコシの穂は高く伸び、小麦は豊かに実り、牧草は刈られた。

「あと二か月――でしょう」医師は言った。

二か月は耐えるには長すぎるが、その実あっという間のことで、父親はすでに手の届かないところにいた。部屋に入ると、父親は力のない微笑をみせ、伸ばした骨と皮ばかりの手で、束の間こちらの手を握るとすぐにほどけ、半ば閉じた目は苦痛でどんよりしている。これが今の父の姿だった。

彼の気持ちは揺れ、怒りっぽく、反抗的になった。心細さにひとり涙にくれることもあった。

ある日曜の午後、家は耐えられない空気になった。母は頼んでいた看護師を帰らせ、家の中はがらんとしていた。父親の震えるような呼吸が最後の一回になるのを今か今かと待つのは、生きた心地がしなかった。そのような張りつめた状態で、本を読むこともできなかった。二か月の最初のひと月が過ぎ、残り一か月は永遠に思えた。すべてが一変した。母親は遠い人になってしまった。悲嘆と、近寄りがたいほどの孤独が彼女を覆っていた。彼の知る人たちはすべて、両親の友達や彼の学校の友達、その他の人々を含めて限りなく遠くなってしまった。ラニーは自分の苦境を知りえず、父親の具合を訊ねることもしない相手に会いたかった。彼には若さ、健康、そして生きることが必要だった。彼は矢も楯もたまらず、クリスに逢いに出かけた。

「まさか、おまえじゃ？」クリスが叫んだ。彼は逞しい若者に成長していた。あから顔で声が大きく、ふっくらとした唇をとがらせ、ブロンドの髪をクルーカットにしていた。汚れた緑のつなぎを着て爪は黒く染まっていた。

「ラニー・コルファックスだ、君が言おうとしていたのは」

ラニーが手を差し出すと、相手は後ずさりした。

「全身油で真っ黒さ」彼は言った。「で、最近どうしてるんだ」

「家族で世界旅行に行く予定だったけど、お父さんが病気になったんだ――癌で、とっても悪い」

「気の毒にな――まったく」クリスが言った。

客が車の窓から顔を突き出してどなった「ハイオク満タン」

「今夜なんかあるの？」燃料タンクのところでクリスが訊いた。

「なにもないよ――ただ君のとこに寄っただけだ」

「今俺、ルーシーのやつと一緒にいる」クリスはニターッとした。

予期せずしてラニーは下半身がぞくっとするのを感じた。「彼女、どうしてる？」

「きれいだよ」クリスが言った。「めちゃくちゃきれいさ――俺が見ても。そのうち結婚するかもしれね。あいつをいつかモノにできたら」

「クリス、君、いくつなの」ラニーは驚いて訊いた。

「十五か十六――ってとこかな。おふくろは俺をいつ産んだのか、言えたためしがねえ」

「だけどルーシーは――」

「彼女は十三。けど、めかしこんでるから十六に見える。滅多にない玉だぜ。言い寄る男はたくさんいるけど、俺がいちばん好きだって言ってるし、そりゃ態度でわかるさ。この店は、あのへそ曲がりの親父と俺で結構稼げるんだ」

「今夜はうちに帰らなきゃ」ラニーは言った。「母親をひとりにしたくないんだ」

「そうだな、それがいいと思う。参ったな、親父さん、ほんとに気の毒にな。また来てくれよ、ラニー」

「ああ、クリス。会えてよかった」

「ラニー！」母親が寝ている息子を揺り起こした。「先生が来られたわ。お父さん――もうダメなのよ」

瞬間的に目覚めた彼は、ベッドから飛び起きると母親の体に腕を回した。母親はいっとき息子にもたれた後、彼を引き寄せて言った。

「一分も無駄にできないの」

母親について寝室に行くと、父親は幅の広い四本柱のベッドにまっすぐに身を横たえていた。脇に医師が座り、瀕死の人間の手首に指をあてていた。

「もう意識はないと思います」医師が言った。

すると、父親の硬く閉じられた唇からささやきが漏れた。

「まだ――ここに――いる」

彼はようやく瞼を開き、目でなにかを探し求めた。

「ラニー」

「ここにいるよ、父さん」

「スーザン――おまえも」

「ここにいますよ」

「息子を――自由にさせてやれ」

「わかっています」

沈黙が訪れた。見守る側にとって、永遠に続くのではないかと思われた。だが、さにあらず、父親の命はまだ尽きていなかった。

「ラニー――」

「はい、お父さん」

「いつまでも、驚異を失うな」

「わかってるよ、お父さん。お父さんが僕に教えてくれたもの」

「驚異は」父親はかすかな声で、あえぎながら言った。「すべての――知識の――始まり」

父の声が止んだ。痩せこけた体に一瞬の戦慄が走り、誰の目にもそれが彼の最期と知れた。

「お父さん！」ラニーはそう叫び、父の握りしめた手を掴んだ。

「ご臨終です」医師はそう言ってかがむと、遺体のどんよりした両目を閉じた。そして、ラニーのほうを振り向いて言った。「お母さんのことを頼む。どこかで休ませてあげなさい」

「ここを出たくないんです」母親は言った。「ありがとうございます、先生。ラニーと二人でしばらく夫のそばにいたいんです」

「どうぞそうしてください」医師は言った。「死亡届を出しておきます。後で人を遣るので、詳しいことは、話し合ってください」

医師は母子と丁重に握手を交わして帰って行った。母と子は並んで立っていたが、それぞれが深く愛したひとりの人間のもの言わぬ姿を見降ろす二人の間隔は、その愛し方がまるで異なるゆえに、永久に交わらないのだった。故人の思い出にしても同じものはなく、また未来にしても、まったく別の未来が二人を待っているのだ。僕はいったい父親なしにどう生きていったらいいんだろう、とラニーは思った。あらゆることの真実は何かということ、そしてどこに行けばそれがわかるのかを、誰が教えてくれるだろう。僕が何者で、何者になればよいのかを知るうえで、助けてくれるのは誰だろう。

母親がどう考えているか、ラニーは知らなかった。彼にはまだ男女の愛というものが、それを不思議に思う気持ちは芽生えていたものの、よくわからなかったからである。今、彼にはそれを追求することはできなかった。なぜなら、彼は父に、記憶のなかの強い父のままで生き続けてほしかったからである。現実には、目の前のもはや動かず萎えた男の姿は、かつて知っていた人間で、自分の人生のほとんどあらゆることにおいて頼みだったひとの影にすぎなかった。

彼は、今は自分のことで頭がいっぱいで、母親に慰めを求めようとした。

「いやだ、いやだよ」彼は泣きじゃくった。「絶対に、絶対に、いやだ！」

母親は黙っていた。息子の体に腕を回し、しばらくして口を開いた。

「さあ」彼女は言った。「私たちにできることはもうないわ――お父さんが願ったように生きるよりほかに」

彼女は息子に寄り添うように部屋を出た。


どうにかまた元の生活が始まった。葬儀までの数日間は、薄暗い悲しみの迷路にいるようだった。一時間の葬儀は信じがたい苦悩のうちにとり行われた。

「塵は塵に――」牧師が最後にそう唱え、棺の上にドサッドサッと土塊の落下する単調な音が聞こえた。彼は母親と手をとりあい、その場に立ちすくんでいた。牧師か会葬客の誰かに連れられ、二人はついにその場を離れた。「これ以上はお辛いでしょう」と誰かが言った。

会葬客と別れて車で家に送られたが、もはやそこは我が家ではなく、たまたま彼らの住まいにすぎない場所だった。

「だれか残ったほうがいいか、それともお二人きりのほうがいいですか」

「ありがとう――私たちだけで大丈夫です」母親が言い、家の中は二人きりになった。何もわからない犬が彼らのまわりを喜んで飛び跳ね、母と子はそれを見ていられなかった。

「犬をガレージに入れてちょうだい」母が言った。

彼は犬をガレージに入れると、キッチンに戻り、料理をする母親のそばに腰を下ろした。

「二人ともなにも入らないわね」彼女は言った。「でも、ジンジャーブレッドを焼いて、おまえの好きな甘いソースを作るわ」

「料理なんかしなくていいよ、お母さん」

「何かしてるほうがいいの」

彼は黙って母親を見つめた。新しい盛り土の下に父の白い体が埋まっているのが、目に浮かばなければいいと思った。彼は元気だった頃の父の姿を思い出そうと懸命になった。森のなかをあちこち歩き回ったあの秋の日、冬にはスキー、夏には水泳を教えてくれた。振り返ってみると、自分の知識は父からすべて授かったように思えた。これからは誰に教われればいいのだろう？

「そんなの酷い――、酷い――」

突然、抑えていた言葉が一気に噴き出した。母親は大きな黄色いボールをかきまわしていたが、思わず手を留めて息子を見つめた。

「なにを考えているの？」母親は優しく訊いた。

「お父さんは、ひとりであそこに埋まっている——土のなか——土のなかだよ、お母さん！　もっとましな方法があるはずだ」

「でも、お父さんの体が、あの大事な体が、焼かれて灰になるのは耐えられないのよ」彼女も感情を高ぶらせた。「一握りの灰になるなんて——無理よ、堪えられない。すべてがなくなるなんて。でも今のお父さんはきちんと服も着せて寝床にいるの。そう、たったひとりで」

母親は突然、烈しく肩を震わせて泣きだした。スプーンがボールにすべり落ちて、彼女は顔を両手で覆った。彼はさっと母親の脇に寄り、その体に腕を回した。今では背丈が母親と同じぐらいになり、急に母親が小さく見えた。そして、助けや保護を必要としているのを感じた。母に泣くのは止めてとは言わなかった。もうそんな子供じみたことは言わなかった。母親に父親の代わりができないのと同様、彼は夫の代わりにはなれないのだ。お互いがあるがままに、二人で一緒にやってゆくほかなかった。

息子の胸中を察したかのように、母親はふいに泣き止んだ。彼の肩にもたせかけた顔を上げて、エプロンで目をふきながら、息子からそっと体を離した。

「ジンジャーブレッドがまだ途中よ」

キッチンに母親を残して二階の自分の部屋に戻ると、彼は肘掛け椅子を窓に寄せて、黄昏が夕闇に変わるのを眺めた。何も考えず、ただ彼自身と母の孤独、空っぽになった家、そして世界の虚しさばかりが感じられた。彼は電気をつけず階下から母が呼ぶまで暗いなかに座っていた。

「ジンジャーブレッドが最高に焼けたわ、ラニー」

彼女の声はいつもと変わらず、愉しそうでもあった。彼は階段を降りて明るいキッチンに入って行った。

「アイルランド風シチューも作ったの」母は言った。「ドレッシングで和えたサラダもね。ジンジャーブレッドはデザートよ」

キッチンのテーブルに夕食の用意がしてあった。これは初めてのことだった。その時まで、夕食は必ずダイニングルームでとっていた。父親がキッチンで夕食をとるなど想像できなかった。席に座りながら、彼は母親が今までと違いキッチンに二人の席を作ってくれたことが嬉しかった。急に激しい空腹を感じ、目の前に出されたアイリッシュシチューとサラダを一口残らず食べ終えた。そのうえ、ホカホカのジンジャーブレッドの厚切りを二つ、甘くてスパイスのきいたソースをたっぷりとかけて平らげたものだから、後で恥ずかしくなった。食事の後、二人とも早々に床に就いた。

翌朝、彼女はふたたびキッチンに食卓を整えた。彼はあまり眠れておらず、夜中に何度も目を覚ましては、丘の上に横たわる孤独な父の姿を思い浮かべた。彼の豊かな想像力は、記憶が呼び起こされる前に、墓に横たわる父の姿をまざまざと目の前に映し出した。かつては自分の父親だった死せる物体の細部があらためて目に入った。閉じられた両瞼、固く結んだ口、組まれた白い両手。両手が最も死の様相を呈していた。父親は美しい手をしていた。それは力強くて形もよく、仕事や意思表示のために活躍し、常に表情豊かな手だった。父の動かない両手が、彼の目に焼き付いていた。

「スクランブルエッグにする？」母親が訊いた。

今朝の彼女は落ち着いた様子だったが、目には一晩中泣き明かした後が見てとれた。

「ありがとう、お母さん」そう言って、またしても、悲しみのさなかにこれほど空腹を感じることが恥ずかしかった。

母親はスクランブルエッグを作り、ベーコンを焼いて出してやった。それから窓辺に行き、アマリリスの球根を植えた鉢をとってきた。しっかりした茎の周りを一握りの固いグリーンの葉が覆い、茎の先には二つの花が開いていた。まだ蕾だったが、すぐにいっぱいに開きそうだった。彼女はそれをテーブルに置いた。

「この二つ、昨日咲いたのよ」彼女は言った。「三つ目が今日咲くかしら。三っていう数がアマリリスにぴったりだといつも思うの」

彼女はまるで見知らぬ人か、近所の人か、訪問客を相手にするような調子で話していたが、彼には母親が再び人生を始めようとしていて、少なくとも彼の目の前では泣くまいとしているのがわかり、そんな母を支えたかった。

「この蕾、今にも開きそうだよ」彼は言った。

彼はゆっくり朝食をとった。母親はコーヒーを飲んで薄切りのトーストにバターを塗った。

「お母さん、卵食べないの？」息子は急に心配になって訊ねた。

今、彼には母親しかいなかった。親戚はみな遠くにいて、話に聞いていただけだった。

「その気になったら食べるわ」母親が言った。「時間をかけて元に戻そうと思うの。今日はお父さんの洋服を段ボールに詰めて救世軍に送らなくちゃ」

「手伝おうか？」

「いいのよ」母は言った。「ひとりでするほうがいいの。お父さんは、もちろん本を全部おまえに譲るつもりだったわ。今日から書斎も自分の部屋だと思って使いなさい。好きなように変えたらいいわ」

母の口からは言いづらいことが、彼にはわかっていた。だが、彼女は父親が望んだように、息子に自由を与えようとしているのだった。だが、何をする自由なのか？

突然、彼はアマリリスの蕾に気づいた。もう半開きだった！　二人が話をしているあいだ、そして途中で黙っているあいだに、蕾はほとんど開きかけていた。ただ完全に開いてはいなかった。彼が花を指し示すと、彼女は一瞬自分の記憶がとんでいたことを笑った。

「まあ、ほんと！」彼女は叫んだ。「アマリリスの蕾がこんなに早く開くなんて初めて知ったわ。でも、今みたいにちゃんと座って花を見たことはなかった」

彼女は夢を見るように花を見つめた。「象徴的ね、何となく——こんなに悲しい気持ちのときに蕾が開花するなんて。何か意味があるんだわ——よくわからないけれど——でも、まるでお父さんが私たちになにか伝えようとしているみたい。何となく慰められるわ」

母親は憧れるような目を彼に当てた。「ラニー、私本当にあなたにとって必要な母親になれるといいと思っているの。あなたが赤ちゃんの頃からずっとあなたのことはお父さんに任せてきたのよ。私よりはものを知っているし、おまえが普通の子供と違うことを承知していたから。もちろん、お父さんの代わりになれるはずがないわ、絶対にありえない。ただ、今までしてこなかった自分のつとめを果たしたいと思うの。今までは、その必要がないと思っていたから。だから、これからは私を助けてほしいの。母親としてするべきことをしていなかったら、そう言って欲しいの。する気がないんじゃなくて、ものごとをよく知らないだけなのよ」

彼は母親の懇願する様子に、今まで抱いたことのないあたたかい気持ちになった。彼は父親に心からの愛情を捧げたが、今、母を違った目で見ていた。子供のように無力で、しかも自分がその人の体内から生まれ、そしてある意味、彼がその一部でもある存在だった。

「お母さんならできることがあるんだ」

「それはつまり？」

「お父さんのすべてが知りたい――何もかも、すべて。今になって思うと、お父さんと過ごしていたころは自分のことばかり話していた――僕が何を考えているかってことばかり。自分本位だった」

「いいえ、自分本位ではないわ」母はすかさず言った。「お父さんにとって、ただ――おまえのような賢い子を教えるのは教師冥利に尽きることだったの。彼は生まれながらの教師で、優秀な頭脳を尊敬していたから。おまえの頭脳を宝物のように言っていたわ」

「でも今は、僕がお父さんのことを知りたいんだ」

母親は、不思議そうに呟いた。「一体どうしてわかったの？」

「わかるって何を？」

「今おまえが言ったこと、どんな言葉よりも嬉しかった！　今まで、一度も考えつかなかったわ。私が、おまえのためにお父さんを生かし続けることができるなんて！　頑張るわ――すべて思い出すようにするわ。一度に全部でなくても、毎日何かひとつ起こるたびに、お父さんを思い出すわ」

母親を慰めたことで彼の心も癒された。これからの母子二人の生活に、ひとつの目的ができた。亡き人がいつも自分たちのなかに息づいているように、これから暮らして行こうと母子は思った。

その夜、二人は書斎にいた。話をするなら書斎が一番いいと思う、お父さんが近くに感じられるから、と母が言った。部屋はそのままで、机の上には父親の細かい文字がびっしりと並んだ書きかけの原稿が置かれていた。いつか、あなたが書きあげるでしょう、と母親は息子に言った。それは父親の意向で、彼は父の原稿を少しずつ丁寧に読み進めていた。すべてを理解できたわけではないが、父の思想に魅了された。科学者は誰もが芸術家で、芸術家は誰もが科学者だって？　科学と芸術に共通の、ある秘密とは何なのか？

「火を起こしてちょうだい」母親が言った。「雪まじりになってきたわ」

彼は身をかがめて、父が常々そうしていたように、点火器で薪の下側に火をつけた。薪は乾燥していて、炎はごうごうと音をたてて煙突を燃え上がった。

「お父さんの椅子にお座り」この日、二人にとって最初の夜に、母親は言った。「おまえがそこに座るのが見たいの」

彼は父親の椅子におさまった。父が長年座ってできた椅子のくぼみに自分の体を沈め、座っているのが心地よかった。

「お父さんとは大学で出会ったの」母親は話し始めた。「こんなにハンサムな人を見たのは初めてだと思ったわ。スポーツをするタイプじゃなかった。ほら、フットボールのスター選手とかそういうのじゃなかったの。でも、テニスの腕は達者だった。私が優勝者だってわかると、彼はすぐに試合を申し込んできた。私、勝っちゃった――」

彼女は言葉を切ると、俄然目を輝かせて笑った。「彼はあまりいい気分がしなかったでしょうね。私も後悔して、彼は二度と私に会いたいと思わないだろうと思った。でも、実際はそうじゃなかったの。後になって、お互いによく知り合ったころ、自分に全力でぶつかってきたところが気に入ったと言われたわ。彼は多少テニスが上手いと思っていたから、女子に負けて悔しかったと告白したけれど、もしこちらが下手な振りをしていたら、軽蔑しただろうって。その考えは揺らぐことがなかったわ。『僕は君の真実が知りたいんだ、スーザン』って、彼のその言葉が今も聞こえるわ」

彼女はかすかな微笑みを浮かべて、父親の椅子に座っている息子のほうに目を向けた。「お父さんは、真実を言うのが当たり前だから、おまえには、真実以外は言わないことにするわ。協定を結びましょう――父親のためだと思って、お互いに真実以外は言わないことにしましょう」

「じゃあ決まり」ラニーが言った。

彼女はしばらく黙って考えていたが、再び話し始めた。「あまり急ぎたくないし、長く続けたいの。あなたもしたいことがある晩もあるだろうし、二人で何をするか決めなきゃならない晩もあるでしょう。あなたは何がしたいの？　旅行にはどうしても行く必要はないと思います――そのお金は、大学の費用に必要になりますーーお父さんが亡くなって奨学金が出るでしょうけれど」

「僕、大学に行く」彼は言った。「来年の新学期から通えるよ」

「でも、まだ十三にもならないのにーーそれに、他は年上の学生たちばかりで、何をされるか」

「何もされないよ、お母さん。そんな暇はない」

「でも、おなじ年齢の子供たちの楽しみを味わえなくなるのよ」

「他のことがあるよ」ひとことそう言ってみたが、何があるのか思いつかなかったので、母親に話の続きを促した。「お母さん、話を続けて」

「すぐに恋人どうしになったの」彼女は恥じらいながら続けた。「あの頃は、恋愛はとても大切なものだったーー今と違ってね。でも、彼は卒業するまでは結婚しないと言ったの。私はまだ一年生だったけれど、もう大学は続けたくなかった。彼と一緒にいることだけを望んでいた。それで、六月に結婚したのよ。素敵な結婚式だった。私はひとりっ子だったから、みんなが夢のような結婚式にしたいと思っていたの。親戚もみんな彼のことを気に入ったわ。お父さんが博士号を取った後、私がオハイオに行くのが嫌だった理由のひとつはそれなのよ。家族から遠くなるでしょうーーだから、あなたは私の家族のことを知らないで育ったの。お父さんの両親は亡くなっていて、彼もひとりっ子だったから、あなたの家族はお父さんと私だけだった」

「僕、なにも寂しいと思わなかったよ」

こんどは長い沈黙が続いた。彼女はじっと焔を見つめ、夢を見ているような、昔を思い出しているような、かすかな微笑みを浮かべていた。ラニーは黙ってそこに座り、内心は気がせいていたが、母親の夢想を邪魔したくはなかった。

それ以降はすべて、最初の夜と同じだった。母親は微笑し、人生を再体験し、夢想し、思い出をたどった。その傍らで、彼は気が逸りつつも待っていた。すると突然、彼女は時計に目をとめて、遅い時刻に驚くのだった。

「まあ、もう遅いわ」彼女が驚きの声をあげて、夜は終わりになった。

毎回、彼は黙って座りじっと焔を見つめていた。その傍らで、母の笑いや追憶のため息に時折中断されながら、彼女の声がよどみなく流れ、聞いたことを内面で視覚化するのを彼は楽しんでいた。つまり、彼女が遠い昔の出来事を語り終えると、彼にはその一部始終が、あたかも目の前で起きているかのように、見えるのだった。彼は自分のこの能力に気づいていた。というのは、内容にかかわらず本を読んでいるとき——個々の語句やそれが印刷されたページではなく、読んでいる内容が見えるのだった。少なくとも彼自身は、思い出せる限り最初からずっとそうだったと感じていた。この能力は、学校でいつもおおいに価値があった。特に数学の時間がそうで、先生が問題を出すか、教科書の問題を解きなさいと言われるとき、彼には数字ではなく、問題の趣旨と、質問の全体との関連性が見えるので、すぐに回答が出せた。理科も同じで、読んだり聞いたりした内容を同時に視覚化できる能力により、簡単に理解できた。

今、母親が若かりし頃の父との思い出を語るとき、彼には父の姿が見えていた。実際に目で見ることができたのだ。彼は誰もがこの能力をもっているものと思い、少し大きくなってから初めてそれが特殊な能力だったこと、そして頭の中で考えている人物なり物事なりが、形をもった具象として実際に見えることに気付いたのだ。父がどんな人物だったのか、母の描写を聞きながら、彼には上背のある若者の姿が見えていた。その青年は肌が白く、金髪で、よく笑った。人の話に熱心に耳を傾け、不思議さに目を見張る感性を持っていた。この視覚能力のことを、彼はまだ誰にも話したことがなかったが、今、はじめて母親に明かした。

「僕が生まれる前のお父さんの姿そのものが見える」

母親は話をやめて、息子の顔をいぶかしげに見つめた。

「歩くのがとても速いよね？　走っているみたい。とても痩せているけど、タフだね。それと、短い口髭を生やしていたね、そうでしょう？」

「どうしてわかったの？」母親は叫んだ。「初めて会ったときは、ほんとうに口髭を生やしていたのよ。でも私、髭は苦手で、それで剃っちゃったの。それっきり生やさなくなったわ」

「どうしてわかるのかが、わからないし、どうして見えるのかもわからないよ。でも、確実に見えてるんだ」

母親は憧れと畏れの入り混じる気持ちで、彼が先を続けるのを待った。

「ときどき」彼は言いづらそうに言った。「良くないと思うことがある」

「どんなときに？」言い淀む息子に母親が訊ねた。

「例えば学校で、特に数学の時間。暗算をしているときに、先生たちは僕がズルをしてると思ったんだ。でも、僕には見えたの。カンニングなんてしてない」

「するわけないわ」

彼自身もその時は気づかず、何年も経ってから思い出したに過ぎないのだが、その夜を境に、母親は父親のことを話さなくなった。彼女はいつも息子に没頭し、沈黙のなかに息子への畏敬の念すら感じられた。息子の食事に気を遣い、思いつくだけの栄養のある料理を作り、睡眠を十分とらせることに躍起になった。だが彼は母親を忘れ、頭のなかは創りたいもののイメージであふれていた。常に創造することだけを考えていた。一方、体は目まぐるしく成長し始め、食欲は旺盛だった。中程度だった身長が、十三歳になる前に、或る日突然（というのが本人の実感のようだ）、百八十センチを超えた。彼自身、高すぎる身長をもてあましていた。だが、極端に高い身長にもひとつだけ良いことがあり、それは大学であまり目立たずに済んだことだ。彼はまだ少年のように見え、体ばかりひょろ長くてビッグバードみたいに痩せていたが、背筋はピンと伸びていた。

彼が向き合っているのは、終わりのない問いだった。将来、僕は何になるべきか？　発明家、科学者、芸術家――彼は内から沸き上がるエネルギーを――身体的なエネルギー以上のものでありながら、しかも彼の全身を支配するエネルギーを――感じていた。はけ口が見つかるまで、彼はそのエネルギーに耐えねばならない。拘束され、抑圧されていると彼は感じた。教室では自分を畳みこみ、教師たちの鈍さと几帳面さに苛立つまいとしていた。

「ほら、早くしろ」彼は歯を嚙み締め息をひそめた。「さっさと進め」

教授が説明を終えぬうちに彼は意味を目に浮かべることができた。彼は自分の想像力に悩まされた。色々なアイデアが身の周りを浮遊していた。一日にいくつものアイデアを思いついて戸惑うほどだ。どれかに焦点を定めるにはどうすればいいのだろう？　自分をこれほど悩ます想像力とはいったい何なんだろう？　せっせと何かを創造しようとするのだが、野放しで、あるいは制御自体が不可能なのだろうか？　少なくともまだ彼にはどうすれば想像力をコントロールできるのかわからず、自分の意思で強制的にそうするまではわからないだろう。

これまでにわかった範囲では、自分と同じように苦しむ学生はひとりもいなかった。彼には友人がひとりもなかった。というのも、ただ親しげな関係というのは、彼が本来非常に人懐っこい人間ではあったにせよ、友情を意味しなかったからだ。彼は時々自分がひとり砂漠にいるように感じた。

砂漠は、彼の創り出したもので、ありのままの自分を映し出していた。彼はとうに母親を必要とすることがなくなり、父親のこともほとんど考えなくなっていた。彼は自分自身の問題に没頭し、自分が進むべき道は何かということに心をくだいていた。彼は大学生活の大半の時間を、完全な孤独のうちに生きていた。

三年目のある日、心理学の講義でたまたま教授が発した一言が、彼の注意を引いた。

「大抵の人は」教授は言った。「単に順応しようとする。動物が学習するのと同じことです。自転車に乗るチンパンジーや、迷路をたどるネズミがそうです。でも、人間のなかには、順応するだけでなく、それ以上の能力を生まれ持つ者がいます。それは、クリエイティブな人です。その人にとって創造的であることは悩ましいかもしれないが、イマジネーションを駆使して悩みを解決するのです。そうして、ひとたび悩みが解消したら、その人は、自由に創造力を発揮するようになります。創造すればするほど、その人は自由になるのです」

突然、彼の脳裏に光が射した。講義終了後、ほかの学生が全員いなくなるのを待って、ラニーは教授の前に進み出た。

「お話があるのです」彼はそう切り出した。

「君のその言葉を待っていたよ」教授は言った。

「今夜、出かけてくる」彼は母親に言った。「シャープ先生と約束しているんだ。家に会いに来なさいって。帰りが遅くなるかもしれない――なりゆき次第で」

「なりゆきって何の？」

彼女はいつも穏やかな口調で的をついた質問をした。彼は母親のほうを見ながら、質問の答えを考えていた。

「まだわからない」彼は言った。「どんな話になるのかわからない。たいして身にならない話なら、早く帰ってくる。その逆なら、遅くなると思う」

心ここにあらずの状態で、彼は無言で夕食を食べた。相変わらず食事はキッチンでとっていた。父親が生きていた頃は、夕食が一日の正餐で、必ずダイニングルームで食事をした。朝食はキッチンで手早くとり、昼食はサンドイッチでいい加減に済ますものだが、夕食だけは洋服を着替え、銀器や陶器を並べて、花を飾った食卓で優雅にとるのを父は好んだ。三人のときはさして広いとも思わなかった食堂が、母親と二人になると、急にがらんとしてなにもない空間に感じられた。

「シャープ先生のことはよく知らないわ」母は言った。

「僕もあまり知らない」彼は答えた。「若くて、新しい考え方をする先生がいるのはいいよ。これまでの人生で教わった先生は、それとは違った。もちろん、みんないい先生だったけれど、でも

――」

彼はまた考えごとに戻り、口をつぐんだ。母親は続きを促した。

「でもなんなの？」

「でも」彼は繰り返した。「僕はただ、何か新しいことが必要なんだ。僕の考えていたことだったらなおさら」

「どんなこと？」

もの問いたげな母親の顔をちらっと見て、彼ははにかんだように笑った「そうだな――創造についてかな！」

三十分後、彼はドナルド・シャープの小さな居間にいた。ほかには誰もいなかった。というのは、シャープは独身家持ちで、週に一度家政婦がくるほかはひとり暮らしをしていたからである。品のある装飾とデザインが目を引く部屋だった。フランスの巨匠の画風にならった絵画が二つ、壁に向かい合わせに掛けられ、もう一面の、暖炉の向かい側の壁には日本の軸が掛かっていた。暖炉の両側には金色のベルベット貼りの安楽椅子が二脚置かれていた。季節は晩秋で夜は寒く、部屋のなかは薪の燃える匂いがした。

彼は緊張もせず、この部屋がなぜか居心地よかった。父親の死後くつろぎを感じたのは初めてだった。痩せた体が金色のベルベットの椅子にすっぽり包み込まれ、その贅沢な風合いを彼は楽しんだ。向かいにドナルド・シャープが座っており、その横の小卓に脚の長いワイングラスが置かれていた。

「ラニー、君はずいぶん若いね」彼は言った。「でもこれは強くないから、酒のうちにはいらないと思うよ」

シャープはそう言いながら客にワインを注ぎ、ラニーは一口飲むと脇のテーブルにグラスを置いた。

「好みではない？」

「ええ、あまり」彼は正直に答えた。

「そのうち味がわかる、と思うよ」

こうしてその夜は始まった。途中、長いこと黙考する時間を差しはさみながら、二人は今や実質的な対話に及んでいた。

シャープの、暗色系の瞳と髪の風貌は整いすぎているぐらいだった。背は高くはなく、女性のように華奢な骨格をしていた。いちばん独特なのは目元で、くっきりした眉の下の、大きな茶色の瞳には鋭い眼力があり、大胆さと裏腹に忍びやかな印象を持ち合わせていた。彼は続けた。

「無論、イマジネーションが創造の始まりだ。想像力なしに、創造はありえない。だが、それで芸術が説明できるかというと、自信がない。芸術とは、感情の結晶といえるかもしれない。感情が溢れ出さんばかりなのを感じるはずだ。例えば、私は詩を書く。だが、何日も何か月も、或いは一年かそれ以上たっても一行も書けないことがある。なぜなら、結晶になるほど深く感じることがなかったからだ。感情が凝縮されて詩になる。詩が出来ると解放を味わう。それは私のものだ。手に載せた宝石のように確実な存在だ」

彼の語る声は美しかった。柔らかなバリトンが耳に心地よかった。突然、身を乗り出して、彼はまったく調子を変えて質問をした。

「君の名前は――つまり、家ではなんて呼ばれているの」

「僕の名前はランドルフ――家ではラニーです」

「そうか。私は大好きな人には特別な名前をつけることにしている――君のこともそうだ。ランと呼ばせてもらうよ――エヌが二つだ」

「先生がそれでいいなら」

「でも君はどうなの？」

「ラン――はい、いいです。もう愛称で呼ばれる年齢じゃないから」

「そう、立派な大人だ！　それで、今まで何を話していたのだったかな？　そう、感情だ！　なぜ、われわれが芸術を創造せずにはいられないのか、私には今もってわからない。おそらく始まりに美の認識があったのだろう。最初はおぼろげなもの、たとえば突然、花や鳥を見て感じた驚きかもしれない。だが、感じる能力そのものはあったはずで、それは目覚めや驚異の感覚であり、知性の新たな一歩を意味していた」

彼はシャープの声を音楽を聴くように、半ば感覚的に聴き、時たま口を開いた。

「では、科学の始まりはいつだったんですか?」

「ずっと後だ」シャープが答えた。「自然人、つまり文明化されていない人は、分析をする前に、神話や夢で詩を詠んだのだろうね。実に矛盾したことには、科学は宗教とともに始まったのだ。聖職者は時間を読むすべを学ばねばならず、星の位置と季節を合わせることが必要だった。科学の基本をひと言でいうなら正確さだが、これが事実に根ざす真実へとつながった。近代科学と、実験に基づく手法の基礎を作ったのは言うまでもなくガリレオだ。彼は天体の動きを計算し、観察することによって、宇宙の中心は太陽であるとする説――地動説を提唱し、そのために追放された。後に、アイザック・ニュートンが同じ学説を数学で言い換えた! そう、科学は芸術と同じぐらい創造的で、両者は切り離せない、いや、切り離してはいけない。なぜなら、どちらも人間の進歩の基礎になるもので、不可欠だからだ」

時折質問をしながら話に耳を傾けているうちに数時間が過ぎ、そのあいだ中、ランは相手の魅力に屈服していた。マントルピースの上の時計が夜中の十二時を打つのを聞き、彼は我に返った。

「もう家に帰らなくちゃ――明日の先生の講義の課題がまだできてません!」

シャープは笑みを浮かべた。「一日延長しよう。君は今夜、楽しい時間をくれた。私の話を理解して聞いてくれる相手には、あまりお目にかからないのでね」

「先生も、僕の疑問や考えを明確にしてくださいました」

「よかった！　またぜひ来なさい。教師というものは、理想の教え子を追求してやまないものだ」

「ありがとうございます、先生。それは、教わる側も同じです」

二人は手を握り合った。シャープの手は妙に熱く、やわらかで、彼は咄嗟に自分の手を引っ込めた。

家に帰ると、母親がまだ起きていて、キッチンで息子の帰りを待っていた。

「ラニー！　どうしたのかと思っていたのよ――」

「楽しかったよ。いろいろなことがわかったんだ。あと、お母さん――」彼は言い淀んだ。

「なんなの、ラニー？」

「これからはラニーって呼ばないでほしいんだ」

「そう？　それじゃあなんて呼ぶの？　ランドルフ？」

「ランでいいよ、エヌが二つだ」

「いいわ――そのほうがいいなら。忘れないようにするわ」

「ありがとう、お母さん」

母親はなにかを考えているような、いぶかしげな目で息子を見つめたが、彼は何も聞かれたくなかった。

「おやすみ」ひと言って、彼は部屋を出て行った。

彼は眠れなかった。ドナルド・シャープによって、彼は目覚めたのだ。彼の頭のなかで焦点を結び始めていた問題は自分自身であり、芸術家と科学者のどちらなのかということだった。つねに創造への衝動に駆り立てられ、抗えないのを感じていた——でも、一体何を？　己を知らず、自分が何者かがわからないうちは、何をすればよいのか知りようがない。彼は学校に行きたくて居ても立っても居られなかった。過去の出来事や、他人の業績を学ぶ意味などあるのか？　それでもやはり、彼らの成し遂げたことを知るのは有用ではないか？　たとえば、ガリレオは音楽家、画家、科学者のすべてをこなした。果たして彼はそれらを学校で学んだのか、それとも独学で自分のために学んだのか？

自分への問いは、ついに彼を眠らせなかった。家中暗くて物音ひとつしない。階下の食堂にある、母方のオランダ人の曽祖父の柱時計が未明の時刻を打った。一時、二時、そしてついに三時だ。月が地平線に没し、夜明け前にようやく彼は眠った。訳のわからない夢に中断され、安眠できなかった。どの夢にも、ドナルド・シャープが繰り返し現れて彼を混乱させた。

翌朝目を覚ますと、朝日が、寝室の東側の窓から射し込んでいた。夜中の混乱とうって変わり、彼は以前に感じたことのない心の平安を抱いて目覚めた。ベッドのなかで安らぎながら、今味わっている安心感の中心にはドナルド・シャープがいた。あっという間に思えた前夜の数時間を、彼は自分のなかで再現していた。父親の死後、この夜ほど楽しかったことはなかった。実際、これほど楽しかったことは初めてかもしれなかった。彼がシャープに会いに行くという行動に出たのは、この人物の魅力、若さ、成熟、また肉体的な美しささえもが、少年の心を揺さぶったためだ。それはどんな人間にも感じたことのない魅力だった。相手は生身の人間なので、友人になるかもしれないし、または、もう友人なのかもしれなかった。彼には本当の友達がいなかった。同じ年頃の少年たちは、スポーツをしたりたまに時間を過ごす仲ではあったが、自分と同等に会話ができる者にはひとりとして出会わなかった。ついに、友人ができたのだ！

その確信は全身を廻った。まさに喜びそのものだった。彼はベッドから飛び起きると、大急ぎで新たな一日を開始した。まずはシャワーに清潔な服、そして山ほどの朝食。今まで何日も食べる気がしなかったが、今朝は朝食が待ちきれないほどだった。その日の一時限目は、ドナルド・シャープの講義だった。

「自分の意識に注意を払うことが必要です」ドナルド・シャープは言った。

彼は教壇に立っていた。何百もしくはそれ以上の学生の列が何段にも重なり合って、ついに天井の下まで埋まっていた。彼は教室全体に向かって講義をしたが、最前列の中央にいたランに、親しみをこめた優しい視線を投げかけていた。

「ちゃんと養分をあたえ、そして構ってやること」シャープは微笑んで言った。「無意識の場合、そうではない。注意を払わないことで、育てるのです。無意識は花園のハチドリのように自由にさせておくのです。ハチドリをよく見てみたことがありますか？　ない？　では一度観察してごらんなさい。ハチドリはいつも忙しく飛び回っています。目の前に飛んできたかと思うと、もう別の場所に飛び去っていて、あちこちの庭を廻り花から花へと蜜を吸うのです。諸君の心も同じなのです！　自由にさせてやりなさい。何でも読み、どこへでも出かけて、浅く広くすべてのことを知り、できるだけ多くの物事、人間、世界について究めなさい。何か問題が起きた場合は、無意識の心に従ってごらんなさい。そして無意識の引き出しのなかから必要な情報が出てくるのを待って、それを基に決断するのです。みなさんが寝ているときの夢に、あるいは白昼夢の中にさえ、必要な情報は現れるでしょう。私は白昼夢の存在を信じます。みなさんの親や教師に白昼夢は怠惰であると言わせてはなりません。白昼夢は無意識の心がものを言う機会なのです。ニュートンは白昼夢のなかで引力について思い巡らしていて、ついにある日、リンゴが木から落ちるのを見て、無意識が彼に重力とは惑星間の引き合う力であると教えたのです。モンゴルフィエ兄弟は、ある寒い夜に焚火の前でうとうとしていて、暖かい空気に乗って紙きれが煙突を舞い上がる様子に気づいたのです。それなら、熱気球で人が空を飛べないはずがないではないか？」

「科学者に限らず、芸術家も無意識のこころを利用しています。コールリッジは彼の詩『クーブラ・カーン』をまず夢に見て、目覚めてすぐに書き留めたのです――だが友達に中断されて、なんとすべてを忘れたのです。近代の芸術家のなかには、無意識の結晶化を待たずに利用する者もいて、たとえば、文学ではジェームズ・ジョイス、美術ではダリがそうです。作品は興味深いが、おそらく無意識が露呈されても意味を伝えることにならないでしょう。無意識のこころは、必要性や要求におされてでないと、必要な情報に注目して、それを整然とした形で取り出しはしないのです。アートの手法とはこういうことなのです」

ランは手を挙げ、シャープが頷いた。

「科学者にも芸術家と同じように想像することや、夢を見ることが必要じゃないですか？　もしかして芸術家以上に？　なぜなら、彼らは何を成し遂げたいのかが明白だから」

「そう、彼らにはわかっている。だから、夢の素材のなかから、必要なものに焦点を合わせます。でも、そうでない場合もあるのです。何かに驚異を抱いて、それを追求することもあります。まず不思議だと感じて、次に何故なのかを問うのです。これもひとつの技法です。純粋の科学者は技巧家ではないにしてもね。そう、真の芸術家と科学者は相通じるものがあります。実際、一流の科学者と知り合うと、大抵は、音楽家や画家としての横顔を持っていることがわかります」

「芸術家は科学者になりえるでしょうか？」

電光と雷鳴のように間髪入れない受け答えが続いた。

「そうですね」シャープはきっぱりと言った。「夢に関して両者は同じではありません。芸術家の想像力は、どんなものでも素材として利用するのです。電子音が新たな音楽を生み、画家は新たな色使いに影響されます。芸術家は新たな素材に出会い、それを吸収し、自分の反応や感情を表現するのです」

「僕には科学者と芸術家の違いがわかります」

「言ってみなさい」

「科学者は発明し、発見し、証明します。芸術家は表現するのであって、何かを証明する必要はないのです。うまく表現できた場合ですが――」

「つまり、うまく伝えられたなら――」シャープが口を挟んだ。

「そうです」

「よろしい」シャープが答えた。「君とはこの問題をさらに検討する必要がありそうですね。講義の後で、少し残ってもらえますか」彼は腕時計に目をやった。

「今日はここまで」

席をなかなか離れようとしないランに向かって、教師はほとんど唐突に告げた。「今夜は、委員会の会議があるから、明日の夜八時頃にいらっしゃい。課題が仕上がっていたら持ってきなさい」

「わかりました、シャープ博士」

理由もわからずに拒絶されたように思えて、彼はその場を離れた。なにがなんだかわからず、傷つけられた気がした。


「ずいぶん小食なのね」

「お腹が空いてないんだ」

母親は驚いたように相手を見た。「おまえがお腹が空かないことなんて一度もなかったわ。どこか具合でも悪いの？」

「そうじゃない」

「学校で何かあったの？」

「普通に講義に行ったよ。今夜は課題のレポートを書かなくちゃ。そればかり考えてる」

「何のレポート？」

母親に追及されて、腹が立ってきた。「まだわからないよ」

「なんの講義なの」

「心理学Ⅱ」

「それじゃあ、シャープ先生ね」

「そう」

母親は一瞬考えてから言った。「あの人には、どこか虫の好かないところがあるの」

「多分良く知らないからだよ」

「お父さんとは特別の友人ってわけじゃなかった」

「友達じゃなかったの？」

「彼がドナルド・シャープについて話していた覚えがないの」

「同じ学部じゃなかった」

「それはまた別の問題。おまえがお父さんのいらした英語学部を選んでくれたら、さぞ喜ばれたでしょう」

「お父さんは僕に自分で選ばせたがっていた」

彼は苛立ちを声に出さないようにしていた。母親のことを根底から愛していたからだ。日々の生活で、この家で、記憶する限りずっと生活を共にしてきた母との日常生活で、彼は最近母親に対して自分でも自分を恥じ、混乱するぐらいに苛立ちを覚え始めていた。母親を常に心から愛していた。

それは、子供が抱く素直な愛情だった。今、その愛はほとんど生理的な嫌悪感によって陰りを帯び始めていた。彼は母親の子宮のなかで形成され、その子宮から母親の血液に真っ赤に染まって出てきたことを知りたくなかった。特に嫌悪したのが、教授会の若い妊婦の妻たちに対して母親が母乳の効用を説くことだった。

「うちは母乳で育てたんですよ」彼女はそう宣言していた。

赤ん坊の自分が母親の豊かな乳房から乳を吸っていたことや、母親が実際に美人だったことは彼を不愉快にさせた。母親のなめらかな金髪には白髪もなく、ブルーの瞳は優しく、体つきはほっそりとしていて、唇は特に柔らかくてふんわりとしていた。そうした綺麗な母親に対して、彼はますます葛藤を覚えた。母の器量がよく、それを他人が褒めるのは要りもしないことであるばかりか間違っているように彼には思えた。特に父親の死後、男性たちは彼女と話したがり、老いも若きも彼女に好意を持った。彼は、父親のために冷たい嫉妬に似た感情を抱いた。

瞬間的に否応なく浮かぶ想像のなかで、自分が母親の乳房を吸う光景が繰り広げられると、彼はひたすら目をそむけた。それは彼に吐き気を催させた。何か別の方法で、彼の独力で、たとえば空中からとか化学実験によって生まれてきたらよかったのにと思った。彼は女性に対してまだ関心がなく、ルーシーのあのバラ色の器官の記憶にはあえて触れないようにしていた。だがクリス同様、何年も会っていない彼女のことを時々夢に見て驚かされた。

そうした事実を脇に追いやり、彼は自室のデスクの前に座ってタイプライターに向かった。彼はレポートのタイトルを大文字で注意深く、「発明家と詩人」と打った。

「詩人の夢は、科学者の発明につながった。詩人は彼が自分が鳥になったと想像する。木々の梢を超えて飛んだり、大空に舞い上がるとはどんな感じなのだろう。詩人には夢見ることしかできない。だが、どうしてもその夢を実現させたいと思ったなら、あるがままの翼のない人間の姿で、なんとか空を飛ぶ姿を想像するだろう。だが、翼がなければ飛べないのは明らかであるから、翼を製作しなくてはならない。地上の人間を空中に昇らせる機械を作らなければならない。彼はふたたび夢を見るが、今度夢に見るのはそんな機械だ。そして夢の導きにしたがって、一生懸命に手作りし、ついに飛行機を造りあげる。飛行機を完成させるのは同じ人物ではないかもしれない。ひとりの人間が成功するまでに、多くの人々が飛行機造りを試みた。人が空を飛ぶ夢は、遠くイカロスの時代にさかのぼる。

まず夢があった。夢を見る者と、発明家の両方が必要である。彼らがクリエーターであり、ひとりは夢を生み、もうひとりが、それを具象化し完成させる」

多くの考えが一気に頭のなかに注ぎ込み、彼の指は飛ぶようにそれを文字にした。すべてを書きあげたとき、二十枚も原稿を書いたのは初めてだったが、真夜中になっていた。部屋の外で母が立ち止まる音が聞こえたが、彼女はドアを開けず、声をかけようとしなかった。彼女はそこに佇んでいるだけだった。ため息がひとつ聞こえたかと思うと、彼女はその場からいなくなった。息子は母親の言うことを聞く年齢ではなく、彼女にはそのことがわかっていた。だが、息子にもそれはわかっていて、寝るまえの支度をしながらそのことを考えていると、こうして母親から離れることは成長して自分自身になるためには避けられないことだが、一抹の寂しさも覚悟していた。だが、彼には友人がいた。自分を導いてくれる大人の友人、ドナルド・シャープだ。明日は彼に会う。朝早く起きて、課題に修正を入れ、写しはとらず、そのまま提出するのだ。そして、友人であり教師でもあるドナルド・シャープは言うだろう。「今夜、家に来なさい。またそのときに話し合おう」

ベッドに入ってからも興奮状態で眠れなかった。

「批評はしないでおこう」文字がびっしりと並んだ原稿をパラパラとめくりながらシャープは言った。

「批評してください」

ランは、シャープという男に強烈な魅力をみとめ、抵抗したすえに屈していた。この人物の精神性のオーラ、知性に輝く黒い瞳、そして身体的な魅力があいまって彼を否応なく惹きつけた。彼には、シャープの手に触れたいという欲求が芽生えていた。シャープの手は、男性の手にしては完璧すぎるぐらい整った形をしていて、顔の肌のような肌理《きめ》と光沢があり、大きさに比べて骨格は華奢な造りだった。

シャープはレポートを読みながらさっと少年に視線を投げ、そのうっとりとしたまなざしと目が合って顔を赤らめた。彼は原稿を脇机に置いた。

「何を考えているの？」彼は静かに訊ねた。

「先生のことを考えていました」ランは、自分でも訳がわからずに茫然とそう言った。

「私のどんなこと？」シャープはひきつづき穏やかに訊ねた。

「先生は、他の誰とも違っている──でも、僕はまだ先生のことをあまりよく知らない」

「そうだね。君はまだ私のことをよく知らない」

彼は立ちあがるとランのそばに寄った。そして顎の下に右手をあてて顔を上に向かせた。目と目が合い、沈黙のなかで二人はしばらく見つめ合っていた。

「どうだろう」シャープはゆっくり言った。「僕たちは友達になれるかしら」

「そうだといいです」

「どういう意味で言っているのかわかっている？」

「いえ、あまり」

「君には誰か──友達は？」

「わかりません。学校の友達ならいる――」

「ガールフレンドは？」

「いません」

シャープはふいに手をはずし、丈の高いフランス窓に寄った。外は小雨模様で雪片が舞い始めていた。彼は窓辺に立ち、次第に暗くなっていく構内を見渡していた。その姿を見ていたランは、シャープが後ろに回した両手を握りしめているのに気づいた。シャープが沈黙を破るのが怖い気がして、ランは黙っていた。突然、シャープが振り向いて椅子に戻った。顔色はあおざめ表情は固く、唇をきつく結びランから目を背けていた。小卓に置かれた原稿をとりあげて、ひとつにまとめた。

「評価はまたにしよう」彼はいつもの声で言った。「アイデアがとてもいい――科学と芸術の創造の関連性――だが、書き飛ばしている。持ち帰って、じっくり考えてから、書き直してほしい。そう、このままでもよく書けているが、もっとよくなる――完成までもっていってごらん。そうして君の創作が仕上がったら、二人で批評しよう。私が期待しているような良いものになれば、学術雑誌に公表できるかもしれない。私の論文もいくつかその雑誌に発表しているんだよ」

「先生のご意見を聞いて、参考にさせていただけないでしょうか」

「いや、創作の過程で批評を行ってはならない――自己批判もだめだよ。創作と批評は対照的で、二つを同時にすることはできない。覚えておくといい。君はクリエイターだ、ラン。今となっては疑う余地がない。羨ましいよ。批評は私に任せておきなさい。私は生来の批評家だ。その結果が優秀な教師というわけだ」

彼は笑顔でランに原稿を返して立ち上がった。

「君のお母さんは息子はいったいどこをほっつき歩いているのかと思っているだろう。君をお母さんのもとに返す義務がある。もう深夜だ。興味があることには、時のたつのはあっという間だ」

彼はランについて玄関に行き、立ち止まってドアのノブに手をかけた。数インチほど背丈が及ばなかったランが見上げると、相手の黒い悲劇的な瞳と目が合った。それは悲劇的というのがふさわしい悲しみを湛えた目だった。だが、不思議そうな表情の若者を見下ろしたとき、その唇に微笑みを浮かべた。彼はふいにかがんでランの頬にキスをした。

「おやすみ――おやすみ」彼は囁くように言った。「おやすみ、マイ・ディア」

「先生は課題を気に入られた?」母親が訊いた。彼女は、普段息子の帰宅を待たなかった。そうされたくないと彼が思っているのを知っていたからだ。居間の暖炉のそばで母親が自分を待っていると思うと、彼は落ち着かず少なくとも不自由に感じた。だが今夜、彼女はそこにいた。

「ざっと書いただけだから、これから練り直さないと」

「どんな内容なの？」

「説明できない」それだけ言うと、弁解ぎみに続けた。「疲れた――本格的な講義みたいだったよ」

母親は立ちあがって言った。「もう寝たほうがいいわ。おやすみなさい」

「おやすみ」そう言うと、彼は躊躇しつつもいつものよう母親の頬にキスをした。

毎晩、彼はすすまぬ気持ちで母親に就寝前のキスをした。そうした気持ちは日ごとに強くなり、母親の気持ちを傷つけずに子供の頃のこうした習慣を断てたらいいのにと思った。父親がいた頃は、二人にキスをしたが、このあたりで終わりにしたかった。彼はもやもやした気持ちのまま部屋に戻っていった。母親にはキスをしたくなかったが、頬に男性の唇の感触がまだ残っていた――その男ドナルド・シャープは彼の教師であり、かつ今では当たり前のように友人と思っている人物だ。残された感触は、嫌悪と興奮の両方だった。

あれはどういう意味だったのか？　外国では、たとえばフランスでは男性同士でキスをするし、それは単なる挨拶にすぎなかった。でも、ここはフランスじゃない。男同士でキスをするのは見たことがなかった。ランはまだ完全に大人になっていなかったが、十五歳で背も伸びて、ときどきヒゲを剃る必要があった。キスを親しさの表れとは受け取れなかった。そのような解釈は特殊すぎた。彼は半ば恥ずかしく、半ば嬉しい気持ちもありはしたが混乱していた。当然、父親から聞かされてはいたが、ほとんど真剣に聞いたためしがなかった。当時彼は、ウミガメの産卵の研究に熱を入れていた。ある日曜日に、父親といつものように市外の野原を散策していてウミガメの卵を見つけた。季節は春で、親子は途中池にたどり着き、卵を家に持ち帰ってガレージで少なくとも三匹孵化させたがみな死んだ。

いつものとおり就寝前に入浴をしながら、彼は心地よい湯のなかで手足をのばして横になった。自分でも正体のわからない新たな興味が湧いて、彼は体の変化を観察した。毎晩洗っている自分の体だが、今夜は違っていた。彼は自分のなかに新たな生命力を感じた。それはある感受性であり、ひとつの気づきであって、感情となって表れる前の気づきだった。あのキスは、一種の愛情を意味していたのだろうか？　そんなことがありえるだろうか？　もしかして友情のしるしなのか？　だが、男性の友人どうしがキスをするだろうか？　大学で彼に友人はいなかった。たいていはるかに年齢が上だったからだ。

あれこれ思いを巡らすが、その都度ドナルド・シャープに引き戻された。彼は、あの書斎で憧れの人と向かい合う自分を想像した。シャープの整った顔立ちがきめ細かく鮮明に見えていた。快い声の響き、テンポの速い華麗な弁舌を聴いていた。次に、彼はドアの前にいて、今度は頬だけではなく、体中にシャープの唇が触れるのを感じた。危機感と魅惑、そして半ば自分を恥じる気持ちで、彼は急いで湯船から出て大きなタオルでゴシゴシと体を拭いた。パジャマのボタンをし、ウエストの紐を結んでベッドに入り、ベッドサイドのライトを点けて読みかけの本を手に取った。ジョン・

ジェイ・オニール著『才能を浪費した天才ニコラ・テスラの生涯』だったが、テスラの強烈な人物像に夢中になり、やがて眠りについた。

翌朝、彼は、原稿を書き直して完璧なものにしようという意欲があらたに沸きあがるのを感じていた。教授は彼をどこか特別な目で見ていた。ランはシャープが課題を賞賛し、詳しく批評するのが待ちきれなかった。

「もちろん、真の天才はテスラで、エジソンではなかった」シャープは言った。「エジソンのほうが実業家として優れており、宣伝広告を巧みに利用した。だが、テスラは究極のクリエイターだった。彼は立派な教育を受けていたが、エジソンはそうではなかった。テスラは過去についての知識が深く、それらを駆使することができた。自分が仕事の統制をとらねばならないと気付くのに暫く時間がかかった末に、彼が研究所を開設したとき、世間は、彼の研究が次々に生み出す驚くべき発明に圧倒されていた。それらは、テスラの交流送電システムが、エジソンの直流送電システムを遥かに勝るものであることを証明していた。少なくとも電気工学の分野において、これほど重要な発明はなかった。エジソンの直流送電システムの適用範囲は直径一マイル程度だが、テスラの交流送電システムは数百マイルという長距離を送電することができる……ラン、聞いているか？」

「はい、先生」彼はそう答えたが、聞いていなかった。彼は目の前の表情豊かな美しい顔を見つめていた。二人の間には火が燃え、暖炉のこちら側に彼が、向こう側にシャープがいた。戸外ではこの季節には早い大雪が家を沈黙で包んだ。風はなく、雪がしんしんと降り積もった。

「真の問題は、テスラのように偉大な人物の発明や発見を理解して実用化できる器の持ち主を探すことだった。それがウェスティングハウスだった」

シャープはランの論文を下に置いた。「奇妙な真実だ」彼は物思いにふけりながら言った。「どんな天才にも彼を補う相手が必要だ。天才を理解し、クリエイターが創造したものを実用化できる人だ。創造性とその応用を同じ人物に求めることはできない」

熱心に耳を傾けるランに目を当てて、彼は軽く微笑んだ。

「君はなんて美しいんだろう」シャープは優しく言った。原稿が手から滑り落ちて床に散った。「僕たちはお互いにとってどんな存在になるんだろう！　ラン、君は愛を夢見ることはない？」

ランは首を横に振った。彼はうっとりし、気恥ずかしく、突然、恐れに近いものを感じた――だが、何を恐れるというのか？

シャープはかがんで原稿を拾い集めた。それをきちんとひとつにまとめ脇机に置いた。それから、書斎の奥の横長の窓に寄り外を眺めた。雪の煙幕に覆われた世界を街灯がぼんやりと照らしていた。彼はブラインドを下ろした。「今夜は一緒に過ごしたほうがよさそうだ」そう言って彼は椅子に戻った。「この吹雪のなかを、遠くまで歩いて帰るのはお母さんが心配するだろう。私も同じだ。ゲストルームを使ってかまわない。弟がきたときに泊まる部屋だよ」

「母に電話しないと」

「もちろん。電話は、私の机の上だ。お母さんに、夕食はうちのフィリピン人の手伝いがおいしい夕食を出すとお伝えしてくれ」

彼は原稿を取りあげ、電話の受け答えが聞こえない様子で一枚ずつざっと目を通した。

「この嵐だから先生が泊めて下さるって。お母さんはひとりで大丈夫？」

「あら、大丈夫よ」母親はほとんど陽気だった。「メアリー・クルックスが来ているの。一時間前に到着したとこ。買い物に来て、この嵐で家に帰れなくなって、息も絶え絶えにうちにたどり着いたの。もともと彼女には泊まって行くように言ったわ。あんな嵐のなかひとりで外にいるなんて危険でしょ。大風になってきたわ。あなたがシャープ先生と一緒なら安心だわ。おやすみなさい――また明日」

ランは電話を切った。「母はたまたま友人と一緒でした――彼女は町のはずれに住んでいて、買い物に出てきて吹雪で足止めを食ったらしいです」

「素晴らしい」シャープの答えは上《うわ》の空で、まるで何も聞いていないかのようだった。

「原稿を読み返していたんだが、上出来だ――実に面白かった。私が何かの役に立てたらと思うよ。

君に才能があるのは間違いない。ラン、私には君の進路を正確に言い当てることができない。君の関心の中心が何であるかがわからない。クリエイターの本質はそこにある――なにかに永遠に変わらぬ興味を抱きつづけ、それに専念することができる人――それは生涯尽きることのない興味で、そのために生まれてきたと感じられる何かだ」

「僕はまずすべてを知りたいんです」

そう言ってシャープを見ると、彼は何かを切望するように内気さと大胆さが合いまみえ、奇妙な表情をしていた。

「僕には知らないことがありすぎるんです」

「私は君について知らないことがありすぎる」シャープが応えた。彼はランから視線をそらし、両手で原稿のたわみを直すことに集中しているように見えた。「たとえば、君のお父さんは亡くなっている。お母さんは控えめな性格だ。君はどうやってなんでも知ろうというんだい――例えば、セックスにしても、君には誘惑が山ほどある。最近の女性ときたら、ハンサムな若い男性を見たらなんでも平気でする。君がそういう女性につかまらないかと心配だね。万が一君が恋愛することになったら、君の成長にとって災難だ。相手が年増の場合でもね。というのは、才能ある若者ほど年上の女性に惹かれる傾向が強いからだが、悲惨な結果を招くことにかわりはない。しかも、君は実に傷つきやすいんだよ、その並外れた想像力のおかげで！　もし君の友達というだけで、私が君を災難から守れたら――」

「僕、女の子なんて知らないです」彼はぶっきらぼうに言った。

「年上の女性も――」そう言いながら首を横に振った。この話題は不愉快だった。

シャープは笑って言った。「その時が来たら言うんだぞ。君を助けに行く！」

その晩彼は暖かい安心感に包まれ、心と精神を高ぶらせて床に就いた。そんな夜を過ごしたのは、父の死後初めてのことだった。多分、今までに一度もなかったかもしれない。シャープには父親に欠けていたユーモアのセンスがあったからである。その上、シャープはインドや中国の僻地や、タイ、インドネシアなど何か国も旅していて、面白い経験や冒険譚の持ち主だった。彼は繰り返し愛について語った。


「古代の人々は私たちが決して理解できない愛の美学について理解していた。われわれはね、実に未熟な人間なんだ。『素朴』のほうが配慮のある言い方かもしれない。セックスについて言えば本来は二人の人間のあいだのコミュニケーションの手段を指す言葉なのに、私たちは低俗な意味しか知らず、せいぜい男と女イコールセックスだと思っている。二つの異なる考えや個性のあいだに起こる微妙な相互作用、そしてどちらの性であれ、二つの肉体が近づき触れ合うことの美学について、何もわかっていない。セックスそれ自体はとるにたらないものだ。下等動物でも実践している。それはアジアの人々と同じく性を理解する人々によってのみ、高尚なものになった。詩人や芸術家の何世紀もの経験によって洗練されてきた」

その夜はこれで解散というとき、彼はまたシャープが頬にキスをするのではないかと羞恥に似た感覚を抱いた。だが、シャープは右手を差し出しただけだった。

「おやすみ。ボストンの曽祖父譲りの巨大な古いベッドで今夜はゆっくり休むといい。風呂の湯にバスソルトを入れれば次第に気分が爽快になるだろう。君のためにバスソルトの瓶を置いてある。私も愛用していて、昨年パリで見つけたんだ。ではよい夢を。明日の朝食は朝八時——九時の講義にちょうど間に合うようにしてある。雪の中を四角いかんじきをつけてぼちぼち前に進んだとして!」

熱い湯を張った湯船でバスソルトを使いながら、彼は恥ずかしさに近い気分だった。これまで、こうした女性的な趣向には馴染みがなかった。驚くほど甘くほろ苦い香りがして、体が清められ頭が覚醒した気がした。石鹼もみたことがない英国製で、洗髪ができるぐらい泡だちがよかった。よい香りの熱い湯に十分に浸った後、どっしりと大判の茶色いタオルで体を拭き、ベッドに置かれた白いシルクのパジャマにためらいながら手を通した。シルクの肌触りと、軽くて柔らかなブランケットを被った時の麻のシーツの滑らかさが、彼を贅沢感で包み込んだ。白く塗られたマントルピースの下で薪が燃えていた。

「君のために薪を燃やすようにお手伝いに言ってある。薪が燃えさしになる頃に眠りにつけるよ」シャープは言っていた。「それに、こんな雪の晩にはあの部屋は広くて火なしにはいられないからね」

その時はまだ寒さはなく、彼はベッドの脇のライトをつけて横になり炎がだんだん小さくなるのをながめた。その間雪はしずかに窓に降り、外の敷居に堆く積もっていた。横になりながら、ずっと目を開いてその晩シャープが話したことを反芻していたかった。自分の世界が広がるのを感じた。それは今まで本のなかでしか見たことがない素晴らしい世界だった。だが、シャープはどこへでも赴いていた。インドのバザールを歩き、日本の小さな村の宿で暮らし、富士山に登って休火山の火口をながめた。のちに大島の活火山の火口を覗いたとき、足の裏で地殻の震動を感じた。

「五日後に火口の縁がまるごと崩れて、噴煙立ち昇る深淵へと落下した」シャープはそう言っていた。

彼の記憶は、思考が呼び出したものを完全な形で見せるのだった。世界が目の前で万華鏡のように展開した。地図の上の点にすぎない小さな町で、本に埋もれたままでいていいのだろうか。世界のあらゆる場所で現実が自分を待っているというのに？　自由に旅ができる年齢になった今、本ばかり読んでいるのはそろそろ終わりにしよう。

「君はすべてを知りたいんだろう」シャープは言った。「本から学ぶのもおおいに結構。読書は完全な知識への近道だ。自分の経験だけでは全てを学ぶことはできないものだよ。本で学んだことを、自分の経験で試してみるといい――」

だが、実際の体験から本を書けばどうだろうか？　これまでの人生で彼はずっと本を読んできた。

「おまえがいつから読み始めたのか、覚えていないわ」彼の母親は嬉しそうにそう言ったものだ。

「きっと生まれつき読み方を知っていたんだと思うわ」

本を書けば――彼が経験することすべてに、意味と目的を与えるではないか！　彼が五歳の時、ピアノを弾きたいと思った。今では上手に弾けるようになったが、それが彼の仕事ではなかった。作曲を仕事にすることはあり得たかもしれないが、どんなに偉大な作曲家の作品でも、他人の曲を弾くだけなら自分の仕事とはいえない。それで、彼は詩を書くように曲を作った。だが、内容のある本ならば、経験から学んだことを恒久的に遺すことができた。つまり、他に伝えることができるのだ。彼は自分が書いた本が、書棚に堂々と並んでいるのを見た。自分が死んだずっと後まで本は生き続けている。この荘重で強烈なイメージを鮮明に胸に描いて、彼は眠りに誘われた。暖炉の薪は灰になり外は雪が降りしきっていた。

その夜何時のことだったか、彼はしずかにそっと起こされた。太腿を手で撫でられている。その手はおそろしくゆっくりと、しずかに這うように進み性器に達した。最初は夢だと思った。こうした変わった夢を彼は見るようになっていたが、それは頻繁ではなかった。というのも、肉体的に極端な急成長のさなか、旺盛な知識欲にとりつかれたように勉強と読書を重ねて、すっかりエネルギーを消耗していたのだ。だが、その手の動きに体が反応して彼は目を覚ました。がばっと起き上がると、あらたに火を起こした暖炉の明かりに照らされて、シャープの顔がそこにあった。二人はながいことお互いに凝視しあっていた。シャープは半ば目を閉じて微笑んでいた。彼は赤いサテンのガウンに身を包んでいた。

「触らないで！」ランは小さく叫んだ。

「怖がらせたかい？」シャープは静かに言った。

シャープをはねのけて、ランは下半身をブランケットで覆った。

「君に愛を知ってもらいたい」シャープは優しく言った。「愛には色々ある。いかなる愛も、善きものだ。インドでそれを知った」

「帰ります」ランははっきり言った。「出て行ってくれますか、これから着替えます」

シャープは立ち上がると言った。「馬鹿なことを言ってはいけない。雪は二フィートも積もっている」

「歩いていきます」

「子供じみているよ。君とは経験について話をした。一晩中――経験をしなくちゃだめだと話し合ったばかりじゃないか。古代ギリシャやプラトンの時代からの洗練された愛の形を見せようと言うのに、君は怖いのだ。お母さんのところに逃げて帰ろうとする」

「その通りかもしれません、シャープ先生。僕の態度は幼稚だろうと思います。この吹雪のなかを家に帰るのは非常識です。ただ、あまりにも突然のことで冷静でいられないし、この話題を続けたいとも思わないので、これで失礼しようと思います」

シャープは暖炉の側の椅子に座りランを見つめた。「もう一度言うが、くだらないことを言っている場合じゃない。外は二フィート近い雪だ。君がこの話題はもう止めにしたいと言ったのだから、この話はこれで終わりだ。私ももう休むから君に構うことはない。誰だってプライドというものがあるからね」

「それはもちろんです。もう二度と僕に構わないでくださることはわかっています。先生と同じです」

「そう思ってくれていい。もう寝るよ。お休み。君に対してすまない、というより残念に思えるんだよ。物事はすべてが相変わらずだということが」

ドナルド・シャープが部屋を出て行った後で、ランはその晩起きたことにある程度筋道をつけようとした。だがそれも無駄だった。理解できることではなかったのだ。死ぬほど疲れ、胸が悪くなるほどの怒りと落胆と、彼自身驚いたことには恐怖を感じていた。灯りを消したとたんにわっと泣き出し、シーツに肩を埋めた。父親の死後泣いたことはなく、今彼の頬を流れるのは悔し涙だった。彼は傷つけられ、侮辱され、肉体を侵された。そして全面的に信頼していた友人を失ったのだ。何よりも、眠りのなかで、自分の体が刺激に反応したことがショックだった。それは彼の知らない自分だった。自分が腹立たしかった。当然、大学は続けられない。シャープが弁解し、謝罪し、またしても関係を結ぼうとしたら？　ランは自分の体の反応が恥ずかしくて思い出したくもなかった。

翌日早く彼は家に戻った。

「しばらくどこかよそに行こうと思う」ランはつとめて穏かに切り出した。

母親は青い瞳を大きく見開いて、テーブル越しに息子を見た。「今から？　学期の途中で？」

彼はしばらく無言だった。母親に昨夜のことを話したとしたら？　今は話さないでおくことにした。彼のなかで葛藤が大きすぎたのだ。これまでのドナルド・シャープとの関係をよく考えてみなければならなかった。昨夜の経験はさておくとしても、彼はこの人物に憧れていた。父親が生きていたら、話しただろうか？　一年前なら、話していただろう。だが今では成長し、あの出来事は、シャープと過ごした多くの時間に負うところがあるとわかっていたので、父親とはいえ打ち明けることはなかっただろう。シャープのことを考えると生理的な嫌悪感に襲われ、そうした一切の記憶を永遠に撥《は》ね退けようとした。それでも、シャープぐらい優秀で、かつ善良に相違ない人間がなぜあのように身を落としてまで肉体的な行為に出たのかを、時間がかかっても理解したいと思った。

おそらく決して理解することはないだろう。ならば、自分の気持ちを理解するしかない。なぜ行為は憎んでも、意外なことにその人を憎んでいないのか。ただ、事件のショックと恐怖はまだ生々しかった。気持ちを整理する時間が彼には必要だった。

「そう、今なんだ」彼は母親に言った。

「どこに行くつもりなの？」

母親が動揺をみせまいとし、恐れさえも隠そうとしているのが彼にはわかった。彼女は下唇を震わせた。

「わからない。南に行くかもしれない。そしたら年中外で過ごせる」

母親はそれ以上訊こうとしなかったが、その訳を彼は知っていた。何年も前に、父親が言っていた。「質問を押しつけたらだめだよ。時期がくれば、自分から親に話すだろう」

この助言を今夜ほどありがたいと思ったことはなかった。彼はテーブルを離れた。

「ありがとう、お母さん」優しくそう言って、二階の部屋に戻った。

夜中に目が覚めた。横になったまま目を大きく開けると、白いネルのガウン姿の母親が側に立っていた。ベッド脇のライトを点けると、母親がこちらを見ているのがわかった。

「眠れないの」彼女はぼんやりと考えるように言った。

彼はベッドに起き上がって訊いた。「気分でも悪いの？」

「ここが重苦しいの」彼女は両手を胸の上で重ねた。

「痛いの？」

「そうではなくて、悲しい、寂しい感じ。家を出たいなんて、いったい何があったのか、それがわかればまだ耐えられると思うの」

彼は一瞬警戒した。「何かあったとなぜ思うの？」

「あなたは変わったわ――すごく変わった」彼女はベッドに腰かけ、二人は向かい合った。「お母さんじゃなく、お父さんが死んだのは間違いだったわ」彼女は同じ口調で話し続けた。それは少女のように、若く優しい声だった。だが彼女はまだ年をとっていなかった。息子が生まれたときはまだ二十二歳で、額と肩にかかる少し赤味がかった金色の巻き毛が彼女をさらに若く見せていた。

「私が死ぬべきだったの」彼女は悲し気にそう繰り返した。「私にはあなたを助けることができないの。それはわかっています。私に打ち明けられない訳はわかっているのよ。私にはどうしたら助けてあげられるのかわからない、それはそのとおりよ」

「お母さんに打ち明けたくないんじゃない」彼はきっぱりと言った。「そうじゃなくて、どう言えばいいのかわからないんだ。口で言えるはずがない」

「女の子のことなの？　もしそうなら、お母さんにだって若い頃があって、たまに――」

「まさにそこなんだ。でも女の子のことじゃない」

「ドナルド・シャープのことなの？」

「どうしてわかったの？」

「彼と知り合ってから、おまえはすごく変わった。お付き合いに夢中だった。お母さんは嬉しかったのよ。彼は頭脳明晰だって聞くし、そんな人に教われてよかったと思っているの。まるで兄のように。でも――」

彼女はそこで言葉を切ると、ため息をついた。

「でもなに？」

「わからない」その声は不安げで、心配そうに息子の表情をうかがった。

彼はおぼつかない調子で話し始めた。夜の闇のなかに母と二人でいると、語らなくてはならない気がした。前夜、別人に豹変したシャープのもとから避難するしかなかった重苦しい記憶を今ここでさらけ出すよう彼は迫られていた。

「昨晩――」彼はためらいがちに話し始め、そこで止めた。

「シャープ先生の家で？」

「うん。先生のうちの客間で眠っていた。科学と芸術について語り合い、僕がどちらに進めばいいか話し合って素晴らしい夜を過ごした。気づいたら真夜中をとっくに過ぎていた。それから、僕が泊まる部屋に案内されて、おやすみを言った。その後先生が様子を見に来て、申し分ないので出て行った。フィリピン人の使用人に言って、白いシルクのパジャマをベッドに出しておいてくれていた。四本柱の付いているバカでかいベッドなんだ。風呂に入ってパジャマに着替えた。初めてのシルクの着心地はとても柔らかくてなめらかで、すぐに眠りについた。かなりの時間眠っていたと思う。ベッドに入ったとき暖炉に火が燃えていた。手もとのライトを消したときは、あかあかと燃えていたんだ。ベッド脇のテーブルに確かキーツの本が置いてあったけれど読まなかった。暖炉の火が小さくなるのを見ているうちに眠ってしまった。目が覚めたとき――」

彼がいつまでも口を開こうとしないので、彼女は優しく先を促した。「目が覚めたとき――」

彼は勢いよく枕に頭を沈めて目を閉じた。

「起こされたんだ――」

「彼に？」

「誰かが――僕の太腿を撫でていて――そして……そこに触った……。僕は――体の反応に気付いた。そういう夢だと思った――わかるよね！」

「ええ」彼女は小声だった。

「でも夢じゃなかった。暖炉に新しい火が燃えていて、その明かりで顔が見えた。彼の手を感じて

――否応なしに、無理やり……。自分が汚らわしかった。ベッドから飛び出した。怒りが抑えられなかった――僕自身に。どうして吐き気を催すぐらい嫌なものにたいして体が反応したりできるんだろう？　恐怖だった――自分のことが。」

とうとう言えた――。言語化することができたのだ。これで、一生ひとりで秘密を抱えなくてよいのだ。彼は頭の下で両手を組んで横になっていた。目を開くとそこに、母の優しく憐れむような眼差しがあった。

「なんて気の毒な人なの！」彼女はそうつぶやいた。

彼は仰天して言った。「同情するの？」

「そう思わない人なんていないわ」彼女は言い返した。「彼は得られるはずのない愛を求めているのよ――一生探しても見つからないわ。なぜなら人間本来のあり方に背いているから。神様は男と女をお創りになったのよ。可哀そうな男の人が、別の男性の愛を得ようとしても、悲しい思いをすることになるの。人を愛し、愛されることの大切さを言い訳にしても、得られるのは寂しい歪んだ愛情だけ。オス犬がオス犬の背に乗るみたいに、実りのないものなの。そう、気の毒なのは彼のほうなのよ。あなたが小さな子供でなくてよかった。オモチャやアイスクリームなんかに釣られたり、おどしや甘言にはまったのでなくて。分別ある大人でよかった」

「だけど、僕は……あんなふうに体が反応するなんて……彼に触られてすごく嫌だったのに？

それが怖かったんだ」

「あなたはちっとも悪くないわ。反応したのはあなたではないのよ。体のメカニズムなのよ。それがわかればいいの。あなたの体は心とは別で、頭と意志で休みなく監視しなければならないのよ。体がしたいようにしてよい時がくるまでは。お父さまが生きていて、こういうことを説明してくださったならどんなによかったか」

「わかっているよ」彼はかすかにそう言った。

「なら、ドナルド・シャープを許してあげなさい」彼女はきっぱりと言った。「許すことは理解することなのよ」

「お母さん、もうこの大学にいられない」

「そうね。だけどもう少し考えたほうがいいわ。一日二日はまだ家にいられるでしょう。どこに行くのが良いか、あまり急いで決めたらいけないわ」

彼はため息をついて言った。「この町を出て行ってもいいなら――」

「いいでしょう」彼女は身をかがめて息子の額にキスをした。「これで眠れる。おまえももう休みなさい」

彼女が静かにドアを閉めた後、彼は怒りや恥ずかしさ、そして罪悪感から解放されてしばらく横たわっていた。もう二度と再びドナルド・シャープに会いたくないという気持ちと同時に、喪失感を味わっていた。一連の出来事にもかかわらず、彼に会えなくなるのは寂しかった。二人のあいだに親交があったことは事実で、それは永遠に続くものと思っていた。彼は心に穴があいたような惨めな気持ちになった。友人には誰がいただろう？　母親はもちろんだが、他にも必要だった。彼には友達が必要だった。

ひとりベッドに横たわり、頭の下で両手を組んでいると、父が臨終まぎわに語った警告の言葉を思い出した。彼には画像が浮かぶので、そのときの光景が蘇った。居間のソファーに横たわる父親の傍らに彼は座っていた。父の声は消え入りそうで、命の終わりが近いことを互いに知っていた。死の訪れる前の束の間のうちに、何年も息子に言えなかったことを父が伝えようとしていることもわかっていた。何年という時間は、もう彼には残されていないのだ。

「いいか、孤独を覚悟しなさい。孤独な創造者、それはあらゆる創造の根源なのだ。歴史上最も重要な考えや芸術作品のすべてはその人から生まれた。孤独な創造者――おまえもそのひとりになるんだ。孤独なことを決して不満に思ってはいけない。おまえは孤独な人生を送るように生まれてきたのだ。だが、世界には孤独な創造者が必要なんだ。それを覚えておきなさい。たった独りの創造――それはなかんずく、おまえに偉大なことができるということなのだよ！　なんという天与の才！」

横になって眠れぬまま、彼は自分の人生を振り返っていた。年月にすれば短かったが、ずいぶん年を重ねた気がした。彼は本を読み漁り、思考を巡らし、常にアイデアに溢れていた。例の視覚化の能力によって、庭の柳の木陰の池を泳ぐ金魚が突然目の前に浮かんだ。うららかな早春の日差しのなか、冬のあいだ潜んでいた泥のなかからいっせいに湧き出してきた魚たちで水面が騒ぎ、きらきらと金色に輝いていた。それはまさに自分の思考の写し絵だ、と彼は思った。彼の思考は常に閃光のごとく煌き、動き、飽かずに探求を続けた。彼は眠っているとき以外休みなく働き続ける脳に疲弊させられていた。眠りは短く、深かった。睡眠中も脳の活動により、覚醒することがあった。彼にとって、脳は別の生き物でともかく共生しなければならず、それは魅力的ではあるが重荷でもあった。自分は何のために生まれたのだろう？　生きる意味、そして目的は何なのか。例えばクリスと自分はどうして違うのか。クリスには父が亡くなる直前に会いに行ったきりだった。あれから二年という月日が過ぎていた。その間彼は大学で奮闘していた。もう一度人生を始めるなら、どこか別の場所で再出発しようというとき、ふとクリスに会いに行きたくなった。どうしているか興味があるし、ほんの束の間でも昔に戻りたい気がした。そう決心すると、彼はようやく眠ることができた。

修理工場から現れたクリスがひと言言った。「どうも、まいど」

「僕がわからない？」

クリスは相手をじろりと見た。「記憶にないね」

「そんなに変わったかな、ラニーだよ――最近じゃランって呼ばれてる」

年齢と栄養が蓄積して丸顔になったクリスは、破顔一笑した。

「こいつは驚いた」彼はゆっくり言った。「あり得ない。おまえ、身長が倍だぜ。ほんとに急にデカくなっちまったな」

「父さんに似たんだ」彼は返した。「父さんは背がスラリと高くて痩せていたのを覚えてるかい？」

クリスは申し訳なさそうな顔をした。「親爺さんのことは聞いたよ。ほんとうに気の毒だった。なかに入れよ。昼ごろにニューヨーク行きのトラックが着くけど、それまで暇だ」

クリスの後から工場の中に入り、二人は腰を下ろした。「今、ここのオーナーをやってる」クリスは何気なさを装って言った。

「それはおめでとう」

「ああ、去年ルーシーと結婚したときに引き継いだ。ルーシーを覚えてる？」

ルーシーを忘れるだろうか？　好奇心と呼ぶには未成熟な、無垢な心で一目見ただけの、あのバラの蕾の器官のことを彼は決して忘れていなかった。はたしてルーシーはどうだろうと彼は思った。

「もちろん覚えているさ。すごく綺麗だったもの」

「まあね」クリスは得意顔をしながら、さりげなさを気取って言った。

「取り巻き連中を追い払うために、彼女と結婚しなきゃならなかったのさ。彼女、結構綺麗だよ。実際」――彼はいったん言葉を切ると、短く笑った――「とんでもなく綺麗だったから、赤ん坊が予定より早く生まれちまう。そんなで急いで結婚式をあげたんだ。彼女とはもちろん結婚したかったけど、とにかく大急ぎで準備しなきゃならなかった。この修理工場も出来上がるのに一、二年は待ったかもしれない。みんなの手を借りなきゃならなかった。だけど――」

彼は膝を打った。「無事完成した。商売もすべりだしは順調だ。場所柄、トラックのルートだから客の入りもいい」彼は開いているドアのほうをちらっと見た。「ルーシーのお出ましだ。温かい昼メシにありつける。お前も食って行けよ。量はたっぷりある。気前がいいんだ、ルーシーって娘は。ほんとにいい娘なんだ」

ルーシーはドアのところまでくると、バスケットを手に、中に入るのを躊躇した。

「お客さんが来てるの知らなかったわ」

「入っておいで」クリスが大声で呼んだ。「こいつが誰かわかるか?」

彼女は中に入り、クリスの横のテーブルにバスケットを置くと客の顔をじっと見た。

「前に会ったことあるかしら？」

なるほど相変わらず綺麗だ、と彼は思った。以前よりふっくらとしたが、子供の頃の記憶と違わず童顔だった。だが、体は出産を間近にした女性の体つきだった。誕生の不思議！　そのことについて彼はほとんど考えてみたことがなかった。彼はこれまでずっと頭でばかり考えていたので、女性のことは念頭になかった。

「うん、会ったことありますよ」彼は言った。

二人が待つあいだ彼女はじっと客の顔を凝視していたが、ついに首を横に振った。

「やっぱり思い出せない」

不安は瞬時に消えた。彼女は自分のことを覚えていなかったのだ。幼い頃に経験した多くの出来事のなかで、今でも記憶に鮮やかなこの事件ほど子供じみたものはなかった。

「ラニーだよ」戸惑う彼女のことを笑いながら、クリスは大声で言った。「あのがきんちょだよ、小学校のときの。なんでも質問に答える奴。おまえはわけ知りで、俺たち全員コケにされてたよな。だから俺らも、おまえのことあんまり好きじゃなかった」

「今だってそう変わりはしないだろう」ラニーは苦々しく呟いた。

「もうなんとも思ってないよ」クリスは温和な口調で言った。「俺には工場がある。好きな彼女と一緒になった。それで十分だろ？　稼ぎも結構あるんだ」

ルーシーはラニーに目を当てたまま、そこに座った。「あなたは変わったわ」彼女は続けた。「どこで会ってもきっとわからないわ。前は、なんていうか、小さくなかった？」

「いいや、彼が小さかったことはないさ。単に、俺らとは違ってたんだ。たぶん俺らには頭良すぎたんだよ。ま、いろんなヤツがいるさ。昼メシは？　ポークビーンズか――またすげえ量！　一緒にどうだい、ラニー」

「ありがたいけど、もう行くよ」ラニーは立ち上がった。「近いうちこの町を出ようと思っているんだ」

「行き先は？」

「まずニューヨークに行く――たぶんコロンビア大学。あと一年で卒業だ。その後、ドクターに進むかもしれない。まだ決めてないんだ」

クリスは口をあんぐり開けた。「おまえ、今いくつなんだよ？」

「十五」

「十五だって！」クリスは繰り返した。「聞いたか？　ルーシー、まだガキの歳でドクターになるってよ！」

「そのドクターじゃないんだ」と言いかけて、彼はそこでやめた。説明して何になるだろう？　この二人は彼とは人種が違うのだ。

「さよなら」そう言って、クリスに手を差し出し、続けてルーシーにもそうした。「出発前に会えてよかったよ」。二人は善良であたたかい人たちで、ラニーに親切だった。ただ、同じ人種ではなかった。それが二人との永遠の別れになった。

「どこに行こうと、ニューヨークの父――あなたのお祖父さん――、に会いに行ってほしいの。ブルックリンの小さなマンションに独りで住んでいるのよ。なぜなのかはわからない。もう手紙も滅多に来ない。お母さんが亡くなって帰国したとき、お父さんは自分が生まれたこの町に行ったの。ずっとそこで暮らしたかったと言ってね。それに、独りがいいと言っていた。そのことは気になってはいたけれど、父は他の誰とも違う人だったの。ときどき、おまえはお祖父さんに似たんじゃないかって思うわ！」

祖父を捜しに行くと約束はしなかったものの、彼はニューヨークに行き、小さなホテルに部屋をとった。生前の父と行くはずだったヨーロッパ旅行の資金を母から渡されていたが、ホテル代は彼にしてみればぞっとするほど高かった。部屋は長細く、宿の主人が言うには「なんでもそろって」いて、突き当りには小さなガスレンジ、さらに小型の冷蔵庫、そして水専用の蛇口とシンクがあった。暗く埃っぽい廊下の先には共用の浴室があり、トイレの横に旧式の四つ足のバスタブが置かれていた。部屋の調度はまずまずで寝台も清潔だった。宿の主人は古風な髭面のユダヤ人で、小さな黒い帽子を被り、部屋の内装に自信たっぷりだった。

「春になれば、窓から木が一本見えますよ」彼は言った。「天然木です、もちろん。人が植えたわけじゃない。そこのコンクリートを突き破って毎年伸びているんです」

ここが彼の家になるわけだったが、いつまでなのかはわからなかった。クリスにした話とは裏腹に、大学に行くかどうかもまだ決めていなかった。教師など信じるものではなく、信じられる人間などいなかった。独りで暮らし、学ぶのだ。この果てしない大都会のどこかに行けば本があり、図書館や美術館もある。そうした場所や街なかの通りが、彼の教室になるのだ。この街にはすべてがあった。祖父に会いに行く気にまだなれなかった。自分が孤独で自由でいること——学校や教師からさえ——をどんなに必要としていたかが、今ようやくわかった。彼は自分の意志というより直観的に大学に戻らないと決めた。博士号や学位に代わり、人生について、生活のなかで学んでゆきたかった。彼は突然、自分が何も知らないことに気がついた——何ひとつ知らないことに。

独りでいることは寂しくなかった。ずっと孤独だったので、以前よりも孤独かどうかは気にも留めなくなっていた。ここでは誰も彼を知らず、知っている人もいなかったので、誰にも邪魔されずに自由に考えることができた。考えるより、驚異を体験していた。彼は驚異に取り巻かれていた。見るもの聞くものすべてが驚異だった。まるで海の中の魚のように、彼は街に包み込まれていた。朝早くに起き出した。なぜなら、早朝の街は、昼、夕、夜のどれでもない顔を見せたからだ。通りは清潔だった。夜通し清掃車が巨大な消音ブラシでゴミを掃き、噴水状に放水しながらのろのろと行進した。水はアスファルトを伝い、音をたてて排水溝に吸い込まれて行った。朝の空気は冷たかった。海から風が吹き込むと、空気はたいてい澄んでいた。だがそれも、人波が街に押し寄せ、食料品や貨物を満載した大型トラックが悪臭ふんぷんたる煙を吐いて街道から市内に入り、自家用車やタクシーが消えかけた街灯を背に先を争って疾走するまでのことだった。

朝早く、川まで行くのが楽しみだった。川は海へと注いでいた。魚市場でいろいろな種類の魚の競《せ》りを見るのはおもしろかった。内陸育ちだったのですべては珍らしかった。とりわけ船が好きだった。いつか船で大西洋横断をしようと思った。今は、探検するのにこの街で十分だった。彼は教育と鍛錬を経た頭脳で、街を民族や国籍ごとに分割した。街の人たちは全員が英語を話すわけではなかったので、人々の出身国を知ろうとした――スペイン語を話すのはプエルトリコ人？　白人は自分らとは違うという理由で、外国語で罵声が返ってきても、彼は傷つきもせず、まして本質的に影響はなかった。彼は言葉を視覚化できる力によって、そうした人々が自分を憎んで当然であることが本能的に理解できた。憎んではいけないだろうか？　そうした人々には、自分を憎む理由があった。また、黒人の人々にあくなき探求心を抱き、彼らを観察し、プエルトリコ人独特のスペイン語よりもさらに理解しづらい彼らの奇妙な英語に耳を傾けながら、黒人街をさまよった。黒人は他のどの人種とも異なる人々だった。彼はそう感じたし、わかっていた。彼の整然とした頭脳と理解力によってわかっていた。

刻々と日々が過ぎるなか、彼は相変わらず独りで暮らしていたが、何百万という人間が周囲にいるなかで、独りではないのだ。彼は居合わせた人々に自分からよく声をかけてあれこれ質問しては答えを記憶にとどめた。長いものもそうでないものも、何に利用するのかも考えず、無限大の記憶にしまいこんだ。あくなき探求心に駆られて、質問をし、答えを聞き、記憶に保存することを繰り返していたが、そうした日々が長い年月のほんの一瞬だということも知っていた。母親には欠かさず便りを出したが、まだお祖父さんを訪ねる暇がなく、手紙にもそう書いた。暮らしはつましく、桁外れによく食べたが、食事はきまって値段の安い素朴なもので、時々波止場の荷揚げ荷下ろしの臨時雇いの仕事をして稼いだので、所持金はほとんど減らなかった。他人は信用できなかったので、多少の高額紙幣を身に着けるか、夜は枕の下に敷いて寝た。行き交う人には愛想よくしたが、相変わらず友達を作ろうとしなかった。彼の考えることは友人たちを遥かにしのいでいたので、今までに友達といえる者はなく、それを寂しいとは思わなかった。

　ある一夜の経験がなければ、今までどおりの時間が続いていたかもしれない。ある日の深夜近くに起こった出来事が、誰かと知り合いたい、自分にも縁者が必要だと思わせるきっかけになった。それはメトロポリタン歌劇場でオペラを観た帰りだった。天井桟敷から観る舞台上の歌手たちはどれも小人のようだった。だが音楽は天井高く浮上し、歌声は素晴らしく純粋さに満ちていて、これこそ、チケットを買うために何時間でも並んだあげく彼が聴きたかったものだった。観終わって、夢見心地のまま階段を降り、劇場から吐き出される夥しい人々にもまれながら、地下鉄に乗るのをやめて満月の冴えわたるなかを歩いて帰ろうと決めた。暗く閑散とした街角で信号が変わるのを待った。佇んでいると、まだ少年といってもいいぐらいの、ほっそりとして、長い黒髪を青白い顔にたらした若い男が近づいてくるのがわかった。

「ハーイ」と少年は言った。「どっか行くんですか？」

「宿まで」

「二十五セント持ってないですか？」

　彼は右のポケットの中をさぐり硬貨を見つけると少年に渡した。

「すいません」少年は礼を言った。「これで何か食べられる」

「君、働いていないの？」

少年は笑って言った。「仕事って言うことにしておくと」彼はなんでもないという感じで言った。

「これからクラブ街に行くんだ。五ドルは稼げる。十ドルかもね」

「どうやって？　働いてないなら――」

「知らないってこと？　オタクどこから来たの？」

「オハイオ」

「どおりでなんも知らないんだ！　いいか、こうやるんだ。まず、金持ちでひとりでいるやつに目をつけて、十ドルありませんか、って訊くんだ。金持ってなさそうなら五ドル。むこうはこっちを気でもおかしいんじゃないかって目で見る――あっちへいけって言うかもしれない。そしたら、こう言うんだ――十ドルくれなきゃお巡りのとこに行くって――お巡りが近くにいるときに限って言うのさ。誘惑されたってお巡りに言ってやるってね」

「君を誘惑したって？」

少年はしゃがれ声で笑った。「おやおや、オタク子供だな！　男には女が好きなやつと、男を相手にするやつがいるんだ。違うのは、男相手だと犯罪になるってこと。連中はヤバイことになるって知ってて、そうなる前にさっさと金を払うってわけさ」

「君はそれで暮らしてるの？」

「そうだよ――ラクだし、働かなくていい。やってみたら、オタクも」

「遠慮する——自分で働くよ」

「好きにしたら。仕事を見つけるのも大変だ。親はいるの？」

「ああ、おじいさんがいる」

「そう——それじゃあね。お客がきたよ——」

少年が走って行った先のレストランから、ちょうど身なりの良い男が出てきたところだった。男が立ち止まり、首を横に振ると、少年は巡査が立っていた角まで走って行った。

ランはもうじっとしていられなかった。急に祖父のことが知りたくなった。明日早く、祖父を探しに行くのだ。荒んだ街にこれ以上独りでいたいと思わなかった。


住所はブルックリンだった。ブルックリンには一度も行ったことがなかった。地下鉄が苦手で、歩いて行きたかった。特に早朝はまだ空気がきれいで、人通りまばらな通りを、地方から禽類や青果、卵、肉を運んでくる大型トラックが巨体をもてあましながら走行するばかりだった。街の狭い一画を占めている金融の中心ウォールストリートをぶらぶらしようと、彼は足を止めた。煤煙で黒ずんだ教会に隣接した古びた墓地の鉄柵の前に佇み、中を覗いてみた。フランシス・タヴァーンの歴史は知っていた。立ち止まって看板をよく見ようとしたが、開店前で扉が閉まっていた。ついに偉大なブルックリン橋にやってきた。彼は眼下の川の流れに見入った。行き交う船舶や艀。いつものように心奪われて、その光景に驚異のまなざしを当てていた。それぞれのかたちが知識と記憶に深く刻まれ、さらに意識下に沈み、それは彼が必要とするときに謎の回路を通って、全体ないし断片として浮上した。

あらかじめ地図をよく見ておいたので、通りを次々に歩き廻った。人に道を尋ねるよりも自分で探したかったので、地図を記憶するようになった。常に自分の居場所を知るためである。太陽が真上にきた正午には、古めかしいが清潔な感じのアパートに辿りついた。静かな並木道は、初秋の色づきをみせていた。

建物に入ると、グレーの制服を着た老人が肘掛椅子で居眠りをしていた。贅沢な刺繍を施した椅子はふんわりとした座り心地を思わせた。

「すみませんが――」

老人はとっさに目を開けた。「なんのご用で？」老人特有の震える声で訊いた。

「祖父がここに住んでいるんです――ジェイムズ・ハーコート博士」

「今日来ることを伝えましたか？　いつも昼過ぎまで起きてこられないですよ」

「孫のランドルフ・コルファックスがオハイオから来たと伝えてくれませんか」

老人はこわばる体で立ち上がると、内線電話のところにいき、数分後に戻ってきた。

「朝食中だそうですが、上がってきてよいと言っています。最上階の右側で、三つ目のドアですよ。エレベーターはここです」

エレベーターで最上階まで運ばれ、右へ向かい、三番目のドアをノックした。昔風の真鍮のドアノッカーと、マホガニーのドアの真ん中に小さなカードが留められていた——ジェイムズ・ハーコート博士（医学）、医師。そのときドアが開いて、彼の祖父が、白いリンネルのナフキンを手にしてそこに立っていた。

「お入り、ランドルフ」意外なほど、深みのある力強い声で祖父は言った。「君を待っていたよ。お母さんが手紙で君が来ると言ってきた。朝食は食べたかな?」

「はい、いただきました。早起きして歩いてきました」

「では、座りなさい。これから昼ごはんということにしよう。スクランブルエッグを作らせるよ」

長身でひどくやせた老人の後から小さな食堂に入った。そこへ、今までに見たことのないほど年をとった老人が、シミひとつない白い上着に黒いズボン姿で部屋に入ってきた。

「私の孫だ」祖父が言った。「ランドルフ、これが長年私に仕えてくれているソンだ。彼は数年前に、私が——まあ、少々世話をしたことから、家にいてくれている。今は私の世話をよくしてくれている。卵をスクランブルにしてくれ。それに挽きたてのコーヒーとトーストを頼む」

老人は深々と一礼すると、立ち去った。その場に立ったまま、祖父の青い電光色の眼と目が合った。

「どうして今まで会いに来なかったんだい？　腰かけなさい」

「僕にもわからないんです」数秒考えて、彼は答えた。「なにもかも見てみたかったんです――街も人も、まずは自分の目で。そうすれば、自分のなかにいつまでもそのまま保存しておけるから。僕にとってそのままだという意味ですけど。写真みたいにね、おわかりでしょう――何のためにとっておくのかはわかりません。でも、僕はそうやって学ぶんです。まず目で見て、次になぜだろうと考えて、そうして知るわけです」

祖父はじっと耳を傾けていた。「とても健全だね」彼は言った。「分析的な頭脳だ――よろしい！さて、君はこうしてここにいるが、荷物はどうした？」

「ホテルにあります」

「すぐにとってきなさい。もちろん、ここで一緒に暮らすんだよ。部屋はいくらでもある。特に妻が亡くなってからはね。今は妻の部屋を使っている。自分の部屋ではないんだ。お互いに寝室は別々と決めていたんだが、妻が亡くなって、部屋を移ったんだ。そのほうが彼女が私を訪れやすいだろうと――どうやらそういうことになっているらしくてね。しょっちゅうというわけではないんだ――彼女は独立心旺盛なんだ、ずっとそうだったよ――ただ、彼女が会いたくなったときや、こちらが会いたいのがわかると、すぐに現れる。生前にそのように決めておいたんだよ」

彼はこれを驚きと戸惑いを感じながら聞いていた。祖母は死んだのか、そうではないのか。祖父は話し続けた。

「ランドルフ、荷物をとりに行くのに、ソンを遣りたいんだが、マンハッタンに行くのを怖がるんだ。今から十年前、ソンは船から逃げ出して警察に追われていた。セリーナ――妻だが――と私は五番街で買い物をしていた。たしかその年の妻へのクリスマスの贈り物に、白のミンクのストールを探していたときだったと思うが、目の前に彼が飛び込んできたんだ。追われているとしか見えなかった。相手はひと言も英語を喋らなかったが、私はたまたま北京に数年間いたことがあり、偉大なロックフェラー・ホスピタルで研究をしていた。医師で人口統計学者でもあり――そこそこの中国語を話せたので、どうしたのかと彼に訊ねたんだ。アジア系の人々に対する移民政策には大いに同情していたので、心配はいらない、私の使用人にするから、と言ってやった。外套を渡して彼に持たせ、すぐに紳士用品売り場に連れて行き、きちんとした黒のスーツを買って着せ、店内に入ってきた警察官に対して、自分の使用人に干渉しようとしたことに怒りをあらわにした。この家に連れて帰ったが、今でもマンハッタンには怖がって行こうとしない。その気持ちはよくわかるんだ。怖いのではなく、あそこは悪の巣窟だからね。いいね、すぐに戻ってきなさい」

「でも、お祖父さん、僕予定してなくて――」

「予定は立てないことだ。次に起こることをするだけでいい。いつでもおまえのやりたいようにしていいんだ。でも、たったひとりの孫と知り合えれば私も嬉しい。ほんの短い間でもね」

そう言われて断ることができようか？　老紳士には魅力があった。ソンがスクランブルエッグに旨そうなものをふりかけて持ってきた。

「醤油だよ」お祖父さんが説明した。

彼は常に空腹だったので大量に食べ、砂糖と濃く甘いクリームを入れたコーヒーを三杯と、バターと英国式のマーマレードを塗った山盛りのトーストを平らげて、一時間後には出発していた――タクシーで行くようにと祖父はコートのポケットにお札をねじ込んだ。「私は待つことが苦手なのだ」


二時間近くたって、彼は荷物を持って戻ってきた。日中の激しい交通量と、大都会にはバカバカしいほど狭い道路がありとあらゆる乗り物で埋め尽くされていたせいだ。そんな中を彼は戻ってきた。祖父という未知の人物の冒険について、胸がときめいていた。永遠の冒険などではない――永遠なものなどない、無意識の奥底にしまいこまれた記憶を除いては。でも、彼が今までに会った誰とも違う人物について、新たに知ることができるのだ。母親は、なぜ彼の祖父が中国の北京に住んでいたことを話してくれなかったのだろう？　本で読んでいた北京という街は、魔法の都だった。

そして、祖父の妻についての話、あれは一体何なのか？　あの人は彼の祖母なのか。セリーナ！　前に、家でその名を聞いたのを思い出す。女性の名前として美しいと彼は思った。未知なる人々に心を躍らせながら彼は祖父の家に戻った。ソンが荷物を空け始め、祖父について行くと、窓の非常に大きな部屋が彼のために用意されていた。

「自由の女神が見えるのはこの部屋だけなんだよ」祖父は言った。「それで、セリーナはこの部屋を使おうとしなかった。あの巨大な石の女を相手に話などできないと言ってね。『へえー、自由の女神さんねぇ！』彼女はそういう口調で話すんだ――セリーナのことだが。彼女は絶えず他人のトラブルに巻き込まれていた。新聞を読めば、ワシントンに抗議に出向いてゆくとか、そういう調子だ。それからエリス島！　哀れな貧しい人をひとりまたひとりと、助けに通っていた。だから、ここは私の部屋にした。だがね、彼女の言った通りだったよ。ちなみに、彼女はおまえのお祖母さんではない。おまえのお母さんの母親は、私の最初の妻で、愛らしく優しい――おそらく無知な女性だった。彼女がどのくらいものを知っていたか、ついぞ私にはわからなかった。可哀そうなサラ！　彼女ももう亡くなったよ。だが、彼女が訪ねてきたためしはない。こうして私がひとりでいてもね――たぶん、セリーナがそうさせないんだろう！」

彼は愉快そうに笑ったが、すぐに真面目な顔になって言った。「もちろん、こうしておまえが来たからには、セリーナも少しは寛大になるかもしれない。私から話そう――いや、やめておく。愛する人を怒らせても仕方がない」

「お母さんはあなたの妻のことは何も言っていませんでした」彼は何と言えばよいのかわからず、そうつぶやいた。

「もちろん、話はしないだろう」祖父は明るい調子で言った。「話す必要のないことだからね。誰にも、それぞれの人生がある。さて、しばらく好きに過ごしなさい。私はいつも食前に一時間横になるんだ。夕食は七時だ。本棚に色々並んでいるだろう？　お母さんの手紙によれば、おまえにはきっといい気晴らしになるだろう」

祖父が部屋を出て行くと、彼は本棚に近寄った。ヘンリー・ジェイムズの伝記を見つけると、棚から取りだして読み始めた。

「おそらく」祖父は夕食の席で朗らかに言った。「おまえにセリーナのことを説明すべきだろうと思う。正直に言うが、おまえのお母さんは彼女について何も知らない。お母さんの母親が亡くなったとき、最初の妻のサラだが、私は北京にいた。サラは私と中国に行きたくないと言った。彼女にとって中国は野蛮人の国だったが、それは事実とは違い、中国は世界最古で最大の文明を持つ国だ。それで、私は単身中国に渡ったんだ。おまえの母親は三歳ぐらいだった。サラは実家で暮らし、結局、二度と一緒に暮らすことはなかった。法的には離婚はしていないが、さっき言ったように、私が北京にいるあいだに妻は亡くなった。中国から帰国したとき、私は赴任当時の生意気な若者ではなくなっていた。以前は中国人に教えることが山ほどあると考えていたが、逆に彼らが私に教えたのだ」

「どのくらいいたんですか？」

「一年の予定で行ったが、七年いたよ。帰国して、ここに引っ越した。ある民間財団に職を得ていたんだ。ウォール街の非常に富裕な投資家で、人口動態統計と世界人口に興味を持つ人物がいた。私のオフィスは、そこに見える橋を渡ってすぐの超高層ビルの四十四階だった。セリーナとはそこで出会った。実際、彼女はその投資家の娘だった。頭脳明晰で美しく、なんでも彼女の思い通りだった。彼女のほうから惚れられて、恋愛など頭になかった私は照れ臭かった――ずいぶん年が若かったからね。私は投資家のところへ話に行った。彼は笑ったが、娘をソルボンヌに二年行かせた。その後、突然彼女が帰国して、ある日私のデスクの前に立っていた。『ただいま』彼女は言った。『私は何も変わっていないわ』」

彼はまた愉快そうに笑った。「そういうことなら、君でまず間違いないということだ」その言葉どおり、やがて私はセリーナと結婚した――「いや、むしろ彼女が私を夫にしたと言うのが正しい」

「母から聞いてはいませんでした」

「それはそうだろう。前にも言ったように、おまえのお母さんはセリーナに会っていないのだ。おまえのお母さんは叔母さんとの暮らしを続け、大きくなるまでは年に二度必ず会いに行った。セリーナは、私の娘には会わないほうがありがたいと言った。彼女はいつも、感情的なもつれを生むのはよくないと言っていた。けれども幼いスーは、お祖父さんがどこにいるのか知っていて、困ったらいつでも頼ればいいこともわかっていた。とはいえ、おまえの父親が亡くなったとき、お母さんとおまえと三人でここで一緒に暮らせばどうかとは言わなかった。セリーナが混乱すると思ったのだ、亡くなっていてもね。それに、彼女はいつ帰ってくるとも知れなかった。おまえは問題ないだろう――でも、女性同士というのは――」

彼の祖父は疑わしそうに首を振った。沈黙が訪れ、そのまま数分経過したのち、好奇心に負けたほうが口を開いた。

「お祖父さん、それじゃああなたの奥さんのセリーナは――ほんとうに会いに来るんですか――今でも？」

老人は食後のアイスクリームをゆったりと口に運んでいたが、リネンの巨大なナフキンで口を拭いてから、おもむろに話し始めた。

「ああ、そのとおり」彼は明朗な調子で答えた。「いつ帰ってくるかはもちろんわからない。生前だって、夜、彼女がいつ部屋に入ってくるかわからなかったようにね。亡くなって、四年近くはまったくやってこなかった。おそらく、死の衝撃後、その状態に慣れるにはある程度時間がかかるのだろう。死ぬというのはショックに違いない、生まれるときがそうであるように。時間がかかるのだ――時間が。これはまた美味しいお菓子だね、ソン。もう少しいただこう」

老紳士はたらふく食べ、かつ食事を楽しんでいた。心身とも健やかで年の割には生気に満ちていて、ランには祖父の気がおかしいとは思えなかった。実際、それはあり得ないことだった。であれば、お祖父さんは普通の人間がしないような経験をしてきたに違いない。だがそもそも彼自身が並みの人間ではなく、驚異を求める触覚が常に彼を駆り立てていた。

「今私がしようとしているのは、厳密に超心理学の科学を通じて、彼女がどうやるのかを解明することだ。または私がどうしているのか。おそらく両方でしていることなんだろうが、私のほうはまだ偶然にできているだけだ。そのうちに、より研究を重ねれば、きちんとしたテクニックがあることがわかるだろう。私は科学者だ、ランドルフ。中国で学んだ。おまえはどのくらい私の仕事を知っているか知らないが、生命の中心としての心臓に興味を持ったのが始まりなのだ」

「残念ながら何も知りません、お祖父さん」

「そうか、特に驚きはしないよ。最初の妻は愛すべき善良な女性だった。おまえのお母さんのようにね。妻は聡明ではあったが、普通の知性の持ち主だった。私の仕事について話し合うほど、おまえの母親、つまり娘のことをよく知っているわけではない。だが、おまえの頭は特別だ。私にはよくわかる――実際、おまえが部屋に入ってきた瞬間にわかったのだよ」

驚きとともに沸きあがる好奇心を抑えることができなかった。「お祖父さん、どうしてわかったんですか？」

祖父は食事を楽しんだ後、皿を脇へやり、ソンがそれを引いて部屋を出て行った。その場は二人だけになった。

「セリーナの死後、誰にも話していなかったことをおまえにだけ話そう」祖父は言った。「私には生まれつき特殊な能力がある。セリーナにもある程度それはあった。セリーナと私は何でも話せたし、その能力のことも特別視せずに話ができた。おまえにもある程度同じ能力があるかもしれないが、表れ方が違うこともある。よかったら聞かせてくれないか。私の場合は、色が見える」

「色ですか、お祖父さん？」

「そうだ。『オーラ』という言い方はしたくない。あれは、霊媒師や詐欺師が神秘主義と称して怪しげな商売をするための小道具だ。私は科学者であって、まず医学を学び、そして電子工学を修めた。電波の相互作用についてもある程度は理解している。誰しもみな、そのような相互作用の一部なのだよ。特定の力が組み合わさると、人間になる――結晶化と言ってもいい。あるいは犬、魚、昆虫など、いかなる形もとりうる。我々の言い方で『死ぬ』と言うことは、ある特定の形から別の形へと、力の組み合わせが変わるだけなのだ。まさに『変化』だな。宇宙は絶えず変わりゆくものであり、我々はその変化の一部である。何も消えて無くなりはしないのだよ、変化するだけなのだ。我々が死と呼ぶ変化が何なのか、この年齢になるとおのずと興味が湧いてくる。自分でそれを体験するまでは実際にどうなのか説明できはしないだろうと思うが、それにはまだ間がある――長寿の家系なのでね。遺伝によっておまえも受け継いでいるよ」

ああ、この頑固な性格！　彼は半ば自己嫌悪を感じていた。「それで、色の話は？」

「そうだった」祖父は言った。「もちろん、憶えているよ。私は決してなにも忘れない――おまえと同じでね。まず背景を話しておくべきだったな。生まれてこの方、私には生き物を取り巻く色が見える。特に我々が人間と呼ぶ集合体の場合それが顕著だ」

「僕にも色が見えますか？」

「ああ、とても強く」

「何色なんですか？」

「一色ではないよ」

祖父は孫の頭部を観察して、わずかのあいだ黙っていた。

「主に緑色――おまえから発散されているのは――強烈な生命の色、グリーンで、生命力が非常に強いことを示している。それがだんだんに濃い青になって――いや、おまえが青ざめているってわけじゃない！　それが黄色を帯び始める。黄色は知性で、青は誠実さだ。おまえの人生はラクではない。おまえのなかのあらゆるもの――感情、決意、理想主義――全てがとても強い。それら全てで苦労するだろう。だがおまえはクリエイターなんだよ、わかっているね」

「何を、ですか、お祖父さん？　僕のなかで、たえず何かを生み出さざるをえないのを感じます。でも何を？」

磁器と銀器を脇にやり、白いテーブルクロスに両肘をついて、彼は夢中で訊いた。祖父の言葉以外、頭になかった。

「それを知るにはまだ早い」老人は重々しい口調で言った。「いかにも早すぎる。おまえには才能がある――が、才能というのは手段で、使うべき道具なんだ。自分の材料を見つけることが肝心で、それは学習して初めてわかるものなのだ。十分に学んで、知ることができたら、その先はおまえの才能が導いてくれる。と言うより、無理やり強制的に突きつけられるだろう。だから悠々としていたらいい。世界中を尋ね歩いて見聞を深めなさい。だが、決して自分を浪費することのないように。頭同様に体を使うことだよ。わかりやすく言おう――おまえの体は貴重な才能を入れておく上等な器なんだ。体を清潔にして、病気をしないようにしなさい」

老人と孫の目が合った。老人の明るいエレクトリックブルーの瞳に、青年の黒い瞳が射るような眼差しを向けていた。彼の祖父は深い、震える吐息を漏らした。

「セリーナ！」彼は囁いた。「うちに誰が来ているかわかるかい？」

彼らは静かに席を立って書斎に移った。祖父が部屋の角でパイプオルガンを弾く傍ら、ランは頭がいっぱいで黙ったままそこに座っていた。曲はバッハで、秩序と調和のある、科学的な美しい音楽だった。曲全体が制御された細部で出来上がっていた。制御、そう、自己、時間、そして意志力の制御こそが人生の鍵だと彼は思った。

それから一週間ほどたったであろうか。その週、彼はほとんど祖父に会うことがなかった。毎朝朝食後に老人は孫にテキパキとした口調で、仕事があるから夕食まで好きに歩き回ってきたらいいと告げた。

「ぶらつくのは時間の無駄ではないんだよ」彼は言った。「そぞろ歩きをしながら、考えることがいくらでも湧いてくる。探求欲が、創造の第一歩なんだ」

この日の夕方、二人は夕食を終えるといつものように書斎に向かった。そこで話をしたり、読書や音学、あるいはチェスを楽しむこともできた。韓国製のチェステーブルに、祖父の手で白と黒の見事な大理石の駒が順番に並べられていた。老人はチェスの名手だった。ランは父親からチェスを教わったものの、彼の祖父にはまだ勝ったことがなかった。

「勝たせることは簡単だよ、おまえが自信を喪失することがあってはいけないからね。だがおまえの知性を尊重するなら、勝たせるようなことはしない。そのうちにおまえは私を超える。おまえのミスを観察していて、毎回学んでいることがわかるからだ。自分で自分に教える、それが本当の学びなんだよ」

今夜はチェスのゲームはなさそうだった。寒い夜で、どんよりとした空から初雪がちらちらと窓をかすめて飛んでいた。ソンが入ってきてビロードの丈の長いカーテンを閉め、暖炉に火をくべると出て行った。老人は小さな革のケースのなかから拡大鏡を取りだした――「これは精巧な作りでね、何年も前にパリで手に入れた」彼は拡大鏡を覗き、それから銀製の箱を開けた。

「セリーナの訪問だが、証明してほしければ、これがその証拠写真だ。訪問の度に、撮りためたものだ。私の部屋にカメラを据え付け、彼女が姿を現すまでの過程をフィルムに収めた。これがそうだ。ひとつひとつ、どうかよく観察してほしい。セリーナの部屋で私が椅子に座っているのがわかるね。妙な顔付きのように見えるかもしれないが、それは無の状態になろうとしているからだ。一般に、トランス状態と呼ぶものだろう。インドにいたときに、どうやって無の状態に入るかを学んだんだよ。自分自身を失う感覚が私には苦手だった。だが、これ以外の方法ではセリーナは私と意思の疎通ができない。私が望めば、他の人たちとも意思の疎通が図れるだろうと思うが、そのような興味はない。そのうち私も彼らと合流するだろうから。だが、私には時々セリーナが必要になる」

　彼は老人の細い手の中から、一枚ずつ写真を抜いて行った。最初の一枚には、安楽椅子にくつろぐ老人の姿だけが写し出されていた。次は、椅子の背後にぼんやりともやがかかったようになり、それ以降の写真では、もやが濃くくっきりとした形をとり始め、ついに写真の中央に、生き生きと美しい女性の顔が、次第に鮮明に浮かびあがっていた。

　女性の体はもやもやとしたままだが、瞳や顔はきらきら輝いていた。

「彼女が見えるだろう」祖父は自慢げに言った。「それは、一番美しかったころの彼女だ。まだ病気と老いにみまわれるまえの、健康体でもっとも充実していた時期の彼女だ」

「彼女は何か言うんですか?」

「おまえが今聞いているのとは違う聴こえ方だが」彼の祖父は答えた。「だが、何か言われているなということはわかる――そう、うまく説明ができない。何かに気づいている状態なんだ。この場に今現れたとしたら、彼女の声が聴こえるかどうかは言えない。聴こえない場合に、姿を現すかどうかも定かではない。というよりむしろ、お互いのバリアを乗り超えるには、私だけでなく彼女のほうも相当な努力を要すると思う」

　祖父はごく自然になんの抵抗もなく、確信をもって話をしたので、ランはそれ以上は何も訊かなかった。

「お祖父さん、ありがとうございました」

祖父は写真を注意深く元の順番に戻して箱に収めた。それから愛情に満ちた優しい声で静かに言った。「いいか、おまえもそろそろ旅を再開するときだ。いつまでもここにおまえを引き留めておくことはできない。老人と、あちらの世界に生きている女性の霊が棲むこの古い家にね。おまえと過ごせて愉しかった。また何度でも来なさい。もしおまえが戻ってくる前に私が死んだら、この家をいつでも使える状態にしておくようにソンに言ってある。私とソンの両方が死んだ後も、家はそのまま残る。おまえが旅行で訪れる各国の首都の銀行にお金を預けておこう。旅に出て自分の興味の中心を見つけることだ。おまえはクリエイターなのだ。だが、まず自分が何に興味があるのかを知って、そして、興味の対象に打ち込みなさい。創造的な行為に没頭することではないよ。単に行為だけに興味があるならば、創造することにはならない。自分自身にではなく、より大きなものへの興味をみつけなければならない――おそらく愛と言ってもいいかもしれない――そうすれば、創造のエネルギーがおまえを燃え上がらせるだろう」

「よくわかりました、お祖父さん」彼は静かにそう言った。「どこかに遣られるほうが僕もありがたいです。あなたは僕を自由にしてくれる、僕自身からも」

彼は大西洋を横断する船上にいた。東へ、かつて彼の祖父が赴いた中国へと、あてどない放浪の旅に出たのだ。飛行機なら数時間で行けただろうが、祖父にとって今も大きな意味を持つこの古い国について、より多くを知りたかったし、見ておきたかった。そこで、彼は時間のかかる方法を選んだ。西欧の古い都市を廻ってアジアと照らし合わせてみたいと思ったし、海について知る時間も欲しかった。彼は内陸に生まれ育って、ニューヨークに来るまでは陸地に閉ざされて暮らしていた。ニューヨーク港にはしょっちゅう出かけていき、大型船が錨を引き上げるのを見物するときも、両足は陸を踏みしめていた。今、彼は船上にいて、海は荒れ空は灰色だった。自分用の小さな船室のほかは、シーズンオフで船上に客の姿はまばらだった。

季節はずれで船客が少なかったからだろう、船長と一等航海士、それに船員たちと知り合いになった。船員たちは、陸の人間とは異なる。彼は船内を廻って彼らを観察し、彼らの単純な語りに耳を傾けた。簡単な言葉で、海で遭難した恐ろしい体験が語られることもあった。海で遭難するだって！ 人並みはずれた想像力の持ち主である彼には、哀れなほど小さな救命ボートが、残酷にも美しい大海原に突き上げられる様子が瞬時に思い浮かんだ。それでも彼は海が大好きになり、船上で気に入りの場所だった舳先に行くと、船長の命令で毎日磨かれる頑丈なマホガニー材の欄干にひじを付いて、何時間もそこに立っていた。そして彫刻の若者の船主像のように、尖がった舳先が深緑の波をかき分けるや、巨大な二つの白い波頭に分かれてゆくのを見つめていた。すべてが彼の視覚と感覚に訴えるのだった。鮮やかに変化する海、紫色の空、白い波頭。精悍な船体、そして顔や髪に吹きつける新鮮な潮風の感覚を、彼は一生記憶にとどめた。簡素な食事を旺盛な食欲で腹一杯食べ、夜は波に揺られて熟睡し、毎朝この航海が一生終わらないことを願って目覚めた。それでも、この先の人生で見るものが山ほどあることを思うと、航海の終わりが待ち遠しくなるのだった。

その女性を見たのは三日目のことだった。それまで姿を見せたことがなく、船長の隣の彼女の席は常に空席だった。その存在を彼は知らなかった。船酔いでずっと船室にいたのかもしれない。三日目まで海は荒れ、晴天にかかわらず波が高く、遠くの嵐の余波とみられる風が吹きつけていた。だが、船は巧みに航行していた。船の速力をあげるために長さに比して、幅が細いせいなのか？とにかくキャプテンズ・テーブルの彼女の席は空いたままだった。ところが突然、食堂の幅の広い扉のまえに、多少心もとなげに周囲に眼をやりながら、彼女が現れたのである。襟ぐりが大きくて長袖の、グリーンの夜会服に身を包んでいた。華奢な体形によく似合う、細身で、足下までまっすぐ届くドレスだった。そのうえ、履いている靴までグリーンだった。全体に直線的な印象を抱かせられたが、彼女は髪の毛を後ろでまとめて団子状にしていた。明るい赤毛だったが、照明の下では黄金のかぶとのように見えた。これほど美しい人間を見たことがなかったので、彼は女性を凝視した。周囲の誰もがそうした。その場がしんと静まり返った。彼女はニコリともせず、黒に近い茶色の瞳で周りを見つめていた。

船長が立ちあがって彼女の椅子を引いた。「こちらへ、レディ・メアリー。やっとお会いできました。この三日間お待ちしていたんですよ」

彼はスコットランド人で、強い訛りがあった。彼女はちょっと微笑んで、ゆっくり船長のテーブルに向かった。彼女がちょうどランのテーブルの横を通りすぎようとしたとき、突然の大波で、船が激しく揺れた。二等航海士の話では、それは七番目の波もいいところで、彼がとっさに立ち上がってしっかりと両手で受け止めていなければ、彼女は転倒していただろう。

「ありがとう」彼女は透き通るような声で静かに言った。

自分の席に着くまで、彼女は彼の腕をしっかりとつかんでいた。席に戻った彼には、グリーンのサテンのドレスの下のほっそりとした体の感覚だけが残っていた。彼女に目を当てないようにして横目でちらりと見たところ、年齢はあまり若くないようだった。彼女はこちらに横顔を向けていた。綺麗な横顔で、厳密に美人というには多少線の強いところがあったが、何とも言えない美しさだった。若くなかったとしても、年をとっているわけではなかった——おそらく三十か三十五歳ぐらいだろうか？　そうであれば彼の二倍の年齢だったが、母親と言うほどの年かと言えば、そうでもなかった。彼女はおよそ母親のイメージから程遠かった。船長からレディ・メアリーと呼ばれていたということは、たぶん英国人で、どこかの城に住んでいることだってあり得る。そもそも、彼女が若者に気づくことはなさそうだったし、彼も自分に気づいてほしいとは思わなかった。彼は若すぎて、見ること以外は未熟だった。だが見ることにかけては何でも見逃さなかったので、彼女の色艶のよさや、優美さを見てとった。彼女は口元に半分微笑みを浮かべて船長の話を聞き、終始食べっぷりはよく、細身の体形からは意外な感じがした。

船客は今では彼女の存在にも慣れて、ふたたび会話を始めていた。彼はほとんどなにも聞いておらず、ただ例によって自分からは口数が少ないけれど人びとの声を無意識のうちに保存し、その表情の変化を記憶し、態度や食事の仕方や、こまごまとした生活の情景を、それら自体に何らかの価値があるとも思えないものばかりであったが、せっせと蓄積していった。なぜなら、それが彼の生き方だったからだ。

レディ・メアリーの存在はこの空と海に閉ざされた船旅の生活の一部と化してやがて忘れられていただろう。だが翌日、風の強い晴天の朝に、彼の定位置の船首に立っていると、誰かの手が腕に触れるのを感じた。振り向くと、首から膝までシルバー・グレーのレインコートにすっぽりくるまれて、彼女がそこに立っていた。

「そこはわたくしの席よ」彼女は彼の耳元でそう言った。「船に乗るときのわたくしの定位置なのよ」

彼は驚いた拍子に身を引き、彼女の足に躓いた。女は一瞬顔をしかめて、そして笑った。

「おや、足元もおぼつかないのね」風に逆らって、彼女は叫んだ。

「すみません、本当に」どもりながら彼が言うと、彼女はただ笑って、相手の腕に手をからめて自分のほうに引き寄せた。

「二人分のスペースは十分あるわ」そう言って、腕に手をからめたまま、彼を抱き抱えるようにして立っていた。明るい光沢のある髪が風になびいていた。

彼女とつながったまま、彼はそこに立っていた。強い西風にあおられて彼女が体を押しつけてくる。体を寄せ合いながらお互いに無関係なまま、まったく無言で海上を見つめていた。どちらかが体を動かすか口を開くまで一時間たっていたかもしれない。彼女に対して緊張しているような、またそうでないような、一風変わった感じを抱いていた。すると彼女は彼の腕をほどいて、身を離した。

「下に降りるわ。手紙を書かなければならないの。手紙を書くのは大嫌い。そうじゃない？」

「僕には母と祖父しかいなくて、手紙も書いてないです」

「そう、でも手紙は書いたほうがいいわ、書くべきよ。船のポストに出せば、寄港した先ですぐに配達されるから。イギリスの切手を何枚かあげるわ」

彼女は頷くと、背を向けて立ち去った。その場に残された彼は、奇妙な孤独と不安を感じて佇んでいた。独りでそこにいるのが嫌だった。英国に着くまでは、母親や祖父に手紙を書くことは思い浮かばなかった。英国に着いたら、手紙に書くことが沢山あるだろう——例えばロンドンのこと。

でも、今は彼女の言うとおりだと思った――二人に手紙を書く方がいいだろう。その分だけ早く届く。彼は下に降りて食堂の静かな一角を探し当てると手紙を二通書いた。それぞれが驚くほど長いものだった。空と海、そして船での光景を言葉で言い表すのはどこか愉しい作業だった。レディ・メアリーについては、ひと言も触れなかった。何を書いていいのか、まったくわからなかったのだ。彼女のことに特定して書かれた手紙など、母と祖父はどう思うだろう？　さらに言えば、母親と言ってもよい年齢の女性についてわざわざ書く必要があるだろうか？　まったく同じ齢ではなかったが――

「それで、イギリスはどこにいかれるの？」彼女は唐突に訊いてきた。

船上での最終の日だった。翌朝の正午までにはサウサンプトンに着く。そこから電車でロンドンまで行く具体的な行き方を祖父が教えてくれていた。

「ロンドンです。祖父から行先のホテルは聞いています。小さくて部屋はきれいだってことです」

「ひとりで行くのはおかしいわ」

「父と母も一緒に行く予定でした。でも、父は亡くなりました。母は、それでも父が僕を旅に行かせたかっただろうと思ったんです。僕は――大学に行くにはまだ若いから」

「あなた、おいくつなの?」鈴を振るような、美しい英国人の声で彼女は訊いた。

「十六歳」半ば若さを恥じるように、彼は仕方なくそう答えた。

「十六! まあ、そんな――まさか!」彼女はそう叫ぶと、頷いた相手の顔をまじまじと見つめた。

「でも、あなたすごく――とても背が高いわね! 少なくとも二十歳ぐらいかと思ったわ。アメリカ人の男性はもともと若く見えるのよ――そう、二十歳かせいぜい二十二。驚いたわね、君には! その年でひとりでうろうろするのはまずいでしょう! どこまで行くつもりなの?」

「中国」彼はぽつりと言った。

彼女は一瞬息をのみ、それから朗らかに笑った。「中国! ありえないわ! なんでまた中国なの?」

「祖父が中国に七年住んだことがあって、中国人は世界で一番賢くて文明化された人々だって」

「でも、あなたまさか中国語はできないでしょう?」

「僕、言葉はすぐに覚えられます」

「何語を話すの?」彼女は訊ねた。

「英語、フランス語、ドイツ語、イタリア語――スペイン語も少し。今年専攻するつもりでした。自分ならもっとまえに取っていただろうけど、父が他の外国文学のほうが重要だと考えていたんです。それに、スペインに行くかもしれません。現地で覚えるのが一番楽ですよ。もちろん、ラテン語は数のうちに入りませんーーできてもせいぜい初歩止まりです」

彼女は興味深げにじっと相手を見据えた。鳶色《とびいろ》の瞳が色濃くなった。

「よく聞いて頂戴」彼女はきっぱりとした口調で言った。「あなた、ロンドンのどこか小さなホテルには行かないわ。わたくしと一緒にうちに来るのよ、わかったわね。うちはロンドン郊外にあるの。あなたはそこでイギリスについて学ぶのよ」

「でもーー」

「つべこべ言わないでーー言うとおりになさい！　夫のサー・モレスビー・シートンが戦争で亡くなってから、わたくしはずっとひとりで暮らしてきたの。うちに若い人がいれば、気が晴れるわ。親戚と住むのはごめんなの。ひょっとしてあなたと一緒に中国まで行くかもしれない。アメリカには行ったけれど、中国に行くぐらい珍しいことだったわ。しかも、まったくのひとり旅でねーー最高に楽しかった。アメリカ人って本当によく喋るでしょうーーあなたはそうじゃないけれど！　あなたは無口な青年ね」

「僕は聞いているのが好きなんです。あと、見ているのが」

「それはそうと、うちはすごく古いお城なのよ」彼女は続けた。「主人の家に代々伝わるものなの。彼が唯一の後継者で、残念ながら子供がなかった。彼のせいなのかわたくしなのか、それは誰にもわからないしーー気にしないわ。夫は時代遅れの人でしたーー伝統的と言ったほうがいいかしら。

というのはスポーツの愛好家で――ハンティングとかいろいろ嗜んでいたわね。彼は子供がいないならそれまでだと思っていました。それで、わたくしが死んだら城は甥が譲り受けるの。好い人で、あなたより二十歳年上で、結婚して男の子が三人。そうやって、城には代々シートン家の人間が住み続けるの。肝心なのはそれだけ。変な話だけれど、今では、わたくしに子供がいなくてよかったと思っているのよ。自分自身でいられる――分裂せずに。子供って、奇妙な形で母親をばらばらにするのよ。一度分裂すると、もう完全な自分ではなくなる。毎回、自分の一部が失われるの。それに、わたくしは再婚はしない――一生！　そう決めたのよ。感傷ではなくて、ひとりでいるのが好きなの。生涯で唯一の男性――なんて、いると思えないの。主人とは熱烈な恋愛をしましたけれど。結婚生活は幸せだったわ――相応に幸せと言う意味で」

「じゃあなぜ――」言いかける彼を、彼女はソフトな口調で容赦なく遮った。

「なぜあなたをお城に誘うのかって？　その質問の答えは、わたくしにもわからない。あなたはもう自分というものを持っている。まだ若いのに。あなたが誰なのか知らない。あまりアメリカ人らしくないわ。あなたは、他の人たちとは一線を画すものがあるわ。あなたのことは詮索したりしない。進退は自由にして頂戴。わたくしも自由にするわ。あなたにはきっとわかると思うわ。不思議と、あなたは何でもわかる人だっていう気がするの。あなたには、なんて言ったらいいのか、老成して賢いところがある……落ち着いているし――とっても変わった人！　きっと、インドの人々が

『オールド・ソウル』と呼ぶ人なんでしょう。インドには主人と二人で二度行きました。実際、ハネムーンだった。月影に照らされたタージマハールを二人で観たいと思ったのよ。陳腐な発想でしょう？　だけど、観に行って良かったと思っているの。一生忘れないわ。それから本格的にインドに興味を持つようになった。人々が生まれながらに古い魂と、深い知恵を持って、そして最初から——なにもかも知っていると感じられる人々がいる国なんて、他にどこにもないことは確かよ。あなたはその同じ既知感を持っているわ」

彼は笑った。「でも、僕にはその言葉の意味自体わかりません」

「それに、あなたは若いわ」彼女は切り返した。「インドで生まれてもいない。できたばかりの生意気な若い国で生まれたのよ——残念ながらそれが大きな間違いだったわね！」

彼女は笑って、それから二人とも黙り、それはかなり長く続いたが、苦痛に感じなかった。そのことが彼には不思議だった。前から知っている人のように、彼女といるとくつろげた。だが彼女は自分とはまったく違う人生を送っている他人なのだ。彼の心は沸き立っていた。それは新しい国に来て感じる興奮を凌ぐほどだった。

黄昏時に、車は小さな村を通り過ぎた。なだらかな丘が続く広々とした田園風景のなか、数マイル先に銃眼付きの城壁の縁どりが現れ、その上方に小塔を抱く城の屋根が見えた。

「征服王ウィリアムによる築城とされているの」彼女は説明を続けた。「五百年の間、王宮として使われていたの。その後、主人の先祖に、戦争中の武勲の褒賞として与えられたの。以来ずっとシートン家はここで暮らしているっていうわけ。今わたくしがここにいられるのは、甥が寛大なせいよ。いいえ、主人はわたくしが一生ここに住む権利を主張したわ。わたくしさえよければね。わたくしは多分、いつかどこか別の場所に住みたいと思っているの——誰かと一緒かもしれない、結婚はしていないけど——それか、ひとりかもしれない、その時もやはりひとりでいたいなら」

城のすぐ近くまできたとき、突然すべての城の明かりがつき、次第に暗くなりゆく空を背景にその輪郭を明々と浮かび上がらせた。

「綺麗だわ」彼女は半分独り言のように呟いた。「ここを離れているあいだは忘れていて、戻ってきて初めてその美しさを知るの。今までいつもひとりで戻ってきたわ。誰かと一緒というのもいいものね——自分でも驚かないでもないけれど。だって、モレスビーが亡くなってからずっと、ひとりで帰って来たかったから。彼のこと、モーリーって呼んでいたの」

「僕は本当に運がいいです」彼は言った。「ひとりでロンドンを歩き廻るよりもずっといいですよ——ひとりでいるのは慣れていますけど。家ではひとりっ子だったし、学校の友達のあいだでは幼すぎて」

「学校で友達と何をしていたの？」彼女は答えを知りたそうにした。「あなたって、頭の悪い巨人のなかで、お利口な小人だったに違いないわ！」

彼は一瞬、思い出そうとして、それからようやく言った。「みんなは僕のこと好きではなかったと思います」

彼女は笑った。「あら、好きなはずないでしょ。あなたが大嫌いだったのよ！　普通の人は、稀にみる明晰な頭脳の持ち主を嫌うものなの。気にしていた？」

「気にする時間がなかったんです」彼は言った。「いつもあまりにも忙しくて――何かを作ったり、読んだり、父と話をしたりしていて――」

「お父様は、あなたにとって全てだったのね」

「はい」

「その後、亡くなった」

「はい」

「他には誰もいなかったの？」

一瞬躊躇した後、彼は言った。「はい、いました。大学教授です――すごく優秀な人物です――でも――」

「もう友人ではないのね」

彼女には穏やかな言い方で最後まで意思を貫く傾向があった。彼はドナルド・シャープのことを彼女に話そうと思ったが、やめておいた。彼のことはきっぱり忘れようと決めていた。今、あの経験を言葉にすれば、すべて生々しく蘇るだろう。シャープとの友情、そして愛情――どう呼ぶかは彼の自由だ――は心の奥深くに沈んでいた。ドナルド・シャープには、彼から見て好きな部分や、愛しているとさえ言うことができる部分が沢山、本当に沢山あった。シャープと離れた後、彼ほど自分のことを理解してくれた人はいなかった。こうしたことすべてを、思い出してはいけないのだ。

「ええ、今は友人ではありません」彼は唐突にそう言った。

彼女が何故かと問う前に、二人は堀の橋を渡り、次々に門が開かれ、目の前には城の姿があった。

「ようこそわが家へ」レディ・メアリーが言った。

英国で迎えた初めての朝、二人は庭園にいた。前の晩は、早い晩餐の後、彼女はほとんど冷淡ともいえる仕方でおやすみの挨拶をし、男の使用人が彼を部屋に案内した。使用人は風呂に湯を張り、ベッドカバーを外し、客用のパジャマをベッドに置いた。荷ほどきも済んでいて、三着のスーツはすでにスーツケースから出されて化粧室のクローゼットに掛けられていた。これを発見したのは、翌朝起こしてほしい時間を使用人が確認して、部屋を出て行った後だった。

「朝食は何時ですか？」

「奥様はお部屋で朝食をおとりになります」男はそう言った。

彼は小柄な二十歳ぐらいの若者で、丸顔に獅子鼻、短く硬い金髪だった。彼のまじめさはどこかユーモラスで、ランを微笑ませた。

「何時頃がいいと思いますか？」彼は訊ねた。「僕がたかがアメリカ人だっていうこと、忘れないでください」

若い男は笑いを手で隠し、小さく喉を鳴らした。

「そのことでしたら、朝八時半以降はいつでも朝食のご用意ができております。場所は、東側のテラスのすぐ先のお部屋でございます」

「それじゃあ八時半に、伺います」

翌朝八時半まで一度も目を覚ますことなく、猛烈な空腹感に襲われて目覚めた。窓の外を見ると、この季節にしては太陽が顔を出していて、暖かい朝だった。ベーコンと卵、レバーソテー、山のようなトーストとマーマレード、何杯もの濃いクリームの乗ったコーヒー、と言う豪勢な朝食でお腹を満たした後、彼は庭にレディ・メアリーの姿を見つけた。ほっそりとした体にブルーのパンツスーツがよく似合い、朝日に髪が明るく輝いていた。

彼はすぐに席を立って彼女のところに行った。すると何の前置きもなく、彼女は言った。「この素晴らしい細工を見てちょうだい！」

彼女は象牙のハンドルのついた細い竹製のステッキを持ち、それで指し示したものは、見たこともないような巨大な蜘蛛の巣であった。蜘蛛は柊の木の枝に巣をかけていて、その繊細な糸の上に朝露の銀色の雫が吊り下がっていた。

「美しい」彼は言った。「朝露の雫が大きさを変えるのがわかりますか――外側は大きくて、中心に近づくほど限りなく小さい」

蜘蛛は中心にいて、小さな黒い点のように動かず、警戒していた。

「でもどうしたら」彼女は言った。「あの小さな生き物に、数学的に完璧な、円周や角度に狂いのない巣が張れるのかしら――」

「全て神経系に組み込まれているんです。いわば生きたコンピューターですよ」

彼女は笑い、可笑しがっている黒い瞳に賞賛が浮かぶのを彼は見た。

「なぜわかるの？」

「ケストラーです」彼はあっさり答えた。「記憶によれば、三十八ページです。『創造活動の理論』、名著です」

「物知りさん、あなたが読んでいない本なんてあるのかしら？」

「そう願いたいものです。早くお城の図書室に行ってみたくて」

「ああ、どれも古い本よ――もう何世代も読まれていないものばかり。モーリーの本は全部二階の彼の部屋に置いてあります。蜘蛛の話に戻るけれど、わたくしにはどうも陰険な顔付きに見えるわ。眠ったふりして、実は哀れなハエが捕まるのをじっと待ち構えているなんて！」

「まあ、ある意味では悪い奴かもしれないですね。でも、やはりそれも、生まれつき備わったものなのです。蜘蛛はその能力を見事に発揮しているわけです。巣を十二か所に張っている――みてください、通常はそんなに何か所にも張るわけじゃない――どこに張ればいいのか考えて決めている。そして、巣の模様は毎回同じです。蜘蛛の巣の中心は、蜘蛛の目から見て重力の中心です。糸と糸が交差する角度は常に一定です、それに――」

「ああ、待って」彼女は声をあげた。「向こうの端に、虫が引っ掛かっている。逃がしてやって頂戴、ラニー！」

彼は小枝を折り、もがく昆虫を、そっと巣を破らないように外そうとした。薄い羽根のちっぽけな蛾は、完全に気もそぞろで捉え難かった。

「無理です」彼は言った。「これ以上やれば巣が破れる」

「だったら破れば」彼女は叫んだ。「ああ、なんて酷い蜘蛛なの！　獲物めがけて一目散。残忍な短い前足を獲物に巻き付けている。もう見てられない！」

彼女は手にしていた杖を振り上げると、蜘蛛の巣に向かって叩きつけ、巣を滅茶苦茶にした。茂みの落ち葉に落下した蜘蛛と蛾を置き去りにして、彼女は歩き去った。

「朝からあの蜘蛛のせいで気分が台無しになんて絶対にさせない」彼女は言い放った。

「もちろんです。蜘蛛は生物に備わった掟のままに行動しただけですから。ケストラーによると、『生物には生まれつき、または学習によって習得された、一定の規則がある』のだそうですが、その規則が発揮されるか否かは環境によると指摘しています」

「もう黙って」相手に視線をちらりと向けて、彼女は叫んだ。「あなたのケストラーの話はもう聞き飽きたわ。大体、ケストラーって何者なの?」

彼は混乱し、傷つきそうになりながら、彼女の口調に屈するまいと思った。「とても偉大な作家です」彼は静かに言った。そのまま長いこと口を利かずにいたので、彼女はなだめるような笑顔を向けてきた。

「許して頂戴。あなたにはどうしようもないのはわかるわ」

「何がです?」彼は聞き返した。

「ああ——あなたがそういう人だということ。頭がいい、とかそういうこと。でも、あなたはとても——美しいの。本当にそうなのよ、ラン。赤くなることなんてないわ。あなたは見た目にも美しいって言ったらいけない? なぜあなたには容姿も含めてすべてが与えられなきゃならないの? もしわたくしが優しくて良い人でなかったら、何もかもすべて——その巻き毛も、ブロンドの髪も、備わっているあなたを憎んだでしょう。なぜあなたの髪の色はわたくしがずっと憧れていた色で、――瞳はブルー、それも淡い青ではなくて、深く濃い青色なの？　わたくし、あなたが大嫌いなようね！」

二人は一緒になって笑った。すると、彼女はふいに小さな杖を投げ捨てて、彼の手を握った。「走りましょう！」彼女は叫んだ。「朝、走るのが好きよ！」

彼自身驚いたことに、二人は手をつないだまままずっと笑いどおしで、芝生を走り抜けた。

彼はイギリスに既に長居しすぎており、自分でもそう感じていた。一週間たち――あるいは二週間だったか？――フランス行きを口にした彼に、彼女が異を唱えた。

「だってあなた、まだ何も見てないわ！　図書室で本ばかり読んで。二階のモーリーの書斎にも行かないじゃない」

事実、彼は一度だけ彼女について二階に行った。モダンな装飾の続き部屋に入ると、彼女はいつもの調子で、唐突に部屋を出て行った。書斎に残された彼は、船や銃、戦争、歴史や旅に関する本の背表紙を見終えると、若い男性の肖像画の前にしばらく佇んでいた。技法から現代画家の作と知れた等身大のその絵は、ゴールドの平型のフレームに収まっていた。サー・モレスビー・シートン。

肖像画の姿はまだ若く、筋骨たくましい体に、黒髪をしている。力強く、笑顔で、頬は赤く、目に精彩があった。実に生き生きとした肖像で、見つめていると肖像画の人物がそこにいるように思えて、落ち着かない気分になった。その目はしきりと訴えかけていた。「なぜおまえがここにいる?」そんな声が聞こえる気がした。まったく、なぜなのか? 答えが見つからないまま、彼は部屋を出た。立派な螺旋階段を降りて、慣れ親しんだ図書室に向かった。そこは彼の外に誰もいない場所で、書物からさまざまな人生を呼び覚ますことができた。

「本からだけでは、イギリスはわからないわ」レディ・メアリーは言った。「今からすぐにあなたを連れていかなくちゃ。雪が降るまえにスコットランドへ、それからコッツウォルズ地方――可愛らしい石造りの家々が迎えてくれるコッツウォルズ――そして、アイルランドまで一日か二日足を延ばすのもいいわ……緑の国、アイルランド。あの国では、世界のどこにいるより本当の自分でいられるの。祖母方にアイルランドの血が少し混じっているのよ。オヘア家はアイルランドにお城のひとつや二つは持っているわ」

彼女の要求の高さ、わがままさ、上品な立ち居振る舞いに常に従順な彼は、今回も旅の道連れとなった。ドライバーのコーツが運転する車に乗って景色を味わい、どこまでも海に囲まれた狭い土地ながら、次々と立ち現れる景観の多彩なことに驚かされた。彼にとって、そこはまさに驚きの宝庫だった。時間のたつのも忘れて人々の顔や場所、村や町、そしてダブリンという稀有の都市の姿をひとつひとつ記憶にとどめた。そんな彼を、旅の同伴者の存在も忘れるとは如何《いか》なものかと彼女は非難した。

「うちに居たほうがましだったわ」彼女は不服そうに笑った。

「違います、本当に。レディ・メアリー」彼は反論した。二人は古びた大聖堂を訪れており、土産物売りに手渡された小冊子に彼は気をとられていた。二人がいま立っている納骨堂の真鍮の棺に納められたひとりの騎士の物語がそこに綴られ、棺の上にやはり真鍮製の死者の彫像が横たわっていた。彼は、彫像の上に本を置いた。

「そんなこと、本当にないです、レディ・メアリー」繰り返してそう言い、なおも弁明しようとするのを、彼女が遮った。

「それに、わたくしのことメアリーって呼ぼうと思わないのかしら？　もうお互い十分に知り合ったことだし」

「でも、レディ・メアリーがあたなのイメージにぴったりなんです」彼は無邪気にそう言い、あまりに素朴な答えに彼女は突然笑い出した。

「なぜ笑うんです?」彼は大真面目に訊き返した。

笑いはエスカレートし、不可解な気持ちのまま今は亡き騎士の物語の結末を知ろうと彼がふたたび本を取りあげると、彼女はふらりと先に行ってしまった。

こうして、楽しい日々を重ね、最初の雪嵐になる前に城に帰りついた。今なお豊かな庭園の緑に彼は目を奪われた。菊が今年最後の花を咲かせていた。もとの生活に戻ることはたやすかったが、一方で彼にはどこか抵抗があった。これ以上、寄り道をしているわけにはいかなかった。なぜなら、ここでの昔ながらののどかな田園生活には危険な魅力があったからだ。

十二月初めのその日、古めかしい図書室で二人は向かい合っていた。黄昏時で、暖炉に炭が燃えていた。彼女は晩餐用に着替えており、黒のベルベットのロングスカートに深紅の胴着、そしてパールの首飾りをつけていた。

「また読書ばかり」彼女はお説教を言った。「しかも、明かりもつけずに！　今度はなんの本なの？」

「ダーウィン——の航海記です——」

ランは遠い世界に遊んでいた。それはあまりにも自分とかけ離れていて、メアリーにはその遠さがわかっていた。彼女はゆっくり近づいてきて、ランの目のまえで立ち止まり、両手を優しく相手の頬に当てた。

「わたくしを見ることなんてある？」彼女は訊ねた。それから、向こうに行って明かりを点けた。照明を全部点けたので、外は一面の闇で、室内は明かりが煌々と照っていた。

「もちろんです」彼は応えた。「あなたは綺麗です」

彼が笑顔で見上げると、突然彼女が身をかがめ、唇が彼の口に押し付けられるのを感じた。初めは軽く触れ、次に鋭く押し当てられた。

「これでよく見えるようになった？」彼女はそう言って、身を退いた。

彼はものも言えず頬が火照り、心臓が激しく鼓動を打つのがわかった。

「はじめてだったの？」彼女はそっと訊いた。

「はい」彼は小声で答えた。

「ひとつ覚えたわけね。イギリスではいろんなレッスンを学び、いろんな驚異に出会うでしょう。そしてあなたは答えを求め続ける。ところでキスは気に入った？」

彼女はあけすけに訊いた。なかば笑われ、なかば見下されているようで、彼は首を振るしかなかった。

「わかりません」

「わからないの、それともわかりたくない？」

それに答える余裕はなかった。不快に思いながらも、うっとりした気分だった。彼女に魅了されたのではなく、自分の中で何かに火がついて、またキスされたいと思った。

「驚かせたみたいね。なんでもない、ただの遊びよ。さ、夕食に行きましょう」

レディ・メアリーはランの肘に手を添え、二人連れ立って食堂に向かった。

彼には忘れることができなかった。夜も更けて、消えゆく熾火《おきび》を前に、二人は小さな弧形のソファに隣り合って座っていた。使用人たちはそれぞれの部屋に下がっていた。彼は、あのとき唇に押しあてられた温かくて甘い感触が忘れられなかった。二人は、途切れ途切れにとりとめもない会話を交わしていた。彼女は今、ソファの高い背に頭をもたせかけて、ベルリンやパリ、小さな古い都市の点々とするなだらかなイタリアの丘陵で過ごした子供の頃の話をしていた。彼女のほうを向いて座り、話をとびとびに聞きながら、ランはキスを思い出していた。長い沈黙のあいだ、何かに魅せられた感覚が彼の奥までゆきわたり、胸が早鐘を打った。衝動のままに女性の上に身をかがめ、思いがけずその唇にキスをしていた。彼女はすばやく彼の首に腕を回し、その手が、彼の顔を下に――沈めて、唇と唇がぴたりと合わさり、息ができなくなるのを彼は感じた。彼女はゆっくりと手を離して彼の両肩に載せた。

「なんて早く覚えるの？　坊や、教えるわたくしが悪いの？　でも誰かが教えなきゃね。わたくしが教えて何が悪い？　わたくしじゃなぜいけないの？　坊やはオトコ。これはオトコの体。背丈があって逞しくって。本当にやったことないの？　坊やのおつむはご本のことばっかり――」

彼は答えなかった。何も聞こえていなかった。彼女の頬や首すじ、乳房の形もあらわな襟ぐりの深いドレスからのぞく胸の谷間に、狂ったようにはげしいキスを繰り返した。唇が触れると、彼女はボタンをひとつずつ外し、香り立つ泡のようなレースに包まれた張りのある小さな丸い胸のふくらみとピンク色の乳首があらわになった。彼は目を奪われ、魅了された。体中の血が大嵐のように逆巻いて、立ち上がる彼の中心に集中するのが恥ずかしかった。

「可愛そうに」彼女は囁いた。「いいのよ――それでいいの」

彼女の手に導かれて、彼女を探し、そして見つけた。彼女の温かい場所に、彼は一気にほとばしり出て、解放された。これが本当の自分だと彼は感じた。

お互いが離れたとき、彼女のおやすみのキスは子供のキスほどにしか感じられず、入浴後に清潔な衣服をまとい、清められた体で大きなベッドにひとり横たわるとき、その歓びは彼だけのものだった。彼女のことは考えなかった。愛についてさえ、考えなかった。

「僕は一人前の男だ」夜の闇のなか、彼は声に出して言った。「もう、一人前の男――男になったんだ――」

眠りにつくと、それはかつて味わったことのない甘く、深い眠りだった。

朝になって目覚めてからも、彼は長いことそのまま横になって昨夜を振り返っていた。このとおり、彼はまったく生まれ変わった。彼女もまた生まれ変わって、女になった。彼が元の彼でないのと同じように、彼女は以前の彼女ではありえなかった。二人は新しい世界で出会ったのだった。ある境界線を越えたのだ。彼がついぞ知らなかった現実がそこにあった。

その朝、彼女は、目と髪の色によく映えるダークグリーンのジャケットの上下を着て朝食に現れた。彼には気恥ずかしさがあったが、驚いたことに、彼女はまったく普段どおりで、こころなしか口数が少なく、彼に挨拶する代わりに微笑んでみせた。執事が下がると、ダイヤモンドとエメラルドの指輪で飾られた、細く白い手で欠伸を隠した。

「ほんとによく寝た」彼女は言った。「もともと朝寝坊なの。でも、昨晩は夢も見なかった。ひたすら眠ったわ。あなたは？」

「とてもよく眠れました、おかげさまで」

彼は恥ずかしかったので、よそ行きの返事をした。何を言えばいいのかわからなかった。何か言うべきなんだろうか？　この先、お互いにどのようにやって行けばいいのか？　自分はどこかへ行ったほうがいいのかもしれない。次に何をする？　彼女は彼の倍の年齢だったが、外見は二十歳にしか見えなかった。彼女が今日ほど若く、はつらつと見えたことはなかった。彼のほうに笑顔を向け、恥ずかしそうなところは微塵もなく、きらきらと輝く目は相手をからかっていた。

「あなた、昨日より十歳大人びた」彼女は言った。「理由は説明できないけれど、でもそうなの。

わたくしは十歳若返ったわ。もちろん、その理由はわかっているけれど、言わないでおく。あなたが自分で気づくほうがいいから。あなたはわたくしのことを知らない――あなた自身のことも。あなたは、今までの人生を、自分以外のすべてを学ぶのに費やしてきたのよ」

「僕には――ほかの側面もあるんです」彼は相手を見ずに、硬い口調で言った。

「もちろんよ」彼女は上機嫌で同意した。「あなたは無数の人間の集まりよ。ただ、言いたかったのは、わたくしの思っていたとおりだってこと――あなたはもう立派な男性よ。わたくしにはわかる」

彼女は声を落とし、ほとんど囁くようだった。「素敵だったわ、ラン――あなた、直観が素晴らしいの。あなたに会った瞬間に、天才だと思ったわ。他にも天才はいたわよ、何人か。ただ、あなたにはもっと何かがあるんじゃないのか、その何かがあれば、あなたは完全になるの。それがわからなかったの。でも、やはりあなたは持っていた。その何かが、あなたの天賦の才能を完全なものにするのよ」

「僕にはよくわかりません」

「あなたにわかるとは思っていないの。徐々にわかるわ。でもいつか、ある瞬間、あなたは自分の全体が見えるようになります。今は、学習の時期なのよ」

二人はお互いの目を見つめ合っていた。彼女の落ち着いた、正直な眼差しに彼は惹きつけられた。

「信じてくださるかしら？」

「はい」彼は言った。

信じた女性には、これほど従順になれるのだということを、彼は知った。彼もそれを楽しんでおり、彼女がほんのちょっと触れただけで、こちらはいつでも従う気でいることに、愕然とすることもあった。椅子に座っていて、背後から彼女がもたれかかってきて頬ずりする。その瞬間、本能的に振り向いて無我夢中で彼女の唇をもとめる。手が触れるという、たったひとつの動きが、次の動きを促し、男女が互いの腕のなかへ導かれた。使用人たちの目を避けて、二人が会うのは夜になった。使用人たちが離れの宿舎で寝静まり、屋敷に物音がしなくなったころ、二人はお互いの部屋へ忍んで行った。最初は彼女が出かけて行ったが、すぐに彼が彼女の部屋を訪ねるようになった。彼女は彼に来て欲しいと思っていて、それを知ってからは、毎回彼が訪ねて行った。待ち遠しさに苛立ちながら廊下の時計が夜中の一時を打つまで横になっていた。それから起き上がり、ガウンを着て、素足のまま分厚いカーペットの敷かれた廊下を彼女の部屋に向かった。彼女はシルクのガウンを無造作に羽織って、暖炉の前に座っていることもあった。ガウンの下は何も身に着けておらず、彼は意外なほどすぐに女性のガウンを解く手際を覚えた。初めのうちは恥ずかしさで両手が震えたが、幾晩か過ぎると慣れて、素早く解いてしまうと、彼女の白くて綺麗な体が露わになった。彼は飽かずに彼女を見つめた。待つことの限界が来るまでそうして見つめていた。それから大きなベッドに横になり、片肘をついた姿勢でさらに彼女を見つめ、もう片方の手で触れたり感じたりして、彼女を調べるのだった。

「女をちゃんと見たことある？」ある晩、彼女は微笑んでそう言った。

「一度だけ、僕がまだほんの子供で、初めて学校に行った日でした。二人で学校から帰ってくる途中で、彼女が僕のを見てみたいって——その、ペニスって意味です。お父さんに話を聞いたとき、ペニスは種蒔き機だと言ったんです。それから、彼女も僕に彼女のを見せると言って、見せてくれました。先っぽがピンク色の、花のように見えました。二人とも幼くて、無知で、無邪気そのものでした。でも、ある女性が僕らをみていて、意地の悪いことに、ルーシーのお母さんに言いつけたんです。翌日、ルーシーと僕は教室で席を離された。僕にはどうしてそうなったのかわからなかった」

「両親は怒っていた？」

「僕の親？　全然——男の子の好奇心だとわかってくれた」

「それってオトコの好奇心になってゆくのよね」

「ええ——でも、そんなこと知らなかった。あなたにほんとうに感謝しています。とても——嫌な思い出になっていたかもしれない。でも、あなただったから、とても美しかった。なぜって、あなたはすごく綺麗だから」

「私たち、これからどうなるかしら？」

「どういう意味」

「このままずっといられるわけじゃないわ」

このままずっと彼女といることなど考えたことがなかった。

「そうしたいの？」

「そう思ったかもしれない。あなたがもう十歳年上でさえあれば。でも、そうじゃない」

「僕は考えてなかった。生まれて初めて僕は感じていただけ、感情がすべてだった。このままずっと続くはずはないと思う。僕に出ていけなんて言わないでしょう？　そんなことはできない――」

それは本心だった。この綺麗な体から離れることを彼は想像できなかった。酒を求める男のように、彼女が必要だった。肉体が激しく彼女を求めていた。彼は内臓の衝動に突き動かされた。夜を待ちこがれ、城の周りの人気のない森の奥を二人で散策するようなときには、夜が待てなかった。しかも満たされなかった。いっとき満たされても、一時間もすると渇いていた。彼は自分がわからず、別人になっていた。あの勤勉で本の虫だった青年はどこにいったのか。この頃は図書室にも滅多に行かなかった。彼女を知れば知るほど、さらに彼女を求めた――交流や彼女の知性や笑い声ではなく、彼が求めるのは彼女の肉体だった。

「男はみんな、こんなふうなのかな?」明け方、彼は訊ねた。

「あなたはどんな男とも違う」明かりの下で、彼女の白い顔はやつれ、奇妙に優しく美しかった。

「ちゃんと答えて」彼はもどかしかった。「渇きを癒されない人間みたいに、僕は何度も何度も何度もあなたを貪る」

「貪られたい。あなたが好きだから」

「女はみんなあなたみたいだろうか?」

「どうでしょうね。こういうことにかんして、他の女はどうなのかなんてわからないわ」

「僕はいつまでもこんなふうだと思う?」

「いいえ」彼女はいくぶん悲しげだった。「多分わたくしとだけよ。どんな経験でもそう――同じ経験は二度とない」

彼は仰向けになって、天井の影が揺れるのをぼんやり見つめながら、彼女の言葉に思いを巡らせた。直ちにはわからない知恵がそこにあった。次の瞬間、彼は女のほうを向き唐突にキスをした。

それから起き上がってガウンを着ると、自分の部屋に戻った。ドアが閉まるまで、彼女の視線が追いかけてくるのを感じていた。

外はゆっくりと冬の景観に覆われ始めた。故郷にいたときは、気候の急激な変化に馴れていたので、本格的な寒さをまえに、肌寒くなったことにほとんど気づかなかった。秋が温暖だったので花は咲き遅れて木々は薄く色づいた。最初の雪嵐は、一時的な吹雪だったにすぎず、猛威を振るうこともなく、周囲の自然や村落の屋根、なだらかな丘陵、木々の幹や枝が雪の縁取りをつけた。

彼は外の世界よりもむしろ自分の内面の変化に気づいていた。今ではあまり本を読まなかった。本は新たな発見の源泉ではなくなり、彼を苛立たせた。古めかしい立派な図書室に籠って、何時間でも読書に耽っていた自分に代わり、果たしてここはどこなのだろうと自問している自分がいた。もしその場に彼女がいたとしたら、集中することなど不可能だった。だが、もしその場にいなかったら、いっそう集中などしていられなかった。彼女が一時間か、数時間外出したとき、というのも彼女は彼との別行動を重視していたからだが、いつ果てるとも知れない時間を、本も読まずにただじりじりと待った。敷地内や、沼地を歩き廻り、しょっちゅう時計に目をやっては、彼女が帰ってくるのに合わせて家に戻る時間を計った。

だが、二人の関係は理性的なものではなかった。話すことはほとんどなく、話してもすぐに終わった。彼女の話は気ままでおもしろく、才気も溢れていたが、彼はろくに耳を傾けず、返事もしなかった。そのかわり彼の全身は、二人が否応なしに体の結びつきに向かって押し流されていることを意識していた。押し流されながらその先の見通しも予定もなかった。彼女が腕のなかにいても、その先に進ませてくれるのか、それとも優しくキスをするだけで身を離してしまうのかわからなかった。彼女はからかい、じらし、幸福の絶頂に彼を導き、怒りと絶望のなかに突き落とした。彼は一個人としての彼女を理解していなかったし、したいとも思わなかった。彼女の気分が知りたいだけだった。今夜、僕を受け入れてくれるだろうか、それとも拒否するだろうか？　拒否という言葉はそぐわなかった。拒否と呼ぶには彼女は優しすぎ、配慮がありすぎた。応じないときでも、彼女はキスをして、優しく彼に触れ安心させた。

「どうしていけないの？」

「今日はその気分じゃないだけ」彼女はそう答えることもあれば、「愛してる、いつだって愛してる。でも今夜はひとりであなたを想っていたい」と言うこともあった。

すねて怒る自分に彼は驚いたが、そんなとき、彼女はからかって笑った。笑われて部屋を出て行った彼を、彼女は追いかけようとはしなかった。互いの年齢差に彼女から触れることはなかった。だが、彼女が何かを面白がるとき、この女性が自分よりずっと年上で、ずっと賢く、少なくとも自分より多くを知っていることを、微妙に感じさせられることがあった。そして、いつか彼女に飽きられるかもしれないということも。

クリスマスにはガチョウの丸焼きのディナーと、ささやかな贈り物の交換をして祝った。新年は、白いサテンの天蓋付きベッドで乾杯し合って迎え、相手が差し出すものを互いに享受し合った。やがて地平線が最初の曙光に染まり始める頃、既に使用人が起き出す気配のするなか、人目につかぬようこっそりと部屋に戻った。彼はこの先一年を思った。また一年、若い日々を生きるのだ。ランは自分がやらなければならないことを思い浮かべた。世界はこの城のなかにとどまらず、ましてやレディ・メアリーその人でもなく、彼に発見されることを待っているのだ。だが、どんな発見より、この古城に住まう美しい女性の優しさと知恵に導かれて、自分自身を発見したことほど、甘美で完全で、すべてを包含するほどの発見はないのではないか。それは、彼自身が答えを探そうとしない限り、答えのない問いなのだ。だが、答えそのものは変わりはしない。永久の真実は、彼が発見するまで形を変えずにそこにある。それに彼には何でもできる若さがあった。真実を探求するにも、時間はありあまるほどあった。

日を追うごとに冬から春へと季節は変わりゆき、目覚めているときの彼の思考はぼんやりとして輪郭を持たず、夜は夜で、おぼろげな夢を見ることが多かった。頭のなかは彼女のことばかりで、遠く離れた別棟で使用人たちが眠る頃、二人密かに彼女の巨大なベッドで過ごすことばかり考えた。

十七歳の誕生日の翌日になって、彼はようやく我に返った。だがそれは、一気に訪れたわけではなかった。二つの出来事が嫌でも彼に回帰を促した。ひとつは、母親からの長い手紙だった。しょっちゅう手紙をよこす人ではなく、いつもは長文ではなかった。

「あなたは毎日が充実しているでしょうから」と母親は書いてきた。「あなたが興味を持つようなニュースは、なにもありません。でも、ときどきあなたが今の生活に埋没していやしないかと心配しています。そのお城の素晴らしい図書室は、あなたにはさぞ面白いだろうと思います。あなたの教育の学術的な面は心配していないのよ。お父様はいつも、あなたは本が存分に読めれば、独りでなんでも学ぶだろうとおっしゃっていましたから。今はその点は大丈夫ね。けれども、世の中には本ばかりでなく人間もいるのです。あなたが同年代の人たちにさほど関心が持てなくても仕方がないと思っているけれど、それでも彼らも人間です。レディ・メアリーを悪く言うつもりはないの。あなたにとてもよくして下さったし、今も親切にしていただいているのはわかっています。でも、彼女は独りでさびしくないのかしら、とふと考えてしまいます。もしそうなら、寂しさを紛らわすためにあなたを何らかのはけ口にしているんじゃないか、とね。ならば彼女もやはり、あなたでなくて、彼女と同年齢の人間とお仲間になったほうがいいんじゃないかと思います。もちろん、彼女があなたを利用しているって言う意味じゃないの。仮にそうだとしても、彼女にそのつもりはないに相違ありません」

それは、母親の世界で書かれた手紙だった。その小さなアメリカの大学街は、もう彼の家ではなかった。今の彼は、別世界の人間だった。地理上ではなく、彼を中心に据えた感情や感覚の世界である。レディ・メアリーは彼を利用していたのだろうか？　むしろ、利用しているのは彼のほうだった──彼女を使って自分自身を探求しようとしていた。自分の体に、肉体的、感情的にこれほど深く感じる力があるとは、夢にも考えなかった。彼の体──今まで自分自身と切り離して考えたことはなかったが、実際にそれは彼自身とは別であったし、体の各部分も同様で、個々に機能を持っていた。両脚、両足は動作や運動、両手は道具としての機能、内臓の器官は脳の活性化とそれを維持する機械、そして彼という存在の中心にあるのが生殖器！　各器官は、それぞれの務めを機械的に果たしながら全体のしくみを支えるばかりか、各器官が窓口となって、形状の認識や、肌に触れた感じ、匂い、音、歓喜や拒絶などの感情を伝えた。そこに関与しているのは身体感覚や脳でさえなく、純粋に感情なのである。そう、彼という存在の核心は感情だった──感情というのは実に変わりやすく、もっとも大きな喜びを与えられることもあれば、失意や絶望に陥ることもある。この感情の源は目下のところペニスの機能にあった。しかしペニスが彼の父親の言う「植えつける」機能を行使するとき、それは言葉にできないほどの快感を伝えた。彼は一度ならず言葉にしてみようとしたのだが。

緩やかに起こる歓喜は盛り上がり、
血管に漲《みなぎ》り脈拍を急かせ、
欲望は遂に沸点に達して砕け散る。

波が砕け散るように。

そのとき、僕はあなた、あなたは僕。


彼はこうした言葉に満足できなかった。それればかりか、言葉は真実を表していなかった。僅かのあいだ、男女は一体となった。その瞬間、彼は愛を思った。だが、それは一瞬のことだ。終わりが来るのは避けられないことながら、すべてが終わると、男女は離れ離れになった。ペニスは萎み、彼の存在を象徴していた。彼は身をすくめるように彼女から離れた。二人はお互いに与えるべきものを与え合った。これを一時の発作的な歓びと言う以外に何かあるだろうか？　そして後には何が残るのか？　緊張の後に得られる、少しばかりの安堵感を除いて何もなかった――なぜなら、欲望がまたこみ上げてきたからである。抑えようのない欲望が、以前にもましてはげしくぶり返した。

「若さを最大限楽しみなさい」ある日、彼女は妬ましげに言った。

「どうして？」

「欲望でさえ、持続しないからよ」彼女は答えた。「いつしか習慣になって、習慣以外のなにものでもなくなる。だからいつでも恋人は若いほうがいいの」

「いつでも？」

「あなたはわたくしの恋人でしょ？」彼女は笑った。

彼は考えこみ、彼女はからかうような笑みを浮かべて待った。

「僕には愛というものがよくわからない」彼はようやく答えた。

彼女は目を大きく見開いた。「でも、わかってるみたいよ」

「いや」彼はまだ考えていた。「わかっていない。だって僕はあなたを愛しているわけじゃない。多分、僕が愛しているのは自分自身なのかもしれない。あなたは僕が自分自身を好きになるきっかけを与えてくれた。だから僕はあなたを好きになった。多分僕があなたに与えたものも同じなんだ」

というのも、彼女は二人の関係を五分五分のギヴアンドテイクにしていたからだった。何も知らなかった彼に、歓びの交換を教え、女の体の秘密を明かし、彼にそれを所有させて、互いに満たされることをわからせた。実際、彼女は沢山のことを彼に教えた。だが、今ではことが終わると、もう教えてもらうことはなかった。二人は元の姿――二人の別々の人間に戻った。果たして、愛とはこれだけのものなのか？　人間は永遠に宿命的に孤立した存在なのか？　単に身体の行為の機械的な繰り返しにすぎないならば、愛に何の意味がある？　それが行き止まりならば。

「何を考えてるの？」彼女は訊ねた。

彼は彼女を見つめた。真夜中をすぎて、二人は彼女の部屋にいた。彼女は白いサテンの天蓋付きのベッドに、彼と並んで裸身を横たえていた。

「こうしていることが、あなたにとって何の意味があるのですか？」質問には答えず、彼は問い返した。

彼女は両腕を伸ばし、彼の顔を自分の温かい乳房に引き寄せた。

「若くいられるわ」

ただそれだけのことを、彼女は無造作に言いながら、彼に美しく微笑んでみせた。その時は、それで終わりになった。だが、夜明け前に、彼はひとり目を覚ました。月明かりのせいだった。冷たい月の光が彼の心を照らし出したかのように、彼女の言葉の非道さが、ことごとく露わになった。母の言うとおりだった。彼は利用されていた。彼はこの真実をあらゆる角度から考えた。レディ・メアリーは、自分の欲求を駆り立て、満たすために若い男性の体が必要だった。彼は若く、肉体的に男性としてまさに盛りだった。彼女の細い通路に勢いよく押し入り、興奮と高揚を与えれば、彼女は満たされた。彼は彼女を喜ばせるための道具でしかなかった。まるで機械のように使われた。機械とは、みくびられたものだ。彼に心がないというのか。

だが、それが彼女の望みなら、機械になるのもいいだろう。その見返りを貪欲に求めたのならば。そうは言っても、彼には彼一流の気難しさがあった。うぬぼれていないまでも、自分の体に誇りを持っていた彼が、ドナルド・シャープの奇妙な抱擁を拒んだのと同様、ルーシーのような小娘に彼の体を利用させたはずはなかった。彼はレディ・メアリーを愛してはいなかったのだが、その美しさ――美貌と家柄の両方――に惹かれていた。ある意味でそれは一種の愛だろうと彼は思った。だが、そのような愛に永続的な要素や、せめて彼にとって何らかの意味があったのだろうか？　それでも、彼の気持ちは、彼女のそれを上回っていた。彼女は自分のこと以外話さなかった。これらのことを思い出すと、孤独な胸のうちに屈辱と怒りがこみあげた。僕は利用などされない！　そんなことはさせない！　彼の体は彼のもの――以外の何ものでもないのだ。そのとき、彼は心に決めた。いまこそ自分の道を行く時だ。この城の外には広大な世界が彼を待っていた。彼の居場所はそこで、世界の人々が彼の仲間だった。彼にはひとりの女性しかいないのではなく、彼の友人はひとりの男性ではなかった。この先は自分の道を行くのだ。どことも知れず、ただ前に進むのだ。この城を出れば、どこかに必ず彼を待つ世界がある。

過ぎてみれば、別れはあっけないものだった。彼の決心は固かったのでそれほど心配ではなかったが、彼独特の人柄の優しさも手伝っていくばくかの不安はあった。彼女は、英国人らしい素っ気なさで優しくしてくれたし、結局のところ彼女のほうに愛情があったのかどうかは彼にもわからなかった。彼女が新しい恋人を作ったとしても、やがて間違いなくそうするだろうが、二人のあいだにはまだ漠然とした好意に似たものがあって、互いにゆるやかに結ばれているのが彼には感じられた。彼女は綺麗でいつものように落ち着いていて、情欲でさえ繊細に見せてしまう――いや、「繊細」という表現は違った。矛盾した言い方だが、奔放さのさなかでも彼女の品のよさは失われなかった。

彼女が人を怒らせることは決してなく、率直な言い方をするが反感は買わない。欲望を包み隠そうとせずはっきり表し、それは純粋な情熱だった。

だが、別れの時はいつがふさわしいだろう？　いったん決心したからには、彼はその時が早く過ぎてほしかった。決意した三日後の晩、彼は荷作りをした。彼女の部屋に行くことは避けていた。彼女はそれを敏感に感じ取っていて、彼にたいして同様に無関心を装った。この計算されていて、かつ優雅な彼女の無関心さが、この先避けられない別離に彼女が備えていることを物語っていた。

翌朝、荷物の準備ができ、朝食も終えた。早春の朝の空は晴れ渡り、おもてのテラスに用意された朝食の席を、どちらもしばらく立とうとはしなかったが、彼のほうから切り出した。いきなりという感じはなく、彼の出発があたかも以前からの話題であったかのようだった。

「あたなには何とお礼を言っていいのか」

「出発はいつなの？」

「今日」

「行先は？」彼女はコーヒーをすすり、彼のほうを見なかった。

「ロンドンに行って、それからフランスに行きます。その後南に行き、イタリアを横断してインドまで足を延ばすかもしれません。でも、ここにいたときほど長く滞在するつもりはないです」

「そう。インドは気に入るわよ」彼女はほとんど冷淡にそう言った。やはり彼を見ようとはしなかった。

「インドには何があるんですか」

「あなたが探しているもの」彼女はそう言ってベルを押し、執事を呼んだ。

「車を回して頂戴。コルファックスさんを駅までお送りして。すぐにお願い。次のロンドン行きに乗られるわ」

「かしこまりました、奥様」執事はそう言うと奥に消えた。

コルファックスさん！　初めて彼女からそのように呼ばれた彼は、眉を吊り上げて、なぜと問いかけるように彼女を見た。

「行くんでしょう？」彼女は言った。

「はい、でも――」

彼女は席を立った。「ここでお別れするわ」彼女は続けた。「ただ経験上わかっているだけ。終わりが来たものは、さっさと終わらせるのが一番」

「ええ」彼は言った。

彼も席を立ち、背の高い彼と、彼女が見つめ合って立った。バラ園の向こうで、噴水が勢いよく水を吹き出していた。一羽の小鳥が三回囀《さえず》り、少し調子を落として、突然、鳴き止んだ。

「ねえ、ラン」彼女は囁くように言った。

ふいに彼は、彼女が悲しんでいるのがわかった。だが、しどろもどろに礼を口にする以外に、彼に何が言えただろう？

「本当に感謝します――死ぬほど感謝しています――」

彼女は相手の言葉が聞こえておらず、独り言のように言った。

「あなたの年齢に戻れるなら、すべてを差し出すわ――持てるものすべて――本当に、そうするわ！」

彼女は両腕を回して彼を抱きしめ、それから向こうへ押しやった。「町に買い物に行くわ。戻ってきたら、あなたはもういないわね」

彼女がいつものように軽やかな足どりで足早に歩き去るのを彼は見つめていた。彼女が振り向くことはなく、永遠に行ってしまったのを、彼はひしひしと感じた。そして、彼は本来の自分に戻った。おそらくかつて経験したことがないほど彼は今自由だった。

ロンドンに着いた彼は、祖父から聞いていた小さなホテルにタクシーで向かった。

「もっと早いお越しかと思っておりました、コルファックス様」フロント係が言った。「お祖父様によると数か月前にはこちらにみえるということでしたので。こちらに、弁護士事務所からの手紙が一通きておりましたが、ほかにはございません」

「こちらに向かう船で知り合った友人を訪ねていたものですから」彼は遅れた言い訳をした。「数日間宿泊し、その後パリに行く予定です」

「かしこまりました」フロント係が言った。「お部屋の準備はできております」

祖父のロンドンの法律事務所の手紙には、彼のために祖父が資金を用立てたことが記されていた。今は、そうした金が必要でないことを折り返し電話で伝えると、それならパリの法律事務所に資金を送るので、事務所の名前と住所を控えるように言われた。ロンドンの街をしばらく見て廻り、そこがニューヨークや彼が以前に訪れた他の都市とさして変わらないことがわかると、さっさとパリに移動する方がいいと思った。世界の他のどの都市とも違い、パリという街には魂があると彼は聞いていた。

八月のパリは暑い盛りだった。変わりやすい街で、彼はそこが一目で好きになった。気まぐれな街は人の理解を阻み、それゆえに魅惑的だった。六月の街は、彼と同じ年頃の少女のようだった。実際、街に若い女の子たちがひしめいていた。見たこともないような少女たちに、うっとりさせられたが、それ以上にパリという街そのものの美しさとその歴史が彼を魅了し、図書館や名画の数々に足しげく通い、ルーブル美術館を何週間もかけて廻った。また、その壮麗さに惹かれてヴェルサイユ宮殿や、大聖堂を訪ねた。だがそれも一段落すると、彼はただ通りを散策し、カフェのテラス席で一休みし、時にはブローニュの森まで足を延ばして太古からのフランスの大地に寝転がり、浩然の英気を養った。大地からは英国で感じたものと同じ何かが、発散されているのが感じられた。レディ・メアリーは、彼女の運転で二人きりでドライブに出ると、小型の自動車を停めることが少なくなかった。それは晴れて暖かな日に二人で外気を吸いに出かけたときや、彼に古い村を見せに連れて行ったときや、ピクニックのバスケットを開けるため、または今思えば兎も角、口実を作ってどこか遠く離れた地点で車を停めた。生垣で隠れた場所で、疲れたと言って車の後部にたたんであった大きなラグを広げ、春も間近な柔らかな陽光のなか生垣の陰で彼を唆した。メイクラブ！その言い方を彼はあまり好きではなかった。愛など作れるのか？　メイクラブには強制的な響きがある。彼女から遠く離れたフランスの森にひとり身を横たえていると、彼女の肉体的刺激にいともに簡単に反応した自分を認めないわけにいかなかった。彼女にというより、自分に易々と屈したのだ。彼自身のなかにそうした誘惑が常にあって、自分を責めて当然だった。だが男であることで、自分を責める必要があるだろうか？　ない、と彼の理性は答えた。身体の部分的な反応にかんして彼に責任はないのだから。重要なのは身体のどの部分が主導権を握るかということだ。人生には肉体の歓び以上のものがあることを彼は知っていた。彼の世界はいまだに彼の内部に存在していなかった。言い換えればいかに複雑なものであるにせよ、彼の世界は孤立した小さな世界に過ぎず、他に幾つもの世界があった。だが飽くことのない好奇心と曇ることのない驚異の念に駆られて、彼は他の世界の一部を垣間見ていた。彼の知識にたいする飢えは何ものをも凌いでいた。特に今は人間について知りたいと思った。職業は何で、何を考えていて、何をしているのかが知りたかった。そうした知識を十分に手に入れたら、それで何をしようと言うのだろう？

フランスの温かい大地に寝ころがって、緑の苔に頬を押しつけていると、前々からの問いが頭をもたげるのだった。そこに、終わりのない問いが加わった。なぜ、僕は僕なのだろうか？　僕はどんな要素で成り立っているのか？　自分が人より優れていて、自信があることは認めていた。自惚れではない。することなすこと人並み外れていた。名声について考えたことはなかった――実際、気にかけていなかった。自由に生きて、自分のペースで学びたいように学ぶことが今の最大の望みだった。独学で得た知識がどのような形になるのか、彼自身も知る由がなかった。だが、この先一本の道が彼を待ち受けており、彼は必ずやそれを探し当てるのだ。

仰向けになり、頭の下で両手を組み合わせ、木々の葉に見え隠れする空の青さを眺めていると、いつのまにか確固たる決意のようなものが生まれていた。頭のなかだけでなく、全身にある決意が漲っていた。二度と学校に行かない——大学には戻らない、一生！　今の彼が知りたいことを教えられる者はいないのだ。常に書物から学べた。なぜなら、偉大な人々の英知のすべては書物に込められているからだ。書物とは人々の粋《すい》を集めたものだ。彼の師はそうした人々で、教室のなかではなく、どこにでもいるのだった。

ついに決めた！　彼は決意していた。これが最終決定であることを自覚すると、体中が平安で満たされた。それはまるで不老長寿の妙薬かワインを飲み、聖別されたパンをいただいたかのように生々しい感覚だった。何が起ころうとすべて良きことなのである。それが人生、そして知識そのものなのだ。彼は土面から飛び起きた。ハンカチで髪の落ち葉を払い、苔で濡れた頬をぬぐった。そして、市内へと歩き出した。

その日から彼は、新しいことを学ぶために専ら時間を割いた。思い出せるかぎりこれまでの人生を読書をして過ごしてきた彼は、今では習慣と必要性の両方から本を読んだ。晴れた午後には、本の露店が並ぶ左岸までぶらぶら歩いてゆき、何時間もそこで拾い読みをしたり、あれこれ物色し、読み比べたあげく、両腕一杯の本を抱えて、今ではそれなりに我が家だと感じられていた、だだっ広い屋根裏部屋に持ち帰った。なぜなら、人間が彼の研究であり教師であり、そして、それを通じて人生や、とりわけ自分とは何かということへの飽くことなき探求心を満足させてくれる対象と感じるようになっていたため、その時々に住んでいる場所が、彼の家であったからである。まるで一生捜し求めていた場所にたどりついたかのようであった。まず自分自身のことを知り、そして居場所を知り、何をすべきかを知る、そのような地点にたどりついたのだ。いまや彼の知識欲や、人生とその意味や目的にたいする飽くなき探求心を満たすことができたのである。なぜなら彼は教師を見つけたのであり、教師たちは彼の行くところどこにでもいたからである。今まで味わったことのない爽快感が彼の全身を満たした。なにも強制されなかった。彼は完全に、どこまでも自由だった。

そういうわけで、八月の晴れた暑い朝、休暇の月で多くの人が海辺や田舎の行楽地に出掛けて、市内が閑散とする一日だったが、彼はいつまでも本屋の店先を離れず、スタンドのゴミを払っていた皺だらけのおばあさんと、何の気なしに会話が始まった。そのおばあさんのことは普段からよく見かけていたし、明るい声であいさつされたり、さえずるがごとく何か言われるたびに、彼もそれに応えていた。若い男性が好みそうな本をいたずらっぽくそれとなく薦められることもあり、今朝は特にアメリカ人が好みそうな一冊があると言うのだ。

「なぜ特にアメリカ人なんですか？」彼は訊ねた。

喋るまえに、必ず頭のなかでフランス語から英語に翻訳していた段階はとっくに過ぎ、今では彼は難なくフランス語を話した。

おばあさんは喋りたくてうずうずしていた。八月は商売にならず、彼がその日最初の客だったので、彼女はしごく陽気に話しかけてきた。

「アメリカ人といえば」彼女は声を張りだした。「若くって、お盛んで、何かっていえばセックスの話！　あたしはね――たしかあれは――そうそう、思い出した――あたしの亭主はそういうことにかけちゃほんものの男だったよ……だけどアメリカ人は気が若いね――白髪になっても、性に関しちゃ老いを知らずさ――アメリカの男も女も――私に言わせりゃね――」

彼女はくしゃくしゃ頭を振って、甲高い声で笑った。そしてため息をついて言った。「まったくフランス人ときたら、そういうことはさっさと終わり。貧乏なせいだろうか？　あたしらは一斤のパンや、安ものの赤ワインを一本買うために、稼ぐことを考えなきゃならないんだよ。生まれてから死ぬまで。あたしを見とくれ。年とって、古代ガニみたいだろう。でも、雨の日も晴れの日もあたしゃここにいるんだ。そうだろう？　まったくほんとにね！」

「お子さんはいないんですか？」

別のスタンドの本に目が行っていたので、軽い調子で、上《うわ》の空といった聞き方をしたが、彼女の心配を一掃するきっかけになった。彼女は胸を叩いて言った。

「世界一の息子がいるよ」彼女はそう宣言した。「お針子と結婚してる。若い、いい娘だよ。共働きでね。子供も二人いる。昼間は母親が面倒をみてやってる。でもあたしゃね、あたしゃ働くことが誇りなんだ。あたしゃ、夫婦のアパートの隣の部屋にいる。夫婦は二部屋——三部屋って言うことにしよう。息子は賢いんだよ。部屋を小さな壁で仕切って、母親はその後ろで寝てる。奥さんは毎朝早く家を出て働きに行く——息子も同じ。工場の警備員をしてる。夕飯はみんな一緒に食べるんだ。けど、あたしゃ独立してるんだよ、おわかりかい？　七日のうち、二日は食料を買って自分で料理するんだ。二人ともあたしに一緒にいようと言っているよ——ああ、今のところはまだね！」

「いつまでもそうじゃないんですか？」

彼女は首を振った。「人生あまり期待しちゃいけないよ。神様にお祈りするのさ、その時がきたら、早いとこ終わりにしてくださいってね。神様のお慈悲があれば、寝ているあいだにくるだろう、一日の仕事を終えた後で。ああ、それなら幸福だよ。ベッドに寝たまんま——いいベッドなんだよ。長持ちしているよ。結婚したとき、亭主が言ったんだ。せめてベッドぐらい上等なやつにしようって。それでこれを買って、今までずっと持ってるんだ。どうか神様、このベッドで安らかに死なせてください。初めて愛しあったのも、子供たちを産んだのも、亭主が死んだのも、みんなこのベッドの上だったんだから――」彼女は首にぶら下げた黒のスカーフの端で、しょぼついた目をこすった。

「ほかにお子さんはいたんですか？」

「娘がひとり、生まれてすぐ死んだよ――」

彼は本のことは忘れて、おばあさんの肩に手をのせた。

「どうか泣かないで――どうやって慰めたらいいかわからなくて、見てられない」

彼女は目をうるませ、笑顔で彼を見上げた。「泣くなんてこと、とっくの昔に忘れたと思っていたよ。今じゃ誰もそんなこと訊かないからね。訊くのは本の値段といくらまかるかってことだけだよ」

「でも、僕にとってあなたは人間です」そう言って微笑むと、彼は年老いてかさかさの彼女の掌に本の代金をのせて、その場を去った。

その夜、彼はいつものように夕方の長い散歩に街に出ることはなかった。そのかわり低い窓の桟に腰かけて、黄昏がだんだん夜の闇に変わり、電灯のきらめきが地平線までずっと連なるまで街をながめていた。彼はあのおばあさんのことが頭から離れなかった。それはひとつの人生で、貧しいながらもひとりの人間の人生だった。誕生と子供時代、結婚生活を送る女と男、子供たち――ひとりは死んで、もうひとりは生きている。そして、死によって人生が分断される。この人間にとって、今や仕事以外にどんな人生があるのだろう？　仕事を除けば、そこにはやはり人生がある――朝起きて、新しい一日が始まる――まさに人生そのもの！

彼は立ちあがると、テーブルの上の小さなランプに明かりをともし、駆り立てられるように、あのおばあさんの物語を書いた。それは物語の断片でしかなく、また、ある人生の断片でしかなかったが、彼は思い出すにまかせて物語を書きつけ、感じるままに書いていると、新たなある種の安堵感が得られたのだった――それはレディ・メアリーとのあいだに得られたオーガズムの後で感じたものとは違い、肉体的なものではなく、もっと深い、とても深い何かで、まったく新しい経験であったから、探索したり説明するのはやめにした。彼はベッドに横になると、たちまち眠りに落ちた。

九月初めの暑い日だった。街には人々が戻りはじめていた。彼はカフェの店先で、小さな金属製のテーブルをまえに座っていた。午前の遅い時間で昼食には早すぎたが空腹だった。身長は伸び続け、優に六フィートを超えていて、肉付きの薄い骨格をしていた。肌はなめらかで透き通るようだったし、赤褐色の髪の毛を短く切っていたが、男性の、少なくとも若者のあいだで長髪が流行していたので、彼も髪を伸ばしていた。洗髪は毎日し、清潔でいるのが趣味だったが、実際、ほかになにかしている時間はなかった。女性が一瞥以上の視線を投げかけたとしても、彼はそれに気づかなかった。彼女と目が合った場合でも、無表情な目で見返すばかりで、女性は通り過ぎてゆき、彼が気づくことはなかった。彼は女性のすべてがわかっていた。いや、わかっていると思っていた。レディ・メアリーは女性ではないのか？　彼女のことは忘れていなかったが、今は過去の存在になっていた。だが、乗り越えてきたことは、すべて過去になるのだ。彼は日々をあるがままに、計画もせず、準備もせず、瞬間、瞬間を懸命に生きた。いつも考えに没頭していた。何について？　今日、生きていて学んだこと――行き交う人々、話をした人々、相手の顔や手や振る舞いを観察したくて話をしなかった人々。学んだことはすべて無意識に記憶にしまわれ、定着した。人々は来ては去っていくが、彼が収集した人々の記憶は忘れずに残った。そうした人々に彼は好奇心を抱き、質問が浮かんだ。答えてくれそうな相手には質問をした。大抵の人が答えてくれたが、それは彼らが自分自身に関心があるからで、一方、彼は自分でも理由がわからないのだが、知ることに関心があった。これらの見知らぬ人々――彼らがどこから来て、どこに行くのか、何をし、何を考えているのかといった、相手が差し出す断片的な情報をどうして彼は知りたいのだろう？

相手の名前は訊かなかった。名前を知る必要などなかった。

相手は人間であり、それで十分だった。それはいつ果てるともない探求であり、好奇心の連続だった。彼はというと、自分にはほとんど興味がなく、専らの関心は人間について知り得たことの蓄積だった。

その日は晴天で、ここ最近では見られなかったほど歩道は人であふれていた。ひとりの顔を見つめては、すばやく次に視線を移しているうちに、ひとりの少女が通りかかって、彼と目があった。一瞬、互いに相手が目に留まり、そらさずにいた。彼がニコッとすると、彼女は躊躇してから立ち止まった。

「ここ、お友達のためにとっていますか?」

どのテーブルも、埋まろうとしていて、ごく自然な質問だった。彼女は見慣れぬ外見をしていた――東洋人、または、東洋系だろう。黒い瞳は長細く、吊り上がっていた。

「いいえ」彼は言った。「どうぞお座りください」

彼女は椅子にかけ、白の手袋を脱いだ。手袋というのも、珍しかった――ここパリでさえ、若い女性はもう誰も手袋をしていなかった。彼女は彼を見ずにメニューを読んだ。ランは、いつものように好奇心を隠さず彼女を見つめながら、話をしてくれるだろうかと考えていた。

卵形のその顔は、一般的な美形とは違い、興味を引いた。目鼻立ちは繊細で、鼻根は低く鼻筋が通り、唇は優雅な形をしていて、肌はクリーム色でたいそう肌理が細かかった。手袋をとると、幅の狭いすんなりした手をしていた。注文を伝え終わると、彼女は自分のことを注視している彼と目を合わせ、ちらっと微笑みかけてまた視線を外した。

「失礼ですが」彼は言った。「マドモアゼル、フランスの方ではないですね？」

「フランス人です」彼女は言った。「でも父が中国人です。つまり中国で生まれて、家族は向こうにいます。まだ生きている人たちだけという意味ですけど」

彼女は何か思い出そうとして言葉を切り、それから少し眉をひそめて話を続けた。「死んだ人たちも向こうに埋められていると思います。でもどこかはわかりません。家族の墓所でないことだけは確かです。なぜかというと、その人たち――普通の死に方ではなかったから」

彼女は運ばれてきたグラスのワインをひとくち口にはこんだ。ランは相手の顔を観察した。その顔は思慮深く、抽象的で、明らかに何かずっと遠くの、彼と無関係なことを考えていた。ランは、未知のものに惹かれる心と好奇心を抑えきれなくなった。

「中国には」彼は繰り返した。「行ったことがありませんが、私の祖父がずいぶん前にいたことがあって、いろいろなことを祖父から聞きました」

「お祖父さまは――アメリカ人？」

「どうしてわかったんですか？」

「あなたのフランス語は完璧――だけど、フランス人にしては完璧すぎるの！　意味わかるかしら？」

彼は彼女と一緒になって笑った。「褒められているのか、そうでないのか？」

「お好きに解釈してください。実際、私たちって世界の反対側にいて、お互いいくらかよそ者の部分があるってことです。でもあなたのほうが有利だと思いますよ。自分の祖先の国で暮らしてきたというのは。私は中国に行ったことがありません。中国語は喋れるけれど、残念ながら下手です。父が教えてくれたけれど。母がアメリカ人で、子供の頃母と喋ることのほうが、父と話をするよりも多かったので英語も話せるんです。英語で話すほうがいいですか？」

「あなたは？」

彼女は躊躇した。「フランス語のほうが話しやすいです。それと、私のアメリカ人の母はここパリで過ごすことが多くて、流暢なフランス語を話すんです。たまに私ともフランス語で話しますけれど、中国語は勉強しようとしませんでした。偏見があったんです。私には理解できなかったけれど。でも、私は父から中国語を教わりました。あのことがあった後——とにかく！　私、英語を話す機会がほとんどないんです。でも、英語も喋れます。ぜひ英語で話しましょうよ、練習になるから！　英語を話す友達がひとりもいないの」

「お父さんはここで何をされているんですか？」彼は英語で質問した。

彼女は彼の言語で、ほんの少しゆっくりだったが、正確に答えた。「東洋美術の収集家で、美術商をしています。もちろん、中国の美術品を中心に扱っているんです。残念なことに、今は中国から美術品を輸入するのが簡単ではないの。でも、香港に必要な人脈を持っているわ」

「香港に行ったことがあるんですか？」

「ええ、あります――父の出張についてゆくの。もちろん、中国人の父は、私が息子であってほしいと思っていました。そうでないとわかったとき、やはり中国人の父は、それでもその状況を受け入れて精一杯やったの。といっても、私も努力しました」

「努力したっていうのは――」

「息子の代わりになれるように――」

「すごく難しいことだと思います――あなたのように美しい娘さんの場合！」

彼女は微笑んだが、ありふれた社交辞令には返事をしなかった。

彼の生来の打ち解けなさに通じるものを彼女に感じとって、彼は黙っていた。彼女のほうになにがしかの好奇心があったなら――つまり彼に興味があれば、こんどは彼女が質問をする番だった。

彼は彼女がいくつなのだろうと思い、自分の年齢はふせておくことにした。彼はどうしようもなく年齢が若かった。何度年齢をごまかして、たとえば二十二か三だと言いたかったことか！　彼は決して嘘はつけなかった。正直は絶対であった。それでも、黙っていることはできた。彼が見ていると、彼女はもの思いにふけるように飲み物をすすり、周りの人間たちを目で追っていた。

そして、今度は彼に目を当てていた。「初めてこちらに？」

「そう」

「こちらに来るまえは――」

「イギリスにいました。冬のあいだずっと」

「かすかにイギリス訛りがあるけれど、完全にイギリス人ってわけではないわね！」

彼は笑った。「大したもんだ！　そう、さっき言ったとおり、僕はアメリカ人です――アメリカの地図のそれこそ真ん中から来たんです」

「その真ん中ってどこなの？」

「中西部――地理で言うなら」

「パリには何か勉強しにこられたの？」

「そう言うことになるでしょうね」

彼女は優美な眉をつり上げた。「あなたって謎が多いわ！」

真剣なまなざしの彼女に、彼は微笑んでいた。彼女の黒い瞳は、長くまっすぐ伸びた黒い睫毛に縁取られていた。「そうかな？　あなただって、かなり謎めいていると思いますよ。アメリカ人と中国人のハーフで、それでいて、完璧なフランス語を話す。アクセントがかすかにあるけれど、僕には聞きとれない」

彼女は肩をすくめた。「私独特のものなんです。中国人はすぐに言葉を話せるようになるのよ、日本人と違って。日本人は舌が回らないの。私はドイツ語とイタリア語、それにスペイン語も話します。ほかの言語は理解することはできる。ヨーロッパは、どの国とも近いでしょう」

「自分を中国人だと思っていますか？」

「父の娘としては、もちろんそうだと思います。でも——」

また軽く肩をすくめた。彼は肘をついて身を乗り出し、彼女の秀逸な顔かたちを観察した。

「でも、あなたのなかではどうなんですか？」

無意識に、彼の質問癖がまた顔をだした。異なる国や民族のあいだに生まれて、多言語を母国語とすることは実際どのような気分がするものなのだろうか。

「あなたって質問してばかり！」彼女は半分笑いながらそう言った。そして、突然、真顔になった。可愛らしい口元は閉じられ、その理知的なまなざしを彼から逸らした。「私は内心どんな気持ちなのか——」彼女は自問するように呟いた。「たぶん、どこにも属していなくて、どこにでも属していると思ってる」

「それは、あなたがユニークで——新しいタイプの人間だということです」彼はそう宣言した。

彼女は首を振った。「アメリカ人がどうしてそんなこと言えるの？　アメリカ人こそ、あらゆるものがすこしずつ混じり合っているんじゃない？　アメリカ人がもっとも理解しづらい国民だと父が言うのを聞いたことがあります。なぜかと訊いたら、父は、世界中の国からきた人たちが幾重にも混じりあった国だからと言っていました。父はそう言いますけど、本当なの？」

じっと考えているあいだ、彼は相手の目をまっすぐに見つめていた。「歴史的にはそうです。でも、個人としては違いますね。ひとりひとりは、家族を超えて、自分の住んでいる地域や州、そしてその複合体である国家に属しています。私たちは新しい国民ですが、それでも祖国があります」

「頭いいのね！」彼女は叫んだ。「賢い男性と話すのって愉しい！」

彼はまた笑っていた。「男って頭がいいと思えないですか？」

彼女は例によって軽く肩をすぼめてみせたが、そのしぐさが可愛らしく、フランス的だった。

「普通は思えないわね。男性が人の顔とか何かについて意見を言うのはいつものこと。外見のことばかり！」

「ほかには？」

「そうね。どこに行くのかとか、どこに住んでるのか、飲み物はどうとか、そんなこと。いつも同じ！　だけど私たち知らない者同士で、初めて会って十五分ぐらいなのに、あなたはまともな意見を言ってくれたわ。アメリカ人のことがもっとわかるようになりました。お礼を言うわ、ムッシュー」

彼女はどこまでも真面目なのが彼にはわかった。彼のほうは、彼女の綺麗な顔と、意識せずしてすんなりした手を優雅につかう様子に、性的な魅力を感じていたかもしれなかった。だがレディ・メアリーの助けもあってか、セックスは相応の位置づけになっていた。彼女はセックス以外には彼に何も与えなかったが、それゆえに、人生の他のどんなこととも無関係な、どこか部外に置かれ、単に肉体的なものとなった。彼女は、飽きるほど与え、結果的に彼は肉体的な行為だけでは満足できないことがわかった。健康な男性であることに変わりはないが、彼はセックスの限界を知った。人間という動物にとって、人生にはほかにいろいろな側面があって、それこそ彼が追い求めなければならなかった。彼の好奇心はとうていセックスにとどまるものではないのだ。その点では、レディ・メアリーは彼の役に立ったのかもしれない。彼女のことを嫌ってはいないが、元に戻ることは考えられなかったし、それどころか二度と会うことはなかっただろう。今、目のまえにいるのは新たな美しい女性で、彼女は彼が探しあてたのではなく、偶然見つけた宝石のようなものなのだ。

「あなたはどうなの」彼女は言った。「あなたが誰で、本当はどうしてパリに来たのか知りたいの。あなたを友達として好きになれそうな気がする。そう思える人って少ないけれど」

彼女に自分をどう説明すればいいのか？　その実、説明できたらいいのにと強く思った。誰かに自分のことを説明したいと思ったのは人生でこれが初めてだった。自分にたいしてさえ一度もしたことがなかった。なんでも知ろうとしてあらゆる質問をし、不思議がり、飽くなき知識欲に駆られていた彼は、自分自身にさえ説明を省いてきたのだ。

「なんて説明すればいいのかわかりません」彼はゆっくりと言った。「今まであまり自分について考える時間がなかったから。どこにいても——少なくとも今までは、僕はひとりだったんです。ほかはみんな大きくて——ずっと大人だったんです」彼は昔の自分を思い出そうと言葉を切った。「大人といっても年齢が上ということです」彼は言いなおした。「僕は常に年齢より大人だったんです」

彼女は感慨深げに相手を見た。「それは老成しているってことよ。父の祖国ではそのようにに考えるの。父に会ってみますか？　多分、父はあなたのこと好きになると思うの。たいがいの若い男性は駄目なの——特にアメリカ人は」

「じゃあなぜ僕なんです？」

「あなたは他の人とは違うわ。自分でも——そういう主旨のことを言ったでしょう。それに英語も、アメリカ英語ではないわね」

彼はふたたびレディ・メアリーと何か月も過ごしたことを思い浮かべた。彼の英語にまで彼女は痕跡を残したのだろうか？　だがこの少女に彼女のことを話す必要などあるだろうか？　レディ・メアリーのことは思い出したくもなかった。

「お父様にはぜひお会いしたいです」

「じゃあ、会いに行きましょうよ」彼女は言った。「今ごろ、私がどこに行ったのかと思っているはずよ。あなたに会えば納得するでしょう。少なくとも、帰りが遅くなった理由を聞くのは忘れるでしょう！」

巨大なその屋敷はパリ郊外の森のはずれにあった。一見して森は人工林で樹木が整然と立ち並び、足下には灌木が生い茂っていた。

「父はこの庭を愛しているんです」彼女は言った。「花はなく、木と岩と水だけの庭——花は家で花瓶に飾るためのものなんです。彼は古い考えの人で——格式とかそういうことにうるさいんです。会えばわかるでしょうけど。でも、人の扱いは上手——もちろん、誰でもというわけではなく特別な人たちですけれど」

彼女は小型のメルセデスで内庭を颯爽と一周してから屋敷の前につけた。幅広い大理石のアプローチを玄関までたどると、扉がまるでひとりでのように開き、黒衣の痩せた中国人の執事の姿が目にはいった。

「父が自分の使用人をパリに連れてきたの」彼女は言った。「もちろん、私が生まれるまえのことです。使用人たちの子供たちはここで大きくなって、今でもこの家で働いている者もいます。ほかの人たちは父のビジネスを手伝っています。父は白人を信用していないんです」

「お母様がアメリカ人なのにですか？」

「言ってなかったけれど」彼女はほとんど何気ない調子で言った。「母は私が六歳のときに出て行ったの。アメリカ人の男と二人で――彼女より年下のお金持ちの息子だった。その人とは後で別れたの――数年後だった――それで父に復縁したいと言ってきた。父は断ったわ」

「あなたはどうだったの？」

彼は意に反してそう訊ねた。なんの権利があってそのような立ち入ったことが訊けただろう？　だが例の執拗なまでに知りたいという欲求、人生と人間のあらゆることを知り尽くしたいという欲求が彼にそうさせたのだった。彼の欲求は単なる好奇心ではなかった。作用と反作用が最終的に解決へと導かれるまでを見届けることが不可欠だった。物語の結末を知らねばならなかったのだ。

「彼女が出て行って以来会っていないんです。たぶん私、二人を捨てた人を許してないと思う。父は今まで何不自由なく育ててくれて、誰より父に恩義を感じています。私にとって母は死んだも同然。ひょっとしてもう死んだかもしれない」

巨大なドアに通じる大理石のテラスまでの石段を上ったところに二人は立っていた。

扉は開いており二人を迎えるばかりだった。彼女が立ち止まり、彼もまたさきほど車で通り抜けた幾何学模様の庭園を見渡した。

「それで？」彼は同情もみせずに訊ねた。

「父は行きたければ母親のところへ行けと言ったの。ただしもう二度と自分には会えないのは覚悟しておけって。それで父のもとに残ったの」

「その理由は？」

「自分は他でもなく中国人に近いと感じていた。多分、そうなりたかったから。さあ、入って！」

中に入ると広い玄関ホールに面してりっぱな階段があり上半分が左右に分かれていた。そのとき、背の高い細身の男性が長いシルバーグレーのサテンの中国服を着て、右側の階段から中央に降りてくるのが目に入った。

「ステファニー！」そう言って、その後は中国語が続いた。

未知の言語に耳を傾けると、それは甘美な母音の流れに聞こえた。声の主で整った顔立ちの白髪の中国人の紳士をよく見ると、力強くて形の良い手をしていた。そのときになって彼が聞いたのは彼女の名前だったことに気づいた。それと同時に彼女は笑いながら彼のほうを向いた。

「あなたを父に紹介したいのに名前を知らないわ！」

「僕も今初めてあなたの名前を知った！」彼も笑ってそう言うと、父親のほうを向いた。

「初めまして、ランドルフ・コルファックスと申します――ランで結構です。僕はアメリカ人だと認めなければなりません。と言いますのは、お嬢さんからアメリカ人はお嫌いだと聞いたからです。でも僕の祖父は若い頃中国に住んでいて中国の人々を敬うよう教えられました――それでお嬢さんと今日知り合っていろいろとお話を聞いて、ご親切にも僕を――」ここまできて、彼は彼女に助けを求めた。「どうして連れてきたの？」

「お父様、彼はほかの人と違うのよ、どこかが」

ふたたびフランス語だった。父親も娘に合わせて答えていたが、堅苦しい、訛りの強いフランス語だった。

「おまえは、名前も知らないでお呼びしたのか？」

「彼だって知らなかったわ」そう言い返すとまた笑いだして彼のほうに向き直った。「私、ほんとにどうかしているわ。そして、何も言わないなんて、あなたも礼儀正しいのね！　私はステファニー・コン。なぜミッシェルとかそんなじゃなくステファニーなのか、聞きたいでしょうね。でも言ったとおり、スティーブンって名前の男の子に生まれるはずだったの」

「もういい！」父親が命じた。

彼女は言葉を切り、父のほうを見るとまた話に戻った。「このとおり、父をがっかりさせたので罰としてこの長い名前だというわけ」

「おまえはすこし黙っておいで。それに、どうして書斎にお連れしないで廊下でうろうろしているのかね。時間も遅くなってきた。そろそろ晩飯にしたほうがよさそうだ。いかがでしょう、今夜晩飯をご一緒していただくのは？」

「そうね、ラン・コルファックスでいい？　ぜひ今夜は泊まってちょうだい。きっと話がはずむわ！　私たち三人で！」

彼は魔法にかけられ夢見心地で別世界に誘われた気分であった――そこはおそらくずっと探していた、未知の世界だった。

「素晴らしくて信じられないです」彼は言った。「もちろんお食事はご一緒します。でも今日は着替えもなにも持っていませんので、ホテルに戻って荷物をとってこなければなりません」

「それでしたら何とでもなります」コン氏が言った。「私の服があります――仕事で着るスーツです――あなたとさほど身長も違わないし、体重もね。細かいことは考えずとも、今夜はきっと楽しい夜になるでしょう。そして明日私の車で荷物をとりに行かれるといい」

父親は控えていた使用人のほうを振りむいて中国語で二言三言話してからまたランに向かって言った。

「この者が客間にお連れして必要なものは何でもお持ちします。一時間ほどでまたお部屋のほうに伺いますので、そうしたら食堂にご案内します」

「ありがとうございます、コンさん」そう言って、ランは自分がまさに別世界に足を踏み入れようとしているのを感じていた。

日一日と時が過ぎ、あれから何か月にもなっていた。英国では永遠と思えるぐらいの時間を城で過ごしたが、今彼はパリ郊外のフランスのシャトーに滞在していた。彼はどこであれ、人生を見出せた場所に時間を忘れてとどまり、周囲に歓迎されていると感じていた。周りに歓迎されている限りは、そこに居続けた。しかしそれさえ意識的行動ではなく、多分事実でさえなかったのだろう。少なくとも自分が何かを学んでいて、世界や人間、そしてあらゆることへの飽くなき好奇心を満たすことができる限り、彼はそこに居続けた。

父娘が毎晩のように過ごすコン氏の書斎に彼らは座っていた。部屋の窓は温暖な夜気にむけて開け放たれていた。市街は遠く、静かと言っていいほどで、街の声は遥かな低いざわめきでしかなかった。秋も終わりの頃だったが晴れて暖かな日がつづき、ヨーロッパの冬がことしも温暖であるのを物語っていた。窓を除く壁という壁は本で埋められていた。部屋のあちこちに置かれた小卓には、翡翠《ひすい》の彫像、花瓶、ランプといった高級品が置かれていた。こうしたコン氏の愛蔵品は、それにまさる品が見つかるまで氏は決して手放そうとせず、それがみつかると処分する作品をあらたな逸品と引換えに、街の美術館といわれるラペ通りにある彼の店に出した。こうして彼の愛蔵品はより好まれる品に置き換わり、一連の入れ替わりにはきりがなかった。結果としては極上品だけが残った。

ランは展示されている作品に常時微妙な変化があるのに気づき、ステファニーが入れ替えのプロセスを説明したのだった。

「コンさん、どうやって美術品に深い関心を寄せられるようになったのですか？」

「美術品というのは自由な男の夢なのです」コン氏は言った。「男の人生は、仕事に始まって仕事に終わる——これは芸術家の場合ですが。作品のひとつひとつが、彼の人生のその時点での最高傑作なのです。なぜなら芸術家というのは常に向上しようと努力する人たちで、成長するごとに自分の一部を後に残していくものなのです。もしも芸術家の生きた世代が過去になったとき、誰かが彼の作品を注意深く収集したなら、その人はあたかも同じ時代に生きたかのようにその芸術家について知り、作品の変遷をたどることができるでしょう。芸術家は自らの作品を逃れることはできないのです。そして優れた芸術家であればその作品は、未来に刻まれるのです」

「僕の作品がどこから始まるのかわかればいいのですが」ランは言った。「いつもそのことを考えています。それが何なのかわからないまま準備しているんです。その一方で、僕は質問をし続けます——抑えられない知への渇望です——すべてを知りたいんです！」

ステファニーは可笑しそうに笑った。彼女は石庭を見晴らす窓辺の椅子におさまっていた。「そのとおり、あなたの言うことの九割が質問だわ」

彼女はランのために中国語のレッスンをしていたが、そうすれば自分の能力の向上につながると言っていた。今までに彼が学んだなかで中国語はもっとも奥が深く魅力的な言語で、しかも一番難しかった。おそらく、会話と読み方のどちらも難しかったからだろう。彼は主に書くことを通して学んだ。多種多様な図柄をした漢字と、それぞれに意味と形を持つ字画をひとつずつ綴った。漢字それ自体が芸術作品だった。それは意味を表す図柄であり、音を表す記号であり、そうした視覚と音には感情の伝達という要素も帯びていた。たとえば「ウ冠」は、どんな目的にも使うことができる屋根を意味するが、そのなかに人が暮らした場合、「家」という綴り方も読み方も意味も異なる漢字になった。このように、漢字は一画一画、書き順を間違えないよう、注意深く綴られたアートなのだ。

夕食の後で今習っている中国語の話をしていたとき、ごく自然に芸術の話題になった。コン氏は一生を美術品の収集と流布の仕事に費やしており、この話題は常にコン氏の思考を集中させ、注意を引いた。コン氏の仕事は儲かるビジネスでもあったが、ランにはどうしたものかコン氏を金儲けや商売に結びつけることができなかった。彼の店には一度ならず足を運び、コン氏の愛着のある美術品に喜んで代金を払おうという客に、売るのを拒む姿を見聞きしていたのだ。

「売り物ではないんですよ」そのような時、コン氏は威厳をもってそう言った。

「でもなぜ――」

「なにも説明せずに手許に残します」コン氏は言った。

「父は」後で二人になったとき、ステファニーが言った。「父の魂を捉えた美しい作品にふさわしい魂を持つ買い手でなければ、売ろうとしないの」

同じ日の夜遅く、夕食後に書斎で暖炉のぬくもりに憩いながら、コン氏は高価な淡い緑の丸い翡翠を右手に持ち、それを掌の上にのせて指で転がしていた。彼が中国製のウィンザー・チェアに座っているときは、大抵いつも右手の掌の翡翠の塊を絶えずゆっくりと転がしていた。ときには白または赤い翡翠の玉に変わることがあり、彼のサテン生地の服の色に合わせて選ばれていた。今夜の服の色は銀灰色で、彼が好んでいちばんよく着る色だった。

「なぜ翡翠を握っているか?」彼はランの質問をそのまま繰り返した。「理由は、ひとつではありません。翡翠は冷たい石で――触るとひんやりしています。転がすのが癖なんですよ。緊張が和ぐように感じられて気分が落ち着くのです。さらに、大切なのは指をしょっちゅう動かしていることこれは無意識の遊びのようなものです。でもそれだけではありません。私はこの手に美を握っているのです。アートには、常に遊びより深いものがあります。これは芸術家ならわかることです。芸術家の精神のほとばしりと言う意味では、アートは遊びのようなものかもしれないですが、実はそれ以上で――時代によって様相の異なる、人間性の開示なのです。だからこそ美術品の制作者を知り、芸術家が自らを通して彼の生きた時代――つまり人間の――何を顕現させたのかを知るためには、美術品の年齢を知ることが大切なのです。人々が美を愛したのなら、彼らは文明人であったのです。芸術は機能を果たすだけではなくそれ以上の使命があるはずです。人間の文明の度合いは、建築の装飾や、文学作品の中身同様にその文体、そして絵画の作風からも判断できます。絵画はその時代の人間の心を描いているからです」

コン氏は、ゆっくり、物思いにふけるように、考えながら語った。彼の温厚で優しい声が静かな室内に朗々と響いた。聞き手の二人は口を開かなかった。ステファニーは窓のほうを向いて静かに座っていた。庭のスポットライトが樹木や岩を劇的にみせていた。ランは彼女の視線を追ったが何も見ようとはせずまた目に入っていなかった。彼は今まで意識したことのない未知の観念に心を奪われていた。それは美の意味の認識にかかわることで、自分の抱いていた認識と比べてはるかに深いものだった。芸術とは――彼は芸術を全体としてとらえるようになっていた――多くの表現方法で表すことができる。具体的には、表現の諸相によって表されるが、生きること――単にそれだけでも表せるのだ。この邸宅での生活は芸術の美と生活の美学への愛と理解のうえに成り立っていた。

芸術が生きる刺激を与え、労力を課しもすれば喜びでもあることを、彼は突然理解した。だが、どこか矛盾していないだろうか？　彼はコン氏に訊ねた。

「芸術の目的は美を楽しむことなのか、それとも、ある種の務めのようなものですか？　芸術家にとってそれが愉しいのだとしても」

コン氏はその問題を繰り返し自問してきたかのように即座に答えた。「両方ですね――創る人間にとって、芸術は仕事で、同時に喜びでもある。強制であり、解放でもある。強要でしかも解放と歓びです。人生に挑戦し切りこむという点では芸術は男性的、人生を受け入れるという点では女性的だと言えるでしょう。創造者になるのは運命です。才能がある者を天が促して創造へと向かわせる。芸術は何者をも非難せず、ただ描く。何を描くのか？　もっとも深遠な真実を描き、そうすることで美を獲得するのです」

コン氏のもの静かで落ち着いた声は温厚さに満ちていて、ランの魂に届いた。何かが彼の内部でひとつの形、欲求として結晶化し、目的と呼べるぐらいに明確なものとなった。彼の可能性の範囲に、輪郭が現れていた。彼はいまだにどういう人間になるのか、自分に言い聞かせたことがなかった。彼にとって毎日の暮らしが、ひとつひとつの経験が、そして本や人々や自分自身の発見を通して気づかされた新しい知識があればそれで十分だった。そうした影響は、彼が作り出したものではなかった。それはほかからやってきて、彼は最大限にそれを利用したのだ。今、突然、彼は自分に開眼し、茫然とした。彼が沈黙を破るより先に、コン氏が口を開いた。

「疲れたので、今夜はこれで失礼しますよ」

彼は椅子の脇のテーブルのうえの小さな真鍮製の銅鑼《どら》を鳴らした。ドアが開いて、中国人の使用人が姿を現し、コン氏に近づきながら腕を差し出した。その腕に自分の手を重ね、立ち上がった二人に微笑みかけると、コン氏は部屋を出て行った。

二人はふたたび座りなおした。ステファニーは燃え尽きそうな暖炉の火の前で、クッションに腰かけていた。どちらも口を開かなかった。頭のなかに疑問が押し寄せ、眩暈《めまい》がしているときに、どうして彼に話などできただろう――芸術とは、果たしてどの芸術なのか？　自分に才能があったとして、どうすれば才能があるとわかるだろう？　常に自分の知識を超えない範囲で、どんな人とも話をした。いつも聞き手にまわり、学ぶ側であった。レディ・メアリーとは、たわいない会話以外は、ことばを交わす必要がなかった。彼らのコミュニケーションはいつもことばは要らず、肉体的で、それぞれが個々に夢中になっていたのだった。加えて、誰かと話をしたいのかどうか、彼にはわからなかった。まだ言葉にされていないことなどあるだろうか。僕は創造がしたい――何を？　美しいもの、意味のあるもの、内面に突き上げてくる創造へのとてつもない欲求をおさまらせるもの！　どうしてこれを言葉にできただろう？　それに、彼女は理解するだろうか？　内側の感情、考え、そして欲求についてはこれまでお互いに触れたことがなかった。

「すごく変わったことをお話しするわ」彼女は言った。その声はまるで夢を見ているようだった。

「なに？」

「今までいちども父は私を男性と二人だけにしたことがなかったの。大人でも子供でも、二人きりになったことはないわ。どうしてあなたと私を二人きりにしたのかしら？」

「僕を信用してくださっているから、だと嬉しいけれど」

「あら、それだけではないわよ」彼女はきっぱりと言った。

彼女は長いまっすぐな黒髪を後ろにやろうと顔を上げて彼を見つめた。

「どうしてそう思うの？」彼は聞いた。

「なにか目論見があるのよ」彼女は言った。「私にはわからないけれど、何かあるはずよ。あなたが現れてから、父はいつもの父と大違いだわ。ほんとに違うの」

「どういう意味で？」

「いつもの横柄な態度ではないのよ。ええっと、大きな声で話す人ではないの、ほら、物静かなのよ――美術品のコレクションに夢中で――でも、傲慢なの。私が何をしたか、どこに行くかも、全部報告しなくちゃならないの。父がしてほしがることをするだけで、いつも手一杯だったわ。大きくなって家庭教師が要らなくなってからは、自分の時間はほとんどなかった。いつも彼に監視されているの――または、他の人に私を監視させている」

「そんなこと、よく耐えられるね」

「父のことがわかるから」彼女はあっさりそう言った。

彼女は暖炉の火を見つめ、振り払った髪がまた顔にかかり、彼の目には髪のあいだからのぞく綺麗な横顔だけが映っていた。そのときまで彼は彼女の顔をじっくりと観察したわけではなく、今初めて細部に気付かされ、その顔が彼女のものでなくても美しいと思った。この屋敷に滞在しているあいだ、彼の内部である気づきが呼び起こされた。美にたいする気づきだった。知識だけではなく知るべきことは他にもっとある。それは美を知ることなのだ。彼の得た気づきは、自分だけの美を生みだすことへの切望に近いものになっていた。どのようにして？　何を創造するのか？

彼は必要に迫られて口を開いた。「ステファニー！」

彼女は顔を上げずに答えた。「なに？」

「僕のこと、あなたにはわかる？　少しでもいいんだ」

彼女は長い黒髪を振った。「いいえ」

「どうして？」

「だってあなたみたいな人に会ったことがないから」彼女はそう言いながら顔を上げ、彼をまっすぐに見つめた。

「僕は、そんなに――わかりづらいのかな？」

「そう――あなたはなにもかもわかってるから」

「自分のことを除けばね」

「自分が何をしたいかわからないの？」

「君にはわかる？」

「もちろん。父の仕事を助けたいの。でも、一番の願いは自立できるようになること」

「あなたは絶対結婚するよ！」

「今まで結婚したいと思った人に会ったことがないの」

「まだ時間はあるよ——あなたは僕と同じぐらいの年齢でしょ！」

「あなたは結婚したい？」

「しないよ！」

「じゃあ、私たちどちらもってことね。それなら、父が考えていること安心して言えるわ。あなたが帰ろうとしたとき引き留めたわけも。気がついたでしょうけれど」

「ああ。でも、僕も帰りたくなかったんだ——ほんとうは！　君のお父さんにはいろいろ学べるし——本もこんなにたくさんある！　そこまで引き留められなくても残ったよ。気がついてなかった？」

「父には、自分の思うとおりに人を動かす独特のやり方があるのよ——おだやかなんだけど、容赦がないの」

「お父さんの目的はなんなの？」

「私たちを結婚させたいのよ、決まってるじゃない」

彼は茫然とした。「いったいなぜ？」

「息子がほしいのよ、疎いわね」

「でも、たしかアメリカ人は嫌いだったんじゃ！」

「あなたのことは気に入ったのよ」

「中国人のほうがいいでしょう」

「私が中国人と結婚しないってわかっているのよ——一生しない！」

「一生？」

「そう！」

「なぜしないの？」

「私って、中国人じゃない部分が多すぎるから。そうかといって、フランス人と結婚するには、中国人の部分が多すぎるの——他の白人でも同じ。だから、結婚はしない」

「そのこと、お父さんは知ってるの？」

「知らないわ。知る必要もないし。これで彼は一生息子を持てないことになります。父は私に結婚させて、相手の男性に家名を継がせたいの。それが合法的な方法なの——慣習法よ——父の知っていた中国では。彼にとってそれ以外に中国という国はないの」

彼は感情を整理しようと思い、黙っていた。驚愕と、漠然とした不安、それから、どちらも結婚を望んでいなかったゆえの安堵とともに幾分かの魅惑——いや、その言葉は強すぎるかもしれない——幾分か興奮を覚えたが、それはレディ・メアリーからうけた影響だった。

「では」レディ・メアリー由来の症状を自覚した彼は、唐突にそう言って立ち上がった。

「これでお互いのことは少なくともわかったけれど、僕たち友達には変わらないでしょ？　僕はあなたが大好きです――今まで会ったどんな女の子よりも。ただし、僕が知っている女の子はあなただけだという意味で」

「私が知っている唯一の男性は――若い人で言うと――あなたよ。この家の人間でっていう意味だけど」

「じゃあ、これから僕たちは友達でいよう」彼はそう決めた。

それからさきほどの自分の告白を思い出して、彼はふたたび椅子に腰掛けた。

「あなたは僕のことをあまり知らないけれど、いろんな知り合いもいるし、長年お父さんと過ごしていて年齢にしては賢い人だから訊きたいんだ。僕の職業は何に見えますか？　とりあえず現在、それからずっと先の将来はどうなるのか」

消えてゆく炎に見入るうちに次第に椅子に身を埋める格好になっていた彼女は、ふたたび彼に視線を当てた。独特の洞察力で、彼女は驚くほどの確信をもって言った。

「作家よ、もちろん。最初に出会ったときから思っていたわ。実際にそうだと思っていたの。小さなテーブルのまえに座ってみんなをじろじろ見ているんだもの。今まで人間を見たことがないみたいに」

「作家?」彼はささやくように言った。「まえにもそう言われたことはあったし、自分でももちろん何度も思い描いてみたけれど、具体的にはまだどうしようか決めてない。あなたには最初からわかっていたなんて!」

「絶対そうよ!」

ふとした疑念が頭をもたげて、彼は真顔になった。「でもあなたは間違ってるかもしれない!」

「正しいわ。あなたにもそのうちわかる」

だが、彼にはそんなに簡単に納得ができなかった。「そうだな」彼はゆっくりと言った。「考えてみなくちゃ。よく考えなきゃならない――うんと。さっき言ったとおり、もちろん自分でも考えていたけれど、それは沢山ある可能性のひとつとしてということなんだ。でもあなたにそれほど確信を持たれると――ある意味焦るよ。強迫観念って言ってもいい――」

「あなたが訊いたんでしょ!」

「責めてるんじゃないんだ――そんなふうに言わなくても!」

「私はなんでもハッキリ言う性格なの。きっと私のアメリカ人の部分なんでしょう」

「あなたは自分で思っているよりずっとアメリカ人だ。お父さんとはかけ離れている」

「知ってるわ――ときには、わかりすぎるぐらい。父は、私のことをわかっていないけど」

「それは彼が生粋の中国人だからだ」

二人は黙り、しばらく沈黙が続いたところで、彼は立ち上がった。「おかげで考えることが山ほどできたよ。それじゃあおやすみなさい、ステファニー」

「おやすみなさい、ラン」

彼は身をかがめると、衝動に駆られて彼女の黒髪のてっぺんにキスをした。多分そんなことをしたのは初めてだった。彼女はぴくりともせず、彼が何をしたのかにさえ気づかなかったのだろう。


実のところそれは、ある萌芽を意味していた。ベッドに横になってまんじりともせず、コン氏の目論見を頭のなかで思い描き、それから夜通し作家になった自分をあれこれ想像して気持を高ぶらせた。詩や散文など短い作品はいくつも書いていたが、それらは大抵自分への問いかけであった。彼にとってこうしたものはすべて作品ではなく、こうして問いを書き出すことで、書物や人間から答えが得られなかったときに、頭のなかを整理して答えを導き出すことができた。困ったことに、優秀な人間でさえほとんどものを知らず、本に答えを求めようとすると、文献の数が多すぎて、調査や精査に時間を浪費する結果に終わった。彼がひとりでいるとき、特に屋外に出ると、しばしばリズムに乗って、問いが浮かんだ。朝露に濡れた秋の明け方、前夜の興奮が冷めやらず、城の一室で眠れない朝を迎えたことを思い出した。夜明けに起きだし、太陽が昇ると同時に庭に出た。バラの庭園に咲き誇る花々に大輪の蜘蛛の巣が張られていて、露の雫がきらきらと輝いていた。水滴の一粒一粒が太陽の光を浴びてまるでダイヤモンドだった。中央には創造主の一匹の小さな黒蜘蛛が留まっている。そのとき、一連の問いが詩のように流れ出た。

蜘蛛の巣の露はダイヤの煌めき
おぞましい姿が紡ぐ美しさ
お前は天使？　それとも悪魔？
それとも二つは一体？

だがその先はレディ・メアリーに阻まれた。朝、彼女は冷めていて、よそよそしく冷淡でさえあった。最初彼は当惑した。たじたじとなるほどの彼女の性の情熱と、それが満たされたあとの冷ややかなよそよそしさ。すらりと背筋の伸びた細身の彼女の内側に、まるで異なる二人が住むのを彼以外の誰も知らなかった。彼は両方を受け入れるようになっていた。完全に自分を放棄して彼に体を委ねる彼女と、因習的、伝統的な、英国女性の態度で威厳を保ち彼を寄せ付けない彼女を。彼はレディ・メアリーから多くを学んでいた。昨夜ステファニーが言ったことに照らせば、それらはもはや何の用もないものに感じられた。視野が開ける思いで、彼は今一度考えた。そうだ、僕は作家になれる。ものを書くという仕事に没頭しよう。「男の人生は仕事に始まる」とコン氏は言った。彼の人生がまだ始まっていないと感じたのは、そのためだった――いまだに自分の仕事を選んでいなかったのだ。だがこれで本当に選んだと言えるのだろうか？　自分の人生をそう簡単に選べるものだろうか？

自分への問いには答えないまま、彼は夜が明けるまえに眠りに落ちた。

「パリを見たいなら」ステファニーは言った。「歩くこと――とにかくひたすら歩くの。歩道に出ている小さなテーブルの脇に座って食前酒を飲むか、道ゆく人々を眺める以外はね。だって、人間もパリの一部なんですもの。もちろん、どこもかしこも歩くものじゃないのよ。たとえば、モンマルトル！　あそこにはケーブルカーがある――または地下鉄だってあります。地下鉄を使うのは嫌いよ、あれはひどいわ」

「僕がルーブルに行くことはもうないんですか？」彼は訊いた。

あの晩遅く書斎で会話を交わして以降四日たっても、二人には以前とまったく変わったところがなかった。その実、目覚めているあいだ一度として、彼女の言ったことを忘れてはいなかったのだが、どちらもそのことには触れなかった。そして、彼はコン氏にたいして微妙に態度を変えていた。

喩えで言うなら、あからさまに彼の膝元に座って、服従するのをやめた。そのかわりに、彼は部屋に本を持ち帰って読むか、散歩にでかけた。昨日、散歩に出る彼を見ていたコン氏は、今朝仕事に出掛けるまえに、ステファニーを呼んだ。

娘にむかって彼はとがめるように言った。「なぜあのお若い方にひとりで街をぶらぶらさせておくのかね。今日はおまえも一緒にいきなさい！」

「それはいいわね、パパ」ステファニーが言った。「あなたもそれでいい？ ラン？」

二人は、物知り顔に微笑みあった。「ぜひそうしたいですね」彼は本心から気のりがしていた。

「では決まり」コン氏は満足したようにそう言い残して、出掛けて行った。

「私とルーブルはありえないわよ」ステファニーが言い出した。

「どうしてダメなの？」彼は訊いた。「僕は何週間もあそこにいたけれど、見るべきものは全部、ひととおりざっと見られただけなんだ」

「まさにそれなの」ステファニーは答えた。「あそこはあまりにも広すぎるんだもの」

彼はさらにつっこんで説明したかった。彼はルーブルはもっと時間をかけて見るべきだと感じていて、それにルーブルが広いからと言ってすくみはしないのだ。多くの点で、ステファニーはフランス人だった。彼女はいつも優美に近づいてきた。ひょっとしたら中国風なのだろうか？ それはわからなかった。ともかく、繊細なものを好み、なんでも一度にたくさんなのが苦手だった。

「それなら」彼は続けた。「パリの名宝はどこで見られるの？」

「順番に見て行かない？」ステファニーはなだめるような口調で言って、左手の指を右手の人さし指で数え始めた。「まず、クリュニー中世美術館に連れて行くわ。次がパリ工芸博物館、あなたは科学に興味があるから。それから、パリのすべてがわかるカルナヴァレ美術館。美術ならまずジュ・ド・ポームに行きましょう。ここはもちろん、印象派。東洋美術となると、父のコレクション以上に充実したものは知らないわ！　それは言い過ぎ！　もっと寛大になります。ギメ東洋美術館に連れて行ってあげるわ」

「それからヴェルサイユにも」彼はそれとなく言った。

彼女は繊細な両手で顔を覆った。「ああどうか、シャルトルのほうにしましょう――ずっと綺麗――その後でルーアン！　だけど、ムフにも連れて行きたいの」

「ムフってなに？」一度も聞いたことがなかったので、そう訊ねた。

「すばらしい市場よ。もう何百年も前からあるの。すごい人、沢山の顔、みんな声を張りあげて値段のことでもめているの――すごく楽しいわ！　パンとチーズを買って、パリ植物園に行ってもいいし、噴水も見られるわ」

二人は太陽と朝と若さの喜びにあふれて出発した。彼は彼女と自由でいられた。今までの人生のなかでいちばんくつろいでいて幸福だった。あの晩、書斎で彼女が結婚しないと打ち明けたときから、彼女と気楽に過ごせた。彼女が自立していて、結婚や男性から完全に自由でいることを望んだので彼も自由になった。レディ・メアリーと過ごした数か月間の初めは刺激的だったが、最後は嫌悪感を抱いただけの囚われの身であって、そのことが彼に影を落とし、密かな経験が彼には重荷となった。だが今日のようなよく晴れた夏の朝にはその影も薄れ、日を追って消えて行った。

当然ながら、この生活が永遠に続かないことは彼にはわかっていた。一日が気づかぬうちに別の日に移り変わるのは、日々学ぶのに忙しすぎるからに他ならなかった。ステファニーは多くの場所を知っていて、様々な種類の人間を何人も知っていた。彼女はひとりひとりとは親密にならず、そうした人々のあいだを渡り歩いていた。ただし各々の来歴と特徴はよく知っていて細かい点まで生き生きと語って聞かせるので、名前は知らなくても彼にはそうした面々が知り合いのように思えていた。そして興味をそそられる詳細に至るまであますところなく事実を吸収した。

「ルロン先生は」彼女はこう告げた。「私が子供の頃に習った優れた教師よ。残念なことに肝臓がいかれて重篤な口臭症だけれど、彼は善の権化なの」

二人はこのとき、長身でがりがりに痩せ、みすぼらしい黒のスーツを着た黄色い顔の男とすれ違いそうになった。彼女は、男にとびきり愛想よく挨拶をした。

「こんにちは、ルロン先生！　ご機嫌いかがですか？」

しばらく忙しいやりとりがあり、それが済むと彼女は彼を先に行かせながら、この年老いたフランス人の来歴を詳しく説明するのだった。ずっと年の若い女性教員に片思いをしたが彼女は別の男と結婚して――

ランは笑った。「あなたこそ本を書くべきだよ、ステファニー、僕じゃなく――」

「ああ、私にはとても辛抱できないわ」彼女は言った。「でもあなたは――人を知らなくちゃだめよ。あらゆる種類の人を知って、今までどんなことがあったかだけではなく、どうして現在の人物になったのかも知らなければ」

実際、日々が新たな学びだった。期限を定めることなしに今の生活を送ることを受け入れていたかもしれなかった。しかしある晩、コン氏は彼に翌朝店に顔をだすように言った。オフィスで話したいことがあるというのだ。もちろんランはもう何度もコン氏の広大な店を訪れていた。実際それはありとあらゆる種類の美術品の並ぶ美術館だった。アジアの国々から新たな荷が届くたびにステファニーはランを店に案内し、彼は入れ替わり立ち替わりさまざまな国や時代の歴史を学んだ。翡翠やトパーズ、象牙やルビー、そしてエメラルドのいろいろな特徴を学んだ。だが宝物が所狭しと並ぶ店内の奥まったところにあるコン氏のオフィスは見たことがなかった。

「私も行きましょうか？」ステファニーが訊ねた。

「いや、要らない」コン氏が答えた。

ある日の、晩遅くだった。冬は過ぎ、街は賑わいを取り戻し、春が訪れていた。彼はステファニーと連れ立って新作の舞台の初日に出掛けており、邸宅に戻ってみると書斎でコン氏が待っていて、拡大鏡片手に中国の風景画の巻物を丹念にしらべていた。

二人が部屋に入ってくると巻物と拡大鏡をわきへやり、また店に来るようにと告げて二階の自室に通じる階段を上り始めた。

二人で階段の下からコン氏を見上げていると、ステファニーの表情が曇った。

「もうだいぶ足元がおぼつかないのがわかるでしょう?」彼女は声をひそめて言った。「一冬で弱ってしまったの。そう、本人は愚痴もこぼしません。あなたに明日どんな話をするのかしらね」

「さあ、どんな話だろう」彼は言った。「でも、僕たちには見当がついていると思うけど」

悲し気な目で相手を見つめながら、彼女はきっぱりと言った。「父に何を頼まれても、ラン、あなたの人生にふさわしいことでない限り、受けてはダメよ。あなたには才能があるんだから!」

「どうぞおかけなさい」コン氏はなごやかに言った。

彼は、コン氏が細く長い手を振って指し示した椅子に座った。それは肘掛けのない、まっすぐな背もたれの磨き上げたダークウッドの椅子だった。椅子の背飾りには、縞柄の大理石がはめ込まれていた。コン氏は、椅子にはめ込んだ大理石が、中国南部の雲南省で採れる特別の大理石で、横方向に切断すると薄い石板に縞が沢山入っており、いくつもの濃い縞が風景画のように見え、ときには海の景色にも見えると説明した。部屋は中国調に統一されていた。壁に掛け軸がかかり、部屋の隅には背の高い鉢植えの植物が置かれていた。

コン氏に指定された席は、部屋の奥の壁側中央に置かれた正方形のテーブルの左側だった。コン氏は年長者として、テーブルの右側に向かい合って座った。青い長衣を着た中国人の給仕が茶壷と蓋をした茶碗二つを持って静かに入ってきた。彼は小卓に盆を置き、蓋を取って茶碗に茶を注いでからまた蓋をした。そして両手で持った茶碗ひとつをコン氏のまえに置き、もうひとつを客のまえに置くとまた静かに部屋を出て行った。

「お飲みなさい」コン氏は言い、茶碗を持ちあげながら蓋を脇に置き、熱い茶をするとまた茶碗を下ろした。

「娘があなたを色々なところにお連れしているそうですね」彼は言った。

「ご一緒に素晴らしい時間を過ごしました」彼はそう言って、続きを待った。

コン氏は瞑想するかのようにしばらく黙っていたが、突然語りだした。

「私は中国人です。中国の実家は旧家です。私たちは北京官話を話します。兄弟で生きている者が何人いるのか、また消息もわかりません。末の弟は香港に逃れて別の名前で生きており、私の代わりに現地で商売をしています。私はもう何年もまえにパリに来て、勉強を終えるまえに中国では政権が変わりました。もしも敬愛する両親がまっさきに殺されていなければ、そのときに帰国したかもしれないとさえ思う。私たちは地主で、両親は自分たちの土地の小作人に殺されたのです。彼らは土地を渇望していた。両親を亡くした私は、自分で人生をどうにかしなければならなくなったのです。中国に帰って、双方が子供の頃に両親が決めたいいなずけと結婚するのは無理でした。相手の女性の両親と彼女自身もまた、恐らく殺されていたでしょう。それで、私は自分の人生を整理しました。私にはアメリカ人の——何と言ったらいいのか——『女友達』がいました。おわかりですか？」

ランは返事の代わりに頷いてみせ、コン氏は話を続けた。

「結婚などするべきではなかった——だが、彼女は妊娠し、結婚を望んだので、そうしたのです。私は家族が欲しかった。家を継ぐ義務があったのです。外国の血が混じっているとはいえ、息子が生まれたら中国人になるはずでした。それで結婚したのです。彼女は妊娠はしていましたが、結局のところ最初の子を流産しました。彼女がわざと流産したのではないかと思い、当時は烈しい怒りを感じました。一年たって二度目の妊娠をしたとき、こんどは私自身で彼女の体に細心の注意を払いました。娘はそのときの子供です。その後、母親はアメリカ人のアーチストに夢中になったのです。相手はアーチストとしてもみるべきところのない男でした。子供がわずか六歳のときに、彼女は私を置いて出て行きました。それでも娘はずっと良い子で頭も良かった。されど娘なのです。あなたも聡明な娘だとお思いですか？」

「ええ、とても」

「それに――綺麗だと？」コン氏が訊ねた。

「綺麗です」

コン氏はまた茶をすすり、さきほどと同じように茶碗を下に置いた。そしてひとつ咳払いをすると話を続けた。

「それを聞いて、これからご提案しようとしていることをお伝えする勇気がでました。まず第一に、私が今までに会った若者のなかで、息子として選ぶならあなたしか考えられない。あなたは老成した魂をもっている。私は、輪廻転生を信じるには近代的すぎる人間ですが、年をとると、そういうことがわかるのです。あなたが実子であればよかった。そうであったかもしれないのです。あなたは純粋な知性の持ち主です。口数は少ないがなんでもわかっている。私が何か言えば――どんなことでも――あなたには既におわかりだというのがわかるのです」

彼は何も言えずに黙っていた。

「私の国では」コン氏が続けた。「古くからの慣習がありましてね。後継者がなく、家名を継ぐ息子がいない場合は気に入りの義理の息子、つまり愛娘の婿を実子として養子縁組するのです。その人が家名を継ぐのです。息子になって後継者となるのです」

コン氏は手をあげてランの答えを制した。ランが顔をあげ発言しかけたからだ。「お待ちなさい！　今、後継者と言いました。私はかなりの資産家です。知名度もある。ここ外国で、私の言葉は信用されています。私は東洋美術の至高のコレクションをもつ、権威ある存在です。あなたにすべてを伝授します。あなたは私のビジネスを受け継ぐことになるでしょう——娘と結婚すれば」

「このことは娘さんとは話をされたのですか？」

なぜならコン氏の心地よく優しい声を聴いていて、ある思いが胸をかすめたのだ。親子で申し合わせていたのかもしれない。ステファニーは結婚の意思がないと彼に宣言することで、計画の片棒をかついでいたのかもしれない。恐らく実際は結婚したかったのだ。女性は本当に手に入れたいと望むもの——相手——にたいして無関心を装うことがあるのを、レディ・メアリーから学んだではないか。

「娘とは話をしていません」コン氏は彼の問いを受けて言った。

「あなたに約束していただくまでは、ふさわしくありませんから。あなたにその気があれば——私の息子になることを考えてみてくださるだけでも、心から嬉しい。娘のところへ飛んでいきますよ。いや、違う——あなたはアメリカ人だ——それを忘れるわけにはいきません。私が娘に話をしたあとで、あなたから彼女に話してください。私は旧式の人間ではありません。許可しましょう。それに、娘は部分的にアメリカ人だということを忘れてはいけない。なかなか覚えていられないのです。その実、忘れることはない。このぐらいで黙るとしましょう。お返事をきかせてください」

コン氏は笑顔で彼を見た。温かく友好的な笑顔で、期待に満ちた幸福の笑顔だった。ランはどう切り出したものかわからなかった。天与の直感によって、目のまえの善良で年老いた中国人の父親の気持ちが手にとるようにわかった。相手を傷つけると思うとひるんだが、彼自身の人生を今ようやくみえてきたやり方で全うしなければならないのだ。結婚は可能性のひとつでさえなかった。レディ・メアリーが可能性そのものを潰したのだ。彼女はランの一部を荒廃させた。彼は内なる魂のどこかに損傷をうけた。彼女は彼になにごとかを強いたばかりか、それはあまりにも早すぎた。美しく自然に花開いたかもしれないものが、無理矢理切り裂かれたのだ。事実、抵抗すべきところを彼が服従したことは否めないが、最初は肉体の驚きと歓びであったものも遂には嫌悪をもよおす要求になり果てた。彼は実際に利用されついには悪用されたのだ。彼が結婚したとしても、過去を洗い流すほどの、過去の経験とかけ離れたものでなければならないだろう。

「コンさん」簡単ではなかったが、毅然として話し始めた。「たいへん光栄です、心からそう思っています。貴方以上に自分の父と呼んで光栄な方はおられません。けれど、コンさん、僕はまだ結婚する気がないんです。僕には家族もいます——母と祖父が——」

コン氏が口を挟んだ。「お二人を養うことができます」

「でも、コンさん」彼は切羽詰まっていた。「僕自身のことがあります。そのために生まれてきた使命を追求せねばなりません――僕の運命であり宿命――つまり、僕のすべき仕事です！」

「それは――つまり――この話を断るということかね？」

「そうせざるをえないのです！」

ランは立ち上がり、コン氏も席を立った。ランが右手を差し出すと、中国人はそれに応じようとせず、冷たく険しい顔つきになった。

「おわかりいただけないのですか？」彼は懇願した。

コン氏は腕時計にちらと目をやった。「ではこれで」彼は言った。「別の約束がありますので」

一礼すると彼は部屋を出て行った。

一時間後、ランはこの数か月間を幸福に過ごした美しい部屋にいた。荷作りをしており、自分の持ってきた数少ない荷物をまとめ、残りはすべて置いていくことにした。ステファニーもそこにいた。空港行きのバスが、三十分後に出ることになっていた。

「家に帰らなくちゃ」彼はそう呟いていた。「家に帰りたい。出発地点に戻りたいんだ。ひとりにならなきゃいけない」

ひとり言に気づいて、そこで止めた。ステファニーのほうを向くと、彼女は青ざめた顔で黙って佇んでいた。

「ステファニー、君にはわかる？」

彼女は頷いた。彼女との別れが胸を衝いた。「またいつか会うことがあるかな？」

「それが運命ならね」

「運命を信じるの？　ステファニー？」

「もちろん。少なくとも中国人の部分では」

「もう片方――アメリカ人は？」

彼女は首を振った。「空港行きのバスに乗り遅れるわ。タクシーが待ってる」

「一緒に来ないの？」

「行かないわ。ひとりで帰って来るだけだもの。それに、父が戻るころに家にいたいの」

彼女は頬を差し出し、ひんやりとしたすべすべの白い肌に彼はキスをした。

「さよなら、ステファニー。手紙書くよね？」

「もちろん。さあもう行かないと！」

第二部

ニューヨークに到着した彼は一刻も早く家に向かいたかった。けれどもここニューヨークには祖父がいて、様子を母親に伝えるためにも祖父を見舞わずに発つ気にはなれなかった。この旅に出て、まるで一生分の時間が経ったように思えた。経験のない子供が祖国を離れ、大人になって帰ってきたのだ。だがあまりにも性急に大人にならされた。レディ・メアリーは彼にとって弊害だった。彼の肉体的成熟を強要したのだ。同年代かもっと年下の若い内気な女の子を好きになって、従うのではなく自分がリードし、急かされずにおずおずと歩み、強引にではなく迷いながら、自分なりに性の開花をとげていたならどうだったろうと彼は考えた。だが若い女性は現れなかった。ステファニー――彼女は未来の存在だ。もしレディ・メアリーが現れなかったなら、出会っていたのはステファニーだったのではないか？

自分の問いに答えが出せないほど疲れ、深い倦怠感、精神的無気力に襲われた。成長が急速すぎて、頭のなかでいろいろな考えがひしめきあっていた。大人の男性への道のりには、時間が必要だった。自分の性質をよく調べて、必要なものの見当をつける時間である。今思うと、少年時代も常に先を急いでばかりいたが、彼が生まれ育った平穏な家を思い描けば心の動揺がやわらぐのだった。そう、彼は他人を責めようなどと思わない。彼を突っ走らせたのは彼自身だった。自分のなかの逸る気持ちや、瞬間的に湧きあがるイマジネーションに従うしかなかった。家に帰って眠り、食べ、穏やかな母親のもとで休息すれば、必ずそのうちに自分のすべきことがみえてくるだろう。それに兵役のことも考えねばならない。兵役期間が、すぐ先に迫っていた——暗い影、それとも好機の到来？　彼にもわからなかった。

人でごった返し、路上にゴミが散乱するマンハッタンの通りを彼は移動した。汚れのないイギリスやフランスの街路を見た後では目をそむけたくなった。あらためて街の人々を見ると、祖国の人間たちが一瞬外国人のように見えた。知らない人間ばかりだった。彼らについて知るべきこと、学ぶべきことがどれほど多いことだろう！　自分自身についてはそれなりに学んではいたが、今ではそれをうとましく思っている。彼が学んだのは、自分の立派な体躯の内側で肉体と精神が争い、どちらも彼には征服できていないことであった。実際、彼はいずれの生き物の飢えをも満たしてやれなかった。欲情し、本能に目覚め、騒ぎたてる肉体と、それを憎む精神とが対立するからなのであった。女の子のスタイルの良さに気づいたり服を脱いだ姿を想像したいとは思わなかったが、強制的に気づかされ想像している自分がいた。精神の飢えや苛立ちを癒すために、彼は肉体に反発した。それは彼の身内同士の反乱で、そのさなか、彼の第三の部分——意思の部分が、肉体と精神のあいだを躊躇しながらさまよっていた。精神のより深遠で永続的な飢えを癒すためには、専制君主のような肉体をどうにかして制圧しなければならなかった。

こうしたことに心を煩わせながら、ニューヨークに着いた翌朝に祖父を訪ねようと安宿を出てブルックリンに向かった。祖父の家に一日、二日滞在し、それから西に移動するつもりだった。良く晴れた雲一つない日で、暖かく澄んだ空気のなか、人々が足早に行き交っていた。タクシーを拾い、車窓越しにゆっくりと流れる景色を眺めた。実に奇妙だが、人々が世界を形成している！　この街は世界のどこでもなくて、ニューヨークでしかありえなかった。空から無作為に舞い降りたとして、ここはアメリカで、ニューヨークだとすぐに知れただろう。車はついにブルックリン橋を渡り、曲がりくねった市街をさらに進むと目的地にたどり着いて停まった。運転手に金を払い、彼のことを憶えていた白髪頭のドアマンに挨拶し、エレベーターに乗り込むと十二階に向かった。

それからベルを鳴らして待った。待ちきれず、再度ベルを押した。ドアが数インチ開いて、ソンの怯えた顔がこちらを見つめていた。

「ソン！」彼は叫んだ。

ソンは唇に指を当てて言った。「たいへんお悪いです――お祖父様が」

彼はドアを押し開けてなかへ入ると、ソンを素通りして祖父の部屋へと急いだ。祖父はベッドに横たわり、胸の上で両手を組み、目は閉じていた。

「お祖父さん！」ランはそう叫ぶと、かがんで老人の組んだ手に自分の手を乗せた。

祖父は目を開いた。「セリーナを待っている」彼は呟いた。「もうすぐ迎えにくる」

祖父はまた目を閉じ、ランは驚きと畏怖の念に打たれて相手を見つめた。年とったその顔は美しく、青白い肌をしていて髪は白く、優美な両手のうえにしわのある唇があった。彼には祖父を失うのが耐えがたいことに思えた。

「ソン！」彼は鋭く叫んだ。「医者にはみせたの？」

ソンは老人の傍らに付いていた。「医者は要らないとおっしゃいます」

「医者にみせなきゃだめだよ！」

「死にたいとおっしゃいます。昨夜、死が始まりました――五時か六時でしょうか。誰か女の人と話していて、私には見えません。もう待ち疲れた、その方のそばに行くとおっしゃいます。どこか私にはわかりません。もう何も食べないとおっしゃいます。それでもスープをこしらえます。お上がりになりません。夜通し女の人と話しています。ずっとおそばにおりますが、女の人は見えません。ただそこにいるように、お話しされているのです」

「彼は死にたがっている」ランは断言した。

「かもしれません。死にたい人間は死ぬのです。中国でも同じ考えです」

ソンはあきらめたように静かに首を振った。だが、ランは電話に近寄りダイアルを回した。母が電話に出た。

「どなた？」

「母さん、僕」

「ラニー、今どこなの？　どうして――知らなかったわ――」

彼は、母が喜びをあらわにするのを遮って言った。

「今、お祖父さんのところにいる。パリから昨日着いたんだ。母さん、お祖父さんが危篤だ――医者にみせようとしない。ただベッドに寝たまま、待っているんだ」

「次の便で行きます」彼女は言った。


ランと母親はニューヨークに残り、老人に生きる気力を呼び覚まそうと、ひと夏のあいだあらゆることを試みた。医者が入れ替わりやってきて精密検査をし、ついには、これといって悪いところが見つからないと明言した。

「これ以上生きる意思がないだけだと思われます」最後の医師はそう断言した。

彼は一切の治療を拒み、食事は温かいスープを薄い唇のすきまに押しつけているにすぎなかった。

秋がたちまち冬になった。ひんやりと爽快なある日、大気に雪の匂いがして、ランの母親は冬物の衣類を買いにマンハッタンに出掛けた。ニューヨークに冬物は持ってきておらず、衰弱した父親を残して田舎に帰るのはためらわれた。

買い物から戻った彼女に、玄関で出迎えたランが言った。「一時間前に亡くなったよ、お母さん」とたんに涙がこみあげ、母親はさっと息子を抱きしめてキスをした。「私たちには前からわかっていたことよ。それに、明日が来ることだって」

「でも僕にはどうすればいいかわからないことが多すぎるよ」ランは言った。「何をどう――」

「必要な手配は任せて。あなた、疲れているから休みなさい。ちゃんと食べているの？　食べてないのね？　とにかく食べなきゃだめよ、二人とも。体調を崩したらつまらないわ」

ソンは不安そうにあたりをうろうろしていた。「支度します。スープとサンドイッチ、コーヒー」フェルトの部屋履きを履いてソンが音もなく立ち去ると、ランは母親の肩に腕をまわした。

「忘れていた」彼は呟いた。「忘れていた、死がどんなものか。でも、彼は死にたかったんだ。彼には始終、誰かが自分を呼ぶのが聞こえていた」そう言ってから、ランは祖父が母親にはセリーナのことを話していないと言っていたことを思い出した。

「母は――」話の途中で母親が言った。

彼は彫刻を施した椅子に腰を下ろした。セリーナのことは話さないでおこう。母に知って欲しかったなら、お祖父さんが話していただろう。死者の秘密は明かすまい。

「お祖父さんは、自分の意思でこの世を去ったんだ」

二人は機上の人となり西に向かっていた。数日しか経っていないのに、まるで祖父がこの世に生きていなかったかのようだった。だが、母子は残して来た骨壺のことが頭にあった。それは生々しく、中の遺灰はわずかで吹けば飛ぶような一握りの化学物質だった。

「ご住所を教えてくだされば、二、三週間で骨壺をそちらにお送りします」火葬場の男は言った。

母と息子は顔を見合わせた。

「父は北京から戻って一度もニューヨークから出たことがないんです」母親が言った。

「祖父はそこで幸せだったんです」ランはそう言い、セリーナのことを思い浮かべていた。

「こちらで骨壺を置く小部屋を借りるか購入することもできます」

最終的に、男の提案どおりになった。アパートの処分はソンに任せるつもりでいたが、母親が考えなおした。

「お祖父さまは、すべてをあなたに遺されたのよ。彼が所有していたこの住宅だってそう。処分せずに持っていたらいいじゃない？　ソンに管理させましょう。あなたも多分、中西部の小さな町に住みたくないでしょう。今でなくてもいつか自分の居場所が欲しくなるし、それはニューヨークに決まっているわ。お祖父さまは豊かに暮らせるだけのものを遺してくださったのよ。ニューヨークで暮らして行けるわ」

二人は現状のままのアパートをソンに任せて旅立った。そのことをソンも喜んでいた。彼も戻って来られるのだ。

「また戻ってくるよ」彼はソンにそう告げた。

「そうしてください――じきに」

ジェット機の窓側に座って、彼は機体の周りに浮かぶ雲の様子を眺めた。いま感じている戸惑いやショック、そして疲労が途方もなく大きいことはわかっていた。父親の死のときは心の準備があった。彼の母と、誰より父親本人が、彼に準備させたのだ。

「あなたのお父さんは来生に近づいているわ」彼女は息子に言った。

「来世があるの？」彼は訊ねた。

「そう信じたいわ」彼女ははっきりとそう言った。

当時の彼がなんでも受け入れていたように母の答えを彼は受け入れた。彼の父親も地球外空間に将来生きることを抵抗なく語っていた。

「もちろん、定かではないがね。でも人間の生きることへのあくなき情熱があれば、生命の永続する可能性はある。私はどちらでもいいんだ。この世で素晴らしい人生を送った――愛情、仕事、それにお前がいた。お前には栄光の人生があるだろう！　お前に喜びが訪れるように！」

「やめて」彼は涙をぬぐいながら、囁いた。「その話はしないで！」

父親は微笑んだだけだったが、二人が死について話すことは二度となかった。いつか将来、自分に向き合う準備ができたとき、死についてしっかりと考えたいと思う――すべての証拠を集めるのだ。今はただ生きたいと彼は思った。座席によりかかり、ふいに眠りに落ちた。目を覚ましたとき、きしむ音を響かせて機体が着地するところだった。


彼はすぐに元の生活に馴染み、家は彼を抱擁した。幼少時代を送ったこの場所で、彼はヨチヨチ歩きを始め、言葉を覚え、世界の不思議さに目を見張った。数日いや数週間というもの、自分の居場所にすっぽり収まるのは心地良かった。自分の元の部屋で目を覚まし、階下に降りていくと暖炉にあかあかと火が燃えていて、母のいるキッチンから、食器の触れ合う音がしている。そして今日一日が、彼のためにあるのだとわかっている。隣人が彼に会いにやってきた。しばらくするとあのドナルド・シャープまで電話をしてきた。

「やあ、ラン――海外旅行からお帰りかな？　次の計画は？」

「わかりません、先生――どこかで兵役に就くだろうと思います。徴兵検査通知書が届いていて、木曜日に身体検査を受けに行きます」

「どこになるかはわからないのだろうね？」

「ええ、わかりません」

「出発までに顔をみせにいらっしゃい！」

「ありがとうございます」

彼は行くつもりはなかった。今の彼は知りすぎていた。もう子供ではない。それでいて大人になりきってはいない。目の前には、過去と将来に挟まれた緩衝地帯の数年間が横たわっており、これから彼は国に身を貸与せねばならず、異国に赴いて未知の任務に当たるのだ。この数年間が過ぎるまでは計画を立てても無駄なのだが、彼はつい先のことばかり考えてしまうのだった。

あくまで明るい調子で母があれこれしゃべるのが耳に入ってきたが、彼は聞いてはいなかった。母と過ごすとき、くつろぎは感じられたが、それだけだった。だが、自分のあらたな人生が母親の理解を超え、手の届かない段階に進んでいると知りながら、母もそれがわかっていることに彼は気づいていた。彼女はレディ・メアリーやステファニーについて訊ねようとはしなかった。彼はレディ・メアリーのことは黙っていたが、ある日の朝食の席で、さらりとステファニーの話題に触れた。

「彼女はどちらかと言うと――そうざらにいるタイプではないんだ。フランス人でもなく、中国人でもなく、明らかにアメリカ人ではないのに、どことなく全部を持ち合わせているんだ」

しばらく黙っていると、母親が話の先を促した。

「面白そうな人ね、とにかく」

「そうだね」彼は頷いた。「うん、面白いに違いないよ。多分、すごく複雑だと思う。僕がもっと年をとらなきゃ理解できないだろうな」

話そうかどうしようかと迷ってそこで止め、また話を続けた。

「お母さん、聞いたらきっと笑うよ！　彼女のお父さんは昔ながらの中国人なんだ、パリには何年も住んでいるのに。彼には息子がいない。その場合、中国人は義理の息子に実の子になってもらって、家名を継がせることができるんだ。で、僕は義理の息子になってくれって頼まれたんだ！」

彼は照れ隠しで、半ば笑いながら言ったが、彼女は声をたてて笑った。「どうしてそんなにいい話を断ったの？」

「実はステファニーから聞かされてたんだ。それで、彼女は結婚する気がまったくないって言った。もちろん、僕だってする気はない……今はまだ将来どうなるかもわからない――知りようがないから」

母親はすぐに真剣な顔になった。「ラニー、自分で考えていることはないの？　将来何をしたいのか――何になりたいか？」

「ないよ、ただ、誰かの下では働きたくない。自分を制御できない会社や組織の一部にはなりたくない。自分の力で、自分のために、働きたいんだ。それが自主独立を確保する唯一の方法なんだ。あと、もちろん、何をするにしても書くことは続けるよ。書くことは僕のなかでもはや衝動に近いんだ」

彼女は心配そうな目を向けた。「それは相当な危険を冒すことになるわ」

「でも、自分に賭けてるだけだよ」

しばらく二人は黙り、それから彼はパンケーキを何枚もとって皿にのせた。何枚でもいけた。

「食べなさい」母親は決まってそう言った。「体が大きいのにちっとも太らない」

「まあね」彼女は改めて言った。「あなたは少なくとも、ある意味で恵まれているわ。お祖父さまがあなたに全財産遺してくださったの。正確にはどのくらいかまだわからないけれど、お祖父さまの手紙に、あなたが一生食べてゆけて、倹約すれば快適に暮らせるだけはあると書いてありました」

「お祖父さんがそう書いたの？」

「ええ。あなたが帰国するまえのことよ。もうそんなに時間がないことを、ご存じだったんだと思うわ」

「僕たち、気が合っていたんだ、お母さん——お祖父さんって、ひと言で言いきれないところがあるけれど」

彼は一瞬ためらったのち、母親に言うつもりのなかったことを告げた。

「お母さんは知らないことだけど、お祖父さんは再婚していたんだ、お祖母さんが亡くなった後で」

母親を見ると、急に表情をこわばらせた。「結婚はしていないわ。彼女が引っ越してきたのよ――セリーナ・ウルコット。一種の民事婚のようなものだけど、正式な結婚ではなかった。私たち彼女のことは知っていました」

「私たち？」

「叔母さんと私よ」

「でも、話さなかったはず――」

「そういうことは、言われなくてもわかるものよ。みんなセリーナのことは知っていたわ」

「彼女ってどういう人なの？」

「父親にあり余るほどお金があって時間がなさすぎたので、娘は男の人生にちょっかいを出すようになったの」

「母さん！」

「でも事実よ！」

「そんな言い方じゃ、何もわからないよ――男の人生にちょっかいを出す、なんて」

「彼女にはほかにすることがなかったのよ。だから、あなたにもレディ・メアリーに気をつけなさいと言ったでしょ！」

レディ・メアリーの話をしたくなかった彼は、ふいに会話を終わらせ、朝食の席を立った。徴兵検査の通知が来ていたが、今日がその日だった。

数か月後、彼は韓国にいて、南北の軍事境界線にある基地に駐留していた。背後には人口の密集した韓国の国土が控え、目の前には北朝鮮の山々が横たわっていた。北に向かって立つと、左手方向にある橋は接続と阻止を意味していた。橋を渡れば銃撃される。橋を渡る気などなく、実際、おぞましかった。夜中に、無意識に橋を渡った夢をみてうなされて目を覚ました。同僚とともに来る日も来る日も南北の境界線の警護に当たった。それは単調で危険な機械的な仕事で、息抜きや気晴らしもなかった――少なくとも彼の気を引くようなものは。

「女の子を見つけろよ」仲間が基地に着任早々の晩に鼻声の軍曹が物憂げにそう言った。「英語を喋る女はやめておけよ。しょっちゅう入り浸っていて病気持ちばっかりだ。追っぱらわなきゃいけないがね。奴ら、まったく図々しい――向こうからやってきて、いつの間にかジッパーを下ろされてる！　そんな女じゃなく、かわいい田舎娘を見つけてしけこむのがいい。面倒をみてくれるよ。

東洋人の女はよく心得てるのさ」

彼は誰とも付き合わなかった。女の子を手に入れて笑う者、恥ずかしがる者、言い訳がましい者、吹聴する男たちを見ているだけだった。真似をしたいとは思わなかった。うまく説明できないが、ある意味で自分はレディ・メアリーに趣味の良さを教えられていたことに気づいた。少なくとも二人は美しい環境で愛し合った。彼女自身、非常に好みにうるさく、清潔で、よい香りがした。今の自分に、不潔で、ニンニク臭く、卑しい韓国人娼婦と寝ることは想像できなかったし、初めての三日間の休暇で出掛けたソウルの若い女たちでさえ、考えられなかった。バーや娯楽室で出会う女たちは、誰もが昔のハリウッドスターの服装や身振りを真似ていて、離れて一人座っている彼のところに入れ替わり立ち替わり甘言でつろうとやってくる。女たちに礼儀を払うことなどできなかった。

「まあ素敵な彼氏！　一人で寂しいんじゃない？　踊ってくださる？　ダンスが大好きなの」

「いえ、結構。ナイトキャップを一杯やりにきただけなんだ」

「ナイトキャップ？」

「寝るまえに飲む酒のことだよ」

「彼氏はどこで寝るの？」

「このホテルに泊まってる」

「ルームナンバーは？」

「ええっと——忘れた」

「部屋の鍵を見ればいいわ」

「あ、フロントに預けてきた」

「女の子は好きじゃないのね。男しか興味ないのかも」

「それはないな！」

「どうして踊らないの？」

「今夜はいいよ」


ひとり、またひとりとくどきにやってきては退散した。彼はひとりでいても寂しくはなかった。これが彼の人生のいささか特殊な点だった——ものを書き始めてから、寂しさを感じなくなっていた。自分の心と対話することは、人生と意思疎通することだとわかった。母親に宛てた手紙でさえ、文字にして書き記すと、ある程度の永続性があった。夜考えていたことが、朝、文字になっている。彼は内面の圧迫感から解放された。自分のいるべき場所ではない、この野蛮な未知の国で生活するうえでの愚かしさに耐えられた。国民は、今までに知るどんな人々とも違っていて、数百年の歴史ある村に住んでいても、本質的には遊牧民だった。ソウルの洋書店で韓国人に関する書籍を数冊手に入れ、飽くなき知識欲と好奇心に駆られて、ひたすら韓国人を読み解くことに没頭し、こうした学習の末に自分なりの解釈を書き始めた。「彼ら韓国人は、心は常に遊牧民なのだ！　太古より中央アジアで遊牧民として生き、好戦的な民族に迫害されながら、安住の地を求めてさまよい続けた。それゆえ、ついに中国、ロシア、日本に囲まれた大地の果てであるこの半島に到達したのである。そこから先は、ロシアに向かって北上し、ベーリング海峡を渡る以外に道はなかった。ベーリング海峡は当時は現在のカナダ以南へと通じる地峡で、その距離は計り知れない。アメリカ人と韓国人に類似点が多いのは偶然ではないのだ。今日も、韓国人の給仕の少年が仲間のことをチョクトーだとか何とかぶつぶつ言いながらテーブルを拭いていた。意味を聞くと、『背の小さすぎる男』を指すという。そこでアメリカ先住民にチョクトーという短身の部族がいたことを思い出した。偶然？いや、それだけにとどまらない」

ある八月の暑い夜にはこう書いている。「今日は軍事境界線で警備に当たった。境界線の韓国側で銃を担ぎ、向こう側にいる北朝鮮の兵士の不機嫌そうな顔を凝視しながら何時間も行進した。一歩でも境界を踏み越えれば、彼は僕を撃っていただろう。彼が一歩でも境界線を踏み越えたら、僕は撃っていただろうか？　いや――彼の居るべき場所に投げ返しただろう。まったくばかげている！　相手は僕と同じ年頃で――見た目も悪くない。白人の顔を睨みながら、なにを考えているのだろう。多分、向こうも僕がどう思っているのかと思っているのだろう。意思の疎通などありえない。だが、平時であれば、敵同士でなければ、お互いに聞きたいことがいくらでもあった。今、それらを問うことは決してない。これぞ、この軍事作戦でもっとも憎むべきことなのだ。戦争は人間同士の意思疎通を絶ってしまう。質問はできず答えも得られない」

「今夜は脱北者が出た。北朝鮮から三人の男が新月の暗闇の下、国境を越えた。すぐに全員を捕えたが、そのうちのひとりを撃った後だった。ああよかった、殺さないで済んだ――肩に傷を負わせただけで、恐ろしく出血した。むろん、ただちに基地の病院に運ばれた。おそらく韓国軍司令部に引き渡され、応急処置をされた後、銃殺されるだろう。このような不条理は想像を絶する」

次の慰労休暇の後でこうも書いている。「僕には理解できない。僕自身、生理的欲求が激しくても、なぜ同僚たちが寄生虫や病原菌の温床の韓国女性の体に挿入することができるのか。まともな女性もいるだろうが、ここにはいるはずがない。会わなくていい――誰にも会いたくない」

さらに後日にはこんな記述がある。「今日は将軍の妻に会った。予期せず、将軍の部屋にいた。先週から将軍付の補佐官を命ぜられ、今日初めて彼女に会った。四十から五十歳ぐらいだが、いまだに男の気を引こうとしている。まったくどうしたらいいのかわからない。僕がどうにかする必要はないけれど、ずっとこちらを見ている――はっきり言うと股間を見られていた。僕のほうは、相手の頭の上を見ていた」

出会いの翌日、ランは将軍に呼ばれた。将軍のデスク前に立ち、彼はきびきびと敬礼した。

将軍は書類に目を通しながら、肩越しに指示を与えた。「上院議員が現地調査のため明後日到着する。数日おきに共産党員の奴らを事情聴取しているだけじゃ足りないようだ。妻が電話をしてきて、今日、君を官舎に呼べと言っている――何かの手伝いが必要なようだ――小一時間ほどだが、行ってみてくれ」

「了解しました、閣下」

将軍夫妻のバンガロー風の官舎に到着すると、彼にできることはほとんどなく、なんとなく落ち着かない気分になり、早めに退散した。

翌日、将軍から上院議員との晩餐会に出るように言われ、上官命令は受けるべきと思って出席した。その夜、パーティーの後で彼はこう書き記した。

「こんなバカげたこと、僕の空想だろうか？　誓ってそうではない。今夜の晩餐会で、将軍の妻は僕を左側に座らせた。右側には、米国西部出身の、ひょろ長い上院議員が座った。僕が座るのを躊躇していると、彼女は笑いながら言った。『用があるとき便利だから、ここに座ってもらうわ』。僕はそうした。多くの人が座ったテーブルの下で彼女の左膝が僕の右膝に当たった。すぐに脚をずらしたが、しばらくすると彼女は片脚を僕の両脚のあいだに強引に挟みこませ、こちらに押しつけてきた。信じられなかった。また体を離すと、逆にこちらにすり寄ってくる。そのあいだずっと、彼女は上院議員と喋っていた。だが僕が体を動かすと、振り向いて媚びた薄笑いをし、僕の両脚のあいだにますます自分の脚を挟ませ、ほとんど膝に乗っかりそうになった。僕は椅子ごと移動し、彼女にはもう届かなくなった。彼女はそれきり話しかけてこなかった。実に他愛もないことだが、嫌だった」

翌朝、ランは将軍のオフィスに出勤する日だった。部屋に入ると、将軍が冷ややかな表情を向けた。ランは敬礼し、不動の姿勢でいつものように指示を待った。

「休め」将軍が言った。

彼は手を下ろし、その姿勢で待った。

「かけたまえ」

彼は意外に思いつつ、腰を下ろした。

「率直に言おう」将軍は唐突に言い出した。「君には好感を持っている。期待もしていた。年の割に君は大人だ。将校になれる逸材だ。軍隊でのキャリアを考えたことがあるかね？」

「ございません、閣下」

「なら考えてみろ。というのも、君には偉くなってもらいたい、コルファックス。君を栄転させるつもりだ」

「私は今のままで十分です、閣下」

「どうあれ、君を昇進させる」将軍は主張した。

彼は親切な人間だった。白髪混じりの髪の下にのぞく青い瞳は人懐っこく、目鼻立ちのはっきりした整った顔立ちをしていた。優しそうだが、笑顔が少なくて表情が硬いので、どこか寂し気だった。彼は椅子の背にもたれ、左手で韓国のトパーズを散りばめた銀製のペーパーナイフをいじりながら話しつづけた。

「妻の要望で、君を異動させにゃならんのだ。それでも、昇進には変わりない」

ランはびっくりした。「でも、私が何をしたんでしょうか、閣下？」

将軍は肩をすくめた。「もちろん、わかっている――君ら若い連中は何か月もここにいて、周りはあの手の韓国女しかいない――所詮は君も男だ――」彼はここで言葉を切り、やや顔を赤らめて口を堅く結んだ。銀のペーパーナイフが指のあいだからすべり落ち、ふたたび彼はそれをとって、今度は右手で握った。

「でも、私にはまだ理解できません」彼は戸惑いながら言った。

将軍はペーパーナイフを下に置いた。「はっきり言うとだな、コルファックス。昨夜、夕食中にテーブルの下で君が妻に猥褻《わいせつ》な行為をしたと聞いた」

「私が？　猥褻って――」ランは言葉を失い、頭に血がのぼった。

「謝る必要はない――釈明もいらない」将軍は言った。「妻は今でもかわいい女だ」

二人のあいだに沈黙が訪れた。気まずい沈黙だった。彼には耐えられなかった。

「黙っていろ」将軍は命じた。「明日、辞令が出る」

「了解しました、閣下」

そのとおり、翌日、辞令が下った。将軍の妻からの告発に反論できなかったことは苦痛だったが、上官に反論するのは負けたも同然であり、彼の命令に従って、泣き寝入りするのが最善だったのかもしれない。昇進した彼は、ソウルの南西にあるアスコムに、補給基地の責任者として転任した。そこは韓国における米軍の主要な補給基地で、ランの任務は責任が重くかつ細かい仕事で、やるべきことをすべて把握するまで数週間夢中で働いた。それを過ぎると、やみがたい知識欲を追求するために、以前よりも多くの時間を使えることがわかった。

彼は喉音《こうおん》を使う未知の言語、韓国語を喋り始めた。それはかつて話したり聞いたりしたどの言語とも違っていて、ステファニーから少しばかり学んでいた中国語でさえ、韓国語とは似ていなかった。昼間、仕事中に韓国人に接すれば、全員に質問をし、毎晩遅くまで韓国の歴史書を読み耽った。そして、アメリカの国民が地理的に戦略上重要な韓国の国民についてあまりにも無知であることに気づき始めた。自国の人間がそうと知らずに韓国の歴史にいかに深い影響を与えたか、そして今でも韓国に駐留する米軍と、アメリカに強要された三十八度線における休戦協定においてその影響が持続していることに、なんと彼らは無知なのだろう。軍事休戦委員会でアメリカ、韓国の代表を含む国連軍が長文の停戦協定違反事項を読み上げるのを、ランは現場で見守っていた。また、北朝鮮側の代表と後ろ盾の中国の代表が、読み上げられた全項目を完全に無視するのを目にした。一度ならず、敵対する軍事代表者らは、議事が進むなか尊大な態度で終始漫画本を読んでいた。

補給業務にあたるうち、ランは巧妙な闇取引の横行に気づくようになった。補給品が彼の管轄する倉庫に到着するずっと手前で、韓国人に物資を横流しして闇市で売らせて金儲けをしているアメリカ人たちがいた。彼が見たのはそれだけではなかった。アメリカの男たちは、将校が多かったが、韓国女性と関係を持ち、結果として生まれて来ざるを得なかった子供が沢山いた。子供たちはアメリカ人とのハーフで美しいにもかかわらず混血児であるがために、韓国社会の底辺で生きる運命を背負わされた。韓国にやってくるまで新聞を毎日読み、あらゆる雑誌に目を通していたが、こうしたことはまったく知らなかった。

数か月が経過したが、ランはまだ十分に韓国について知り得ていなかった。毎晩、日記の形でなにかしら書いてはいたものの、彼が収集した豊富な知識のすべてを完全に使いきれていないと感じた。すると、ランの豊かな想像力のなかで、ある奇妙な現象が起こり始めた――少なくとも、彼にとってはいままでに一度も経験したことがなく、風変わりなことだった。彼の知るすべての韓国人の特徴を併せ持つひとりの馴染みのある男が、想像のなかでランのもとに現れた。実際、彼は一個人ではなく、すべての韓国国民であって、韓国という国全体が彼の背景だった。彼はランに話をし始め、自分の人生を物語った。たいそう年をとっており、生まれたのは十九世紀末で、日本による韓国の領有、第二次世界大戦、そして朝鮮戦争を生きてきた。彼は四人の息子について語った。そのうちの二人は戦死し、ひとりは政府の仕事をしており、もうひとりは一番年下で闇市場に深入りしていた。

想像のなかでこの老人が現れて語り始めて間もなく、ランは老人の話を細大漏らさずすべて書き留めた。会話の都度、この韓国の老人の長い人生談義をあれこれ聞いたままに記録した。毎夜のごとく、何ページでも書き続けた。ついに想像のなかで、傍らに二人の息子たちを置いて死の床に就く老人の姿が見えた。そのときの光景と耳にしたことを、彼は書き残した。この晩を最後に、この老人は二度とランの想像のなかに現れなかった。ランはどうしたものか自分の韓国に関する知識はもうこれで十分だと思い、記憶にある限り生まれてはじめて知識への渇望が満たされたのを感じた。原稿用紙を注意深く束ねて、母親の元に郵送した。そうすれば韓国での自分の生活を幾らか分かちあえると思ったのである。書き物をしていたあいだ、母親にはあまり手紙を出していなかった。この記録を読めば韓国で息子が何を学んだかがわかり、母の心配は少しは解消されるだろう。

母からの返信は彼を驚かせた。「最愛の息子へ。あなたの作品を送ってくれたとき、どうして欲しいと書いていないから、戸惑いました。まず、作品を読みました。とてもよく書けているわ。あまりにもよく書けているので、私には扱いきれないと思ったの。それで、本当に気を悪くしないでほしいのだけれど、あなたの先生のところに持って行きました。ドナルド・シャープよ。彼は作品を読んで矢も楯もたまらずニューヨークの出版社の友人に電話をして、翌日原稿を手にニューヨーク行きの飛行機に乗ったの。ダーリン、ついにすべりだしたのよ！　この二日で、出版社から三回電話がありました。出版社の人は、とてもタイムリーな著作だと感じていて大急ぎで出版したいのだそうよ」

「二万五千ドルの印税前払い金を提示していて、ドナルド・シャープに言わせると新人作家としてはとても良いのだそうです。あと、次作の出版権も欲しいと言っています。とにかく、おめでとう！　あなたのこと、お父様が自慢に思われるでしょう。もちろん私だって。出版社に住所を教えたから、契約書が送られてくるはずです」

実際は、契約書は母親からの手紙と同じ郵便物の中にあった。意外に思う気持ちとないまぜになりながらも、深々と満ち足りた気持ちが体中に広がるのをとめられなかった。将来、原稿を修正するつもりで、可能なら出版できたらと思っていたが、このまま出版できると出版社が考えたことは、彼にとってこのうえない喜びだった。契約書にサインをし、報酬をニューヨークの銀行口座に振り込むよう指示を添えて返送した。それから、母に手紙を書いた。

「お母さんも確信があると思うけれど、お母さんはこの状況ですべきことをしてくれました。僕は、自分がどうしてあんなに何ページも書いたのかわかりません。ただ、主人公の韓国人のおじいさんに憑りつかれて、彼の言うことを書き記す以外に、その人物の憑依を除く方法がなかったんです。ようやく書き終えて解放されました。最初から出版しようと思っていたわけではないけれど、あのまま出版できるというのはやはり嬉しいことです。ただ、登場人物は僕の創作だけれど、あの話は実話で、韓国国民に代わって事実を語る者が誰もいないのです。なんとかして僕が誰かに伝えなきゃならなかったんです」

韓国に親しい友人がいなかったランは、この本のことを誰にも話さなかった。出版社は本の題名についての彼に意見を求め、ランはあの想像上の老人の姓である『チョイ』以外によいものが浮かばなかった。
二、三週間かけて、ゲラ刷りに目を通して出版社に送った。ほどなく、きちんとした小包で、印刷された本が届いた。ラン・コルファックス著『チョイ』と書かれていた。
ランは座って本を読み終えると、韓国に関するその他の本を並べた本棚に収めた。よくやった、彼は内心そう思った。実際、彼は言うべきことを言うのに徹していた。この本をアメリカ人が読むだろうかと彼は考えた。読んだとして、果たして理解できるだろうか？

数日後、同僚の補給軍曹のジェイソン・コックスが基地の新聞を頭の上で狂ったように振り回しながら、部屋に駆け込んできた。

「ラン、お前やりやがったな！　こんなことといつやってたんだ？」彼は叫んだ。

「やったってなにを？」

「これだよ！」男はランのデスクに新聞を叩きつけ、その第一面を指差した。

ランの目は見出しに釘付けになった。コルファックス、暴露本を書く。その下に記事が続いた。

「ラン・コルファックス、現在韓国のアスコム補給基地に駐屯する補給軍曹は、文壇の新人としては異例の若さであるにもかかわらず、今世紀の小説でもっとも見事なもののひとつと言って間違いない作品を発表した。登場人物はどれも実在し、優しさと理解をもって描かれており、本書の最後のページを閉じるよりずっと以前に、読者は韓国国民を『東洋人』としてではなく、人間として理解したと感じるだろう。著者は、韓国上流階級の男の人生を、十九世紀末に始まり、日本による領有、第二次世界大戦、朝鮮戦争そして現在の韓国におけるわが米軍の駐留に至るまでを辿っている。問題は実はそこなのだ――コルファックス軍曹は軍の闇市場と韓国の売春組織への関与について書いており、その迫真性から、これらの情報を彼が直接得ていたことは明らかだ。容疑者の逮捕は、コルファックス軍曹が小説中の人物の実名を明かすことにかかっている。コルファックス軍曹の提起した問題には、まだまだ未回答の部分が多い。将来、こうした点につき、関係当局より回答を要請されても驚くにあたらない。当局者の立場になれば、著者がいつどのように情報を入手したかをおおいに知りたいと思うであろう。というのも、著者はわが国の政府の情報機関より有能とおみうけする。今後の展開に注目したい」

「一方、ものを考えるアメリカ人なら誰もが本書を手に入れて一度は読むべきである。そして再読すべきである。なぜなら、本書はいまだかつて書かれたことのない、そして今後も書かれることがないであろう人々についての、偉大な本だからである。是非読むべき一冊！」

「いいだろう、コルファックス」ジェイソンがせっついた。「吐けよ！　俺は今朝、本屋に注文したし、他にも数十人は注文していたよ。十日で届くってことだが、友達なんだからそのまえに、聞かせてくれよ。小説に無名で出てくる奴らは誰なんだよ？」彼は、抜け目ない表情をしてみせた。

「お前はもうすぐ帰国するだろう、なら、俺がその情報を有効に活用できるかもしれない」

「この新聞記事同様、君の言っていることが本当にわからないよ。あの本の登場人物は、どれも実在の人物じゃない。名前をあげろといわれても、ひとりとして言えない。どの登場人物も僕には現実そのものだが、それだけだ。全員、想像の産物だよ」

「よくできた話だな、お偉いさん向けには」ジェイソンがウィンクし、口元を歪めて言った。「でも、俺には防御線張らなくていいんだよ。なんたって何か月も一緒に働いてきた仲間だろ、俺たち。何でも話していいんだよ。すべて俺の胸に納めておくから」

ランはデスクの電話が鳴ってホッとした。彼は電話に出ながらジェイソンに手を振った。

「お早うございます。こちらアスコム補給部隊」

「コルファックス軍曹をお願いします」受話器から気取った声が聴こえた。

「私ですが」

「ああ、コルファックス軍曹。アップルビー将軍が明日の朝十時にオフィスでお会いしたいそうです。将軍は、あなたの書かれたものを読みたいそうで、ご本を一冊お持ちくださるようにとのご要望です。では午前十時にお待ちしております、コルファックス軍曹」

ランが質問しようとする前に、カチッという金属音がして会話は終わった。

結局その日は電話の応対と、記事の話をしようとオフィスに立ち寄った人々にかまけて終わった。まだ誰も本を読んでいないのに、周囲がこれほど騒ぎたてているのがランには理解できなかった。誰もが彼の書いた一件にはひそかに関与しているようだった。その午後、いくつかの会合に声をかけられたが、ランは翌朝の将軍との面会にしゃきっとして臨むために早く寝たかったので、誘いを断った。

受付けのある部屋に入ると、将軍のオフィスはいままでと様相を異にしていた。部屋を間違えたのかと驚いたように見えたようで、受付けの若い女性が説明してくれた。「どうぞ。場所はここで合ってますよ。先週ようやく新しいカーペットの要求が通って。二年間待ちました。赤は素敵だけれど、落ち着かなくて」

ランは部屋に目をとめた。たしかに室内は以前と同じで、チーク材のデスクと革製のソファの黒色とあざやかな対照をなす深紅のカーペットだけが違っていた。

将軍の部屋にも同じカーペットが敷かれていて、ベージュの草の壁紙にバラ色が映えていた。

「出版しようと思って書いたわけではありません、閣下」ランは将軍に説明した。「着任以来の、私の知り得た韓国のいわば個人的な記録として、書いたものです」

「まずは読ませてもらうよ。話はまた改めてにしよう」将軍は言った。「これだけ世間に広まってしまったからには、この闇取引の一件を調査し、なんらかの回答を出すよう私に圧力がかかるだろう。どこから情報を手に入れた？」

「そこに書いてあることがすべてです」ランは説明した。「情報は持っていません。私はただ、周囲で起きていることに注目しただけです。闇取引ができるただひとつのやり方がわかってきたので、それを書いたわけです」

「では、読んだら連絡する。それから、この話は当分伏せておくんだ。この国全体、本のうわさで持ち切りだ。しばらく休暇をとって釜山《プサン》で日光浴でもしてきたらどうだ。じっくり検討して、また電話する。控え室に地元紙の記者が来ているが、本を読んでいただかないことにはコメントできない、とでも言っておくといい。当座はそれで間が持つだろう」

釜山には広々とした海岸と輝く海と真っ青な空があった。なだらかな緑の丘が、背景の岩だらけの灰色の山々ととけあっている。三日間滞在したところへ、将軍から電話がかかってきた。

「やあ、コルファックス、君の本はたいしたものだな。ただひとつ、内容から見て、あれを書くには君が闇市場と交わっていたと思わざるを得ない。誤解しないでくれよ、私は君が関わっていたとは思っていない。だが、とにかくきなくさい話だ。どうやってうまく説明するかだな」将軍は相手の反応を待った。

「私にできることは、真実を言うだけです」ランは言った。

「もちろん、そうに決まっている」将軍は同意した。「問題は、どうやって、どこで説明するかだ。ちなみに、君はこちらに戻ってきたほうがいい。明日の午後二時に私の部屋で会議をする。今回の話に関わりのある将校のうち、最も重要な面々が参集するが、君にも出席してもらいたい。ひょっとしたらそこですべての事実を明らかにすることができるかもしれない。それはさておき、コルファックス、明日の午後、ミセス・アップルビーがわが家で将校のご夫人方の親睦のカクテル・パーティーを開くのだが、君のことも招待したいそうだ。君さえよければ、オフィスから直接行こうと思うが、どうかね？」

「奥様がですか、閣下？」断れないことはわかっていた。だが、怒りの記憶が甦り、顔が紅潮するのを感じた。

「そうだ、好い女というのはね、君、誰のことも決して恨みに思わないものだ。当然、来てくれるね？」

「もちろんでございます」ランは次のソウル行きの電車で帰朝した。

翌日、将軍は会議を開催した。「諸君」彼は言った。「私はこんどの件にコルファックスは一切関わっていないと考えている。彼は若く、想像力が豊かなだけだ。だが、彼なりの方法でつかんだものが、案外われわれの役に立つかもしれない。そこで、まずこちらが思いつくかぎりの質問をして、この本が韓国に上陸する前に、本格的な調査を開始しようと思う。彼を早期召集解除とし、今から合衆国に帰国させ待機してもらう。この国で余計な人間たちに接触するのを避けるためだ」

それから三時間近く、ランは細心の注意と正確さを期して質問に答え、その都度、あくまでも彼個人の意見であると慎重に言い添えた。

「では、この問題が片付くまで、コルファックス軍曹を国内におくべきではないとお考えなのですね?」将校のひとりが質した。

「そうだ、その必要はまったくないと考えている」将軍は答えた。その表情は考え深げだった。「軍曹の知る事実は、すべて話してもらったと思っている。彼の考えは本の中でも繰り返し述べられている。この件に彼が関与していないことは確実だ。したがって、彼をこの国に留めておく理由はない。初めて書いたのだから、おそらく読者はあまり多くないだろうから、どのみち数週間で必ず事態を収拾できると思っている。誰も彼に連絡できないように、他人を近づけないのが得策だろう。この本に実際何が書かれているかは、われわれのほかはまだ誰も知らないわけで、こちらがすべきことを終えるまで、しばらく刊行を延期してもいい。彼にはできるだけ速やかに合衆国に帰国してもらう。では、ほかに質問がなければ、ご婦人方がお待ちかねだ」

将軍のバンガローは最近外壁が塗り替えられ、壁の化粧しっくいは薄い黄色になっていて、ここリトル・スカースデールと呼ばれる米軍村の一画で、軒並み青林檎色に塗られた建物のなかで、ひときわ目立っていた。中二階の内部には変わりがなかったが、すべてがローズピンクに塗り替えられていた。「ミセス・アップルビーの好きな色でしてね」。同じ説明を訪問客が聞かされていたのを、ランは以前に聞いていた。

「まあ、コルファックス軍曹」ミセス・アップルビーが両手を差し出し、部屋をつっきってやってきた。前回会ったときより幾分減量したようだが、相変わらず小太りだった。深紅のしわつきビロードのホステスガウンを着て、裾を引きずり、前裾に金色の上靴のつまさきを引っ掛けながら歩いていた。例によって極度の厚化粧で、脱色した髪の毛はバリバリにウェーブがかかり、波形のブリキ屋根を連想させた。

「あなたは本当にみんなを驚かせたわ、私以外のね。きっと凄いことをする人だと思っていたけど、まったくそのとおりになったわね。ほらみなさん！　こちらがうわさのラン・コルファックスさんよ。一度、彼の素晴らしい本を読めば、話題沸騰の訳がわかるでしょう。彼はきっと何かしでかすだろうと思っていたのよ、そして有名になったりもするって。夫にも、最初に見たときから彼はずばぬけた人物で、本部に置いておくべきだと言ったの。だけど、みなさん、夫の嫉妬深い性格はご存じでしょう、すぐに彼をアスコム補給所に配置転換させたというわけ」

「おいおい、ミニー」将軍が口を挟んだ。「だからあれはお前が――」

「ほら、あなたは黙って」妻は将軍をたしなめた。「誰にでも間違いはあるわ、あなたでさえ。ちなみに、あなたのことはすべて許してあげたから、もう何も言う必要はないわ。ラン・コルファックス、これからどうするつもりなのか聞かせてちょうだい」

「そうですね、ミセス・アップルビー、ニューヨークに帰ろうかと思っています。多分、二、三日、オハイオに寄って母に会うでしょうけど、ほんの数日のことです」

「そんなこと知っているわ、バカね。将軍から二日後に出発って聞いて、それで今夜どうしてもお呼びしなくちゃならなかったの。あなたのような有名人が身近にいつも出現するわけないじゃない？　私が訊いてるのは、これからのキャリアということよ。こっちにきて、何か飲み物でも飲みながら、話を聞かせてちょうだい。ほら皆さん、こちらにいるのが、今一番刺激的な男性で、まもなく一般市民に戻るのでランと呼んでもいいでしょう。そうよね、ラン？」

ランはできるだけ差し障りなく、かつすみやかに退散できるような口実を述べて部屋に戻ると、帰国のための荷作りを始めた。二日後に、彼は合衆国への帰国の途に就いた。

サンフランシスコは今のランにとって、おそらくパリを除けば最も美しい都市だった。サンフランシスコ湾に囲まれた高台にある街は、美しい金門橋やベイブリッジが市の内外を架橋し、パリをも凌ぐ景観だった。東京から軍用機でサンフランシスコ入りした際は、搭乗者名簿に記載がなかったため平穏なもので、除隊までの二週間は問題なく経過した。

ランは自由な時間を取り戻し、短い滞在期間のあいだ市内の博物館や公園で過ごし、現地のことをできるだけ学んだ。除隊後さらに一週間サンフランシスコに滞在したものの、それが過ぎるとブルックリンのアパートとソンの存在が恋しくなり始めた。そこで、予定していた帰省をとりやめ、母親が自分に会いにニューヨークに来ることのほうを優先し、ある晴れた朝に民間機でサンフランシスコを発ち、ロングアイランドのアイドルワイルド空港に向かった。

「ラン・コルファックスさんでいらっしゃいますか？」航空券を予約したとき、係員が訊いた。

「そうですが」ランは控えめに答えた。

「これは、お目にかかれて実に光栄です。『チョイ』を読んだばかりですが、ハッキリ言って、今まで読んだなかで最高の本です」

すぐ後ろに並んでいた女性は、会話を漏れ聞くと、ランの隣の座席をとりたがった。

「まだご本は読んでいないのです、コルファックスさん」

ランの推察では、婦人は中年で、喋り方に先祖の代からニューイングランドの人間に特有のアクセントがあった。痩せていて小柄で、黒のスーツを身に着けていた。客室乗務員が、そろいの帽子とコートを座席の上のキャビネットにしまった。

「日本に一年いて帰ってきたばかりなので、やや取り残された感じです。でも今、あらゆる英字紙があなたの話題でもちきりでしょう。きっとどの新聞もそうでしょうけど、外国紙にどう書かれているかは知りようがないでしょう？　英語を話す人たちがこれだけ大勢いて、こちらは彼らの言語が皆目理解できないというのは、ある意味、まったく不公平です。五年前に夫が亡くなって、それからは旅行以外ほとんどなにもしていないんです。本と舞台に関しては、まったく乗り遅れている気がするわ。これから思いっきり遅れた分を取り戻さなくっちゃ。読む本の一番目は、間違いなくあなたのご本にさせていただくわ。これだけ新聞を騒がせたにしては、実にお若いですね。どうしてこの本を書こうと思ったんですか、コルファックスさん？」

ランはいったん考えてから答えた。「書く前に、そうする理由を考えたかどうかはわかりません」彼は正直に言った。「おそらく僕は、単なる物書きなのだと思います」

「もちろんそうでしょう、作家でなければそもそもこれだけの大当たりはしませんよ。私の言った意味は、誰もが書くわけではない。であれば、ある人間が物書きかそうでないかを分ける、摩訶不思議な特質があるはずだと思うんです。私の場合は、明らかにそうでない」

「何かを紙に書きつけたいという衝動のようなものだろうと思います」

ランはあきらめて話相手になることにした。こんな狭苦しい場所では、逃れようがなかった。そのうち、彼のほうから質問をし始めた。相手が自分のことを話したがっているのが見てとれたからだ。

「私はリタ・ベンソンです」彼女は言った。「夫は石油ビジネスで大そう成功し、生前は二人で趣味のようにいろいろな演劇の舞台を後援したものよ。夫が亡くなってからもそれは続いていて、実際、今ブロードウェーに二本かかっている舞台もそうなんです。これからきっと、またあの世界に戻ることになるわね。そうしない理由なんて誰にもわからない。夫は、使いきれないほどの財産を遺してくれたし、私も劇場の人間やパーティーとかすべて大好きなのよ。ラン、あなたはそういうのお好きかしら？　ランって呼ばせてもらえるわね――それと、私はリタって覚えててくださるでしょ？」

会話が続くなか、彼女はランからニューヨークの劇場の人間たちに紹介させるという約束を取りつけ、飛行機が着陸しようとするとき、お互いの住所と電話番号を交換し、数日後の再会を約束した。

座席をたって、ランは彼女の持ち込み荷物を持ち、二人で手荷物受取所に進んだ。空港のターミナルに着くと、カメラマンのフラッシュに目がくらんだ。

「リタ・ベンソンと、ラン・コルファックスだ」興奮した記者の声がした。「これは珍しい。どうやって知り合ったんですか？」

二人して機内で会ったと記者に答え、ランは彼女が車に乗るのを見とどけた。

「ねえ、ほんとうに送らせてくださらないの？　ニューヨークで数日過ごしてからコネチカットに行くから、回り道じゃないのよ」

タクシーのつかまらない時間だったので、ランは申し出を受け入れた。細長い黒のリムジンは行き交う車のあいだをなめらかに滑り、彼のアパートに着くと運転手がエレベーターまで荷物を運んだ。リタ・ベンソンは車の窓から手を差し出し、彼もわずかに握り返した。その手は温かく、柔らかで、きれいだった。

「近々連絡するから忘れないで頂戴。あなた約束してくれたわよね」


車は歩道を離れて車列に入った。ランはしばらく歩道に立ち止まってから建物に入った。

「戻ってこられて何よりです」年寄りのドアマンが心から出迎えた。

「ありがとう」そう言って、ランはエレベーターで自宅の階に上がった。ノッカーを叩くと、ソンが布巾を手にしてドアを開けた。いつもは無表情な丸顔を、皺だらけにして笑った。

「お帰りなさいませ、ご主人様。お待ち申しておりました」

「ようやく帰ってきたよ」彼は言った。

そう、彼は帰ってきたのだ、我が家に。ランが母親に電話をかけているあいだに、ソンは荷物の中身を出し始めた。

「まあラン！　今どこにいるの？」電話の向こうから聞こえる母の声は若くて初々しかった。

「僕の居場所に——お祖父さんの家——いや、僕の家だった」

「うちに帰ってこないの？」

「今は、ここがうちなんだ。お母さんが来たらいいよ」

「ラン——そうね、それがいいかもね。あなた元気なの？」

「うん」

「どこか具合が悪そうね」

「ここ数か月、いろいろあったよ」

「思ったより早く帰って来られたのね。今後のことは決まっているの？」

「うん、本を書くんだ——書けるだけ書く、そのうち——っていう意味——」

「お父さんは、いつもそう言っていたわ。私はいつ行けばいい？」

「いつでもお母さんの来たいときに」

「そうね——来週の、木曜日は？　水曜はここでクラブの集まりがあるの」

「いいよ。じゃあ、また」

「嬉しいわ、ラン！」

「僕も」

「そうだ、忘れるところだったわ。出版社の人が、できるだけ早く電話がほしいんですって。すぐに電話させるって言いました。忘れないでね？」

「うん、忘れないよ、お母さん。ありがとう」

電話を切って考え込んだ。そして急に思いたって、フランスのパリにいるステファニーに電話をかけた。時差を考えると今ごろ彼女は家にいるはずだ。確かにそうだった。中国人がフランス語で応じ、「一寸お待ちくださればお嬢様がお出になります」と言った。「たった今、お父様とお戻りになられたばかりですので」

彼は一寸待ち、さらにしばらく待たされてから、ステファニーの澄んだ英語の声が聞こえた。

「ラン、韓国にまだいたんじゃなかったの」

「今日ニューヨークに帰ったばかりなんだ、ステファニー。元気？」

「相変わらず――元気よ。英語がうまくなるよう努力しています。かなり上手になったと思わない？」

「すごく上手だよ。それじゃ、僕のフランス語はどうなるんだろう？」

「忘れないから大丈夫よ！　パリにはいつ来るの？」

「君はニューヨークにいつくるの？　こちらに家があるんだ――手紙に書いたの覚えてる？」

「まったくあなたは！　手紙を一通書いてたわ――二通だったかしら！」

「韓国では手紙を書くことなんてできなかったんだ。すること、見ること、学ぶことが多すぎて。もう一度訊くよ、君はいつ――」

「ええ、それはもう聞いたわ。実を言うと、父がニューヨークにお店を出すの。それで父と行くことになっています、たぶん数か月ぐらいで」

「どうやって待てばいいの？」

彼女は笑った。「社交辞令が上手になったのね、まるでフランスの男みたい！　お互いに待つことだわ。それまでは手紙を書けばいいわ。元気だった？」

「うん。僕のこと思い出すことってある？」

「もちろん。思い出すだけじゃなくて、あなたの記事を読んだわ。あなたの本はとても有名で、来週フランス語訳が出るのよ。それなら私も読めるし、英語の新聞で話題になっているわけもわかるわ」

「そんなに期待しないで。あれは初めての本で、この先もっと書くから。でもステファニー、どうしても会いたい。君は僕の思い出の宝石なんだ！」

彼女はまた笑った。「アジアで美しい女の子をたくさん見てきたから、今はそう思わないでしょう」

「ひとりも――ステファニー、聞いてるの？　そんな人はひとりもいなかったよ」

「聞いているわよ。さあもう切らなくちゃ。長距離通話では、時は金なりですからね」

「手紙をくれる？」

「もちろん」

「今日、書く？」

「ええ」

受話器を置く音がして、あとは静かになった。急に、いますぐ彼女に会いたくなった。数か月だなんて、耐えられなかった。明日パリに飛ぶことを考えた。ダメだ、それでは都合が悪い。頭の中で準備することが沢山あった。仕事を始めて、予定を立てて、自分の人生を管理していくのだ。一躍有名になって、この先何が待っているのだろう？

ランは出版社への連絡を翌朝に延ばすことにした。帰りの便でのリタ・ベンソンとの長話はある意味楽しかったが、体は休まらなかった。いまは熱い風呂に入り、清潔で洗いたての衣類と、ソンの世話になって、一晩くつろぐ必要があった。祖父の死後は彼の部屋となった広い主寝室に入ると、忠実なソンのおかげで、スーツケースの中身がすべて元の場所に戻され、着心地の良いシルクのガウンとパジャマが彼のためにベッドの上に揃えられていた。帰ってきたんだ。湯船に湯を張りながら彼はそう思った。セリーナがお祖父さんの部屋を訪れても、ランのプライバシーが侵害されたことは一度もなかった。彼のこうしたくつろぎを阻むものはなにもなかった。湯船に身をしずめ、祖父への感謝を思い起こした。すっかり体を乾かし、まだパジャマを着る気分になれなかったので、引き出しから短パンを出して穿き、暖かな日差しを求めてテラスに出た。

「よくお眠りでしたよ、ご主人様。夜気で体を冷やさないか心配です」

ソンに起こされると、既に陽は翳っていた。図書室に行くと、デスクの上にはソンが用意したカクテルと新聞が置かれていた。

ランは冷たい飲み物を少しずつ味わいながら、新聞の各面のトップ記事を眺めた。演劇欄の見出しに目がとまった。

リタ・ベンソンのお抱えにラン・コルファックス氏。ランは先を読んだ。「ブロードウェイ最大のスポンサーで、石油王ジョージ・ベンソンの未亡人のリタ・ベンソンは、誰あろうラン・コルファックスを従えて本日、東京からニューヨークに帰国した。コルファックスは、旋風を巻き起こしているベストセラー小説『チョイ』を書いた若手作家だ。独身のプレイボーイもいちはやくリタの配下に……」

ランはその先を読んでいられなかった。受話器をとり、リタ・ベンソンが泊まると言っていたセントレジスに電話をかけた。

「もちろん読んでいません」彼女の部屋につながると、リタは言った。「だけど、彼らの言うことを一切気にしてはダメよ。常に何かひとこと言うのが彼らなの。あなたには初めてのことばかりでしょうけど、マスコミが何を書こうが、ひたすら自分は自分と思って生きることが肝心だと覚えておくのよ。さてと、明日の夜、ここで一緒に食事するのはどう。その後でショーを見てもいいわね。もちろん、これも噂になるわ。させておけばいいのよ。人生、いまさら他人の言うことに左右されて生きる気などないわ。あなたもそう考えるのが賢明よ。あなたや私にとって大切な人たちが真実をわかっていれば、その他の人間がなんだっていうの？　当然、ハンサムな若い男性にエスコートされるのは嬉しいわ。だから若いハンサムな男性を相手に仕事してるのよ。彼らをベッドに引っ張り込んだりしないわよ。でも、一晩過ごす相手としてハンサムな若い男性と皺だらけの老人のどちらか選べるなら、選択の余地があるとは思えない。マスコミはそのうちネタが尽きてくるし、どっちみち、騒ぎはいつか止むものよ。心配なんてしないこと」

彼女が記事を軽くあしらったので、ランは気分が落ち着いた。彼は涼しい麻のスラックスにセーターを着て、ソン特製の鶏肉の甘酢炒めの夕食を堪能した。食事を終えて、彼のために出してあったパジャマとガウンに着替え、お気に入りの図書室に行った。デスクの上には、ソンが気をきかせて、好みのナイトキャップを置いてくれていた。書棚から一冊、トーマス・エジソンの伝記を選び、座り心地のよい椅子に落ち着いた。偉人たちの生涯に飽きることのない彼は、トーマス・エジソンの一生はよく知っていたものの、この伝記作家のものは初めてで、楽しく読み始めた。

「ほかに必要なことはございますか？」就寝まえに、ソンが訊ねた。

「いいよ、ソン。ありがとう。僕もそろそろ寝るとするよ」

彼は立ち上がり、寝室に行った。ベッドカバーがはずされ、ブランケットとシーツが折り返されて、帰宅して初めての夜の心地よい寝床の準備がすっかり整っていた。


翌朝ランは、窓から射しこむ陽の光で目を覚ました。少し前にソンが窓を開けておいたのだが、こうしてランを起こすのが彼のやり方だった。

「決して急いで起こしてはいけません」彼は言った。「体が眠っているあいだ、魂は地球の上空を彷徨《さまよ》っているのです。あまり急いで起こされると、魂が体に戻るひまがないのです」

ソンはベッドの脇に立って、ランが目を覚ますのを待っていた。両手に持った銀の盆の上に、ポットの熱いコーヒーが載っていた。

「起こして申し訳ありません、若旦那様」彼は言った。「一時間に三度、電話がありました。旦那様に大事な話だそうです。名前はピアス、出版社と言ってます」

「わかったよ、ソン」ランはソンが注いだコーヒーを受けとった。「いま何時ですか？」

「十時です、若旦那様」

ランは自分でもそんな時間まで寝ていたことにやや驚いた。ガウンを羽織ろうとしていたとき、ふたたび電話が鳴った。彼はコーヒーを持って図書室に行った。

「お待ちください、すぐに話せます」ソンが受話器をランに渡した。出版社のジョージ・ピアスからの電話だった。

「派手に記事が出ていましたね、コルファックス。このままあなたの名前を露出しつづけなければ。リタ・ベンソンにはどこで会ったんです？」

ランはリタとの出会いを話して聞かせた。

「私に言わせれば、まさに勿怪《もっけ》の幸いですよ。でなければ、あなたのニューヨーク入りはまったく注目されなかったかもしれない。到着便名を教えてくれてたらよかったのに。記者向けのレセプションをすれば一部始終が報道されていたでしょうに」

「僕には思いつきませんでした」彼は正直にそう言った。

「一応この先は考えないといけないかな。あなたはベストセラー作家だ。でも、世間は移り気です。あなたを世間の目から消えたりさせませんよ。今回は問題なし、です。救いの神リタのおかげで。今日の昼食はご一緒願えますか？」

「ええ、もちろんです」

「結構。正午にピエールでお会いしましょう。広報も連れていきます。後で記者をレセプションに呼んで、一つ二つ大見出しを付けてもらえないかあたるためです。プレイボーイの線で攻めるのが得策でしょう、彼らが言い出したんだから」

「残念ながら僕にはそういうことは何もわかりません」

「いまにわかりますよ……昼食後すぐに。すべてわれわれに任せてください。うちの広報は業界一ですから」

ソンが用意したたっぷりの朝食をたいらげてから、ランは入浴してらくな服装に着替え、タクシーでマンハッタンのピエールに向かった。

「これはこれは」ホテルのロビーでジョージ・ピアスが彼を迎えた。

背の高い男だった。流行の服を着て、もじゃもじゃの金髪が額にかかっている。見た目は年齢不詳だが、ランは四十代だと思った。

「あなたがラン・コルファックスですか。実物はハンサムだね。写真よりよっぽどいい。あれは撮りなおさなきゃだめだな。マージー、メモしておいてくれ。広報用写真、至急必要」

連れの女性は彼が話をするあいだ、必死でノートに書きつけた。彼らはホテルのゆったりしたダイニングルームに座っていた。

「僕の好みの料理を注文したんですが、お気に召すといいです」

ランは相手の押しの強さに感心した。このような人物に会ったのは初めてだったが、つい好感を抱かされていた。

「広報の人間がまもなく来ますが、そのまえに、決めておくことがあります」彼は続けた。「マージー、新しい洋服が要る。今の服もいいが、彼のイメージにはトラッドすぎる。決まった洋服屋がありますか？」

ランは首を横に振った。

「僕の使っている店ならよくしてくれますよ。値段は少々張るが、値打ちはあります。一番の店です。マージー、店に予約を入れて、あのイタリア人にすべて大至急で、と言うんだ。スポーツウエア、スーツ、ディナージャケット、一切合切、ありとあらゆる最新流行の服を取り揃えるように。それと、五番街の理髪店に予約を入れて。君も知ってるあの店だよ。ランの髪型はＧＩカットを嫌でも連想させる。まあなんとかなるだろう、髪型を変えれば」

「ピアスさん――」ランは口を切った。

「ジョージと呼んでくれ」彼が遮った。「これから僕らは密接に仕事をしていく。形式なんかに構っちゃいられない」

ランが続けた。「わかりました、ジョージ。でも一つだけ言っておきたいことがあるんです。僕は、これまで自分のままで生きてきました。出身はオハイオの大学街です。流行りの服装や髪型や記者会見やプレイボーイやそういうことは何も知らないし、ほんとうに知りたいのかどうかもわかりません」

男はランの顔をしげしげと見た。「ラン、ずばり言うとしたら、君はまだ若い。あれほどよく書けた作品の作者としては若すぎるんだ。にもかかわらず、君はやったんだよ。本の出版にあたって、僕らは君に大きな賭けをしたんだ。これからはその分を回収しなきゃならない。悪気はないんだ、わかるね、君には普通に好意を持っている。若き天才作家かインテリとかそういう路線で売り込むことも考えたが、これは時間がかかる。君の本が明晰な頭脳を立証する――読む人がいればだが。そこに僕らの役割があるんだ。もし昨夜の新聞に出ていたような君に関するたわいない話を読みたがる人々がいて、その結果本が売れるなら、新聞にどれだけネタを提供するかはこっちが決めることなんだ。それだけのことなのさ。僕にとって、君は第一に商品であって、人間は二番目だ。君の本の売り上げは着実に伸びていて、今は五位につけている。一位の座を奪って、首位にどのくらいとどまれるかやってみようじゃないか。ニューヨークの社交界に君を売り込まなきゃならん。彼らが流行を生み出し、そこからウィチタ、エルパソの社交界、そして全米へと広がる。つまり、単にプロモーションの問題なんだ」

ランチが進行するにつれて、ランは出版社の言うことに渋々同意させられていた。記者会見は午後五時に設定されていて、その前にマージーが理髪店に予約をとっていた。デザートの段階で、三人の広報担当者が現れた。ジョージ・ピアスが彼らに今後の計画を伝えると、三人の中の先輩格が言った。

「ジョージ、今回の案件は少なくとも前回よりはるかにたやすい仕事になりそうだ。この世に魅力のない男がいるとしたら、あいつがそれに違いなかった。リタ・ベンソンには今度いつ会うんだい?」質問はランに向けられた。

「実は、ミセス・ベンソンと夕食を——」

広報の男性が口を挟んだ。「リタでいいですよ、特に記者の前では。彼女は大喜びだろうし、マスコミはそのまま記事にしますからね。この後どこで会うんですか?」

「芝居を観ることになっています」

「いいですね。その後は?」

「たぶん家に帰ります。何も予定してません」

「結構。君は何も予定しなくていい。僕らが決める。いいかい、サーディーズに行きなさい。コラムニストを店に遣っておく。それで二日ばかりは凌げるだろう。さて、映画の封切りが一つ、大事なやつが、木曜の夜にある。セレブ用招待券が何枚かあるんだ。リタは君と観に行くと思う?」

「わからないです、聞いてみます」

「ああ、彼女が行かないなら、別の有名人を探すよ。さて……」

会話は一時間ほど続き、気づいてみれば月末までランの晩の予定は一日おきにイベントで埋まっていた。

「みなさん、お話の途中にすみませんが、理髪店の予約の時間です」マージーが告げた。「では、五時にお会いします」

ジョージ・ピアスも立ち上がった。「僕もつきあう」彼が言った。「では、全員五時にまたここに集合だ」

五時十分前に、彼らはピエールに戻ってきた。ランの髪は流行の型に整えられ、地味なスーツに代わって、新調したての粋な裁断の黒のスーツを着用していた。ジョージ・ピアスは流行りの男性用服飾店にコネをきかせて、ランの新しいスーツとその晩に着るディナージャケットを取り揃えた。ピアスは自ら店に寄ってランの採寸に立ち合い、すべてを店に任せれば間違いないと彼に請け合って、ランもそれに従った。

初めての記者会見が迫るなか、ランは多少気後れ気味だった。「こんなこと後にも先にもしたことがない」彼はそう繰り返した。

ジョージ・ピアスは、準備万端のように見えた。「マージー、彼を一杯飲みに連れて行って、落ち着かせてやってくれ。三十分ぐらいしたら上がってくるんだ。僕は今から行ってぬかりがないか見てくる」

「彼を信用するのよ、ラン」カクテルラウンジの奥のブース席に落ち着くと、マージーは言った。「あなたはとっても恵まれているわ。ジョージ・ピアスは業界一の人物なんですよ。世のなかに彼ほど出版業を知る者はいないわ。あなたは好調なスタートを切って、本格的にキャリアに乗り出したのよ。今は何を書いてるの？」

「まだ考えてもいませんでした。今後の予定からすると、当分考えている暇はないと思います」

「会見で必ず質問されますよ。作家が何も書いてないと言ったら、将来性を危ぶまれるわ。とりあえず、今はコメントできないと言っておくのよ。それでしばらく間をもたせられる――何か書き始めるまで」

ランはマージーと過ごすうちにリラックスしてきた。「ほんとうに何を書けばいいのか、そもそも出版に値するようなものが書けるのかも、皆目わからないんです。何かを紙に書きつけたい衝動はありますけど、必ずしも出版するために書きたいわけではないんです。言ってる意味わかりますか？」

「もちろん、よくわかるわ」マージーは淡々と話を続けた。「一番いいのは心配しないことです。あなたは必ずまた書き始めるし、あなたが書きたいなら、それを妨げられはしない。あなたは作家なのよ。この業界で仕事してきて言えるのは、物書きには二通りあると言うこと。まず第一の部類は、技巧や描写のしかたを詳細に検討して、道具としての言葉を知り尽くしていて、小説や物語の構成要素を研究して、初めから終わりまで筋立てに工夫をこらし、そうした知識のすべてを投入して書き始める人たち。このタイプは往々にして上手い書き手で、養成することができます。第二の部類の作家は、ひとつの考えや状況に憑りつかれて、それを紙に書き付けるまで、解放されないタイプ。彼はひたすら状況を述べるだけで、解答を示さないかもしれない。答えがあるとは限らないから。文法や句読点の使い方、正しい綴りも知らないかもしれないけれど、それは構わないの。句読法や綴りの間違いを修正できる者を雇えばいいんです。でも、この作家の代わりをする者は雇えないし、養成もできません。彼は暮らしのなかにあるものだけを書き、日常のありふれた光景や音、におい、感情など、さまざまな人生の情景が物語に盛り込まれています。作品は生きて呼吸しています。この人は書かずにはおれないのです。彼にもどうしようもないのです。彼は作家なんです。第一の部類の作家には、新聞記事や広告、マニュアルを書くことができるし、または書かないという選択もできるのです。でも、第二の部類の場合、そうはいきません。彼がものを書く動機は自分自身にあって、他人から指示されたり、自分で自分に指示を与えたとしても、義務的に書くことはできないのです。あなたは第二の部類だわ。このタイプの作家が、みな天才というわけではないけれど、天才が出るのはこちらの部類。あなたは天才ではないかもしれない。答えを出すには時期尚早です。でもあなたは作家であり、それを知っておくのは決して早すぎはしません。それに、あなたってたいしたものよ！」彼女は腕時計に目をやった。「たいへん！　早く飲んじゃってください。遅れたら神さまに怒られるわ」

ランは飲みかけで彼女についてエレベーターへ向かった。彼女がジョージ・ピアスのことを「神」と言ったのを思い出し、クスクス笑いを洩らした。彼は今までに会った人たちとはまったく異なる人種の住む世界に、またしても足を踏み入れようとしていると感じた。沸き立つ思いが体中に溢れかえっていた。エレベーターの中は、二人だけだった。

「ところで」彼は言った。「さっき言われたことに、感謝します。褒められたばかりじゃなくて、僕への大きな信任をいただいた」

「そんなふうに思わないで！」彼女は晴れ晴れとした笑顔になった。「私は本当のことだけ言って生きているの。道徳家だという意味ではないの。ただ、本当のことだけ言ったほうが単純で明快。こうすれば、自分を常に追いかけなくて済むの。私は真実を話したわ。覚えておいて。これから報道陣にも知らせましょう。ジョージ・ピアスがいま記者たちに向かってあなたがいかに素晴らしくていかに賢いかとかそういう話をしているところよ。だから、あなたの登場を数分遅らせたかったの。それから、報道陣には、この記者発表のために準備したあなたの略歴も渡している。リラックスして普段のあなたでいるだけでいいのよ。何も心配することはないわ」

ランは話をする彼女を見つめていた。魅力的な女性だ。年齢は三十から三十五歳ぐらいで、判断はつかない。しゃれた光沢のあるグレーのビジネススーツと合わせた靴、興味深い卵形の顔と目尻の笑い皺。黒い髪を後ろできちんとまとめていて、ノートと鉛筆を肌身離さず持ち歩いていた。ランチの席で、彼のイメージや、新しい服と髪型、それに月末までの予定の話をさんざんした後で、リラックスして自分自身でいるようにとの彼女の助言には、ランもつい微笑んだ。

エレベーターが開いて二人が外に踏み出すと、深紅のカーペットの敷かれた廊下の先に扉が開いていた。ジョージ・ピアスが廊下の向こうから、二人を迎えにやってきた。

「これほど盛況になるとは思わなかったよ」彼は顔をしわくちゃにして歯をみせて笑った。「昨日の、本のカバーの推薦文が功を奏したな。ラン、今夜は楽勝だよ。ひとつだけ言っておくと。彼らのほとんどがトップクラスの人間で、われわれの仲間だ」

会場に入ると、扉を背にした四、五十人の男女の姿があり、昼食時に会った広報の男性らもいた。部屋の左手の壁際にバーカウンター用のテーブルが据えられ、広報担当の男性が脇に立っていた。別のテーブルが扉に向かって置かれていた。その後ろに、床から天井までのフランス窓があり、カーペットに合わせた深紅のビロードで飾られていた。三人はこのテーブルに向かって進んだ。バーにいた男が飲み物を三つ運んで来た。全員が声も立てず見守るなか、ジョージ・ピアスはメモを見直していた。彼は咳払いをして立ち上がった。

「ご来場の皆さん、お手もとに略歴をお持ちと思いますが、それをお読みくだされば質問が相当減るでしょう。ただし、略歴はコルファックス氏が外国にいたときに、彼のお母さんが書いたもので、いくつかの点で彼の情報と異なる部分があっても無理はないでしょう。ですから、どうぞなんでも質問してください」

記者たちは笑いで答えた。

「インタビューのあいだ、コルファックスさんには座ったままでお話しいただきたいと思いますので、皆さんもご同様に願います。それから、皆さんにお飲み物が十分にいきわたりますよう、給仕のほうよろしくお願いします。ではどなたか？　どうぞ、ミス・ブラウン」ジョージ・ピアスは椅子にかけると、ハイボールをひと口飲んだ。

「コルファックスさん、『チョイ』のような作品がなぜそれほど若い人に書けたのか不思議です。ご経歴によると、十二歳で大学入学の資格があったそうですが、この点をもう少し詳しくお聞かせください」

その後四十五分間、会見は経歴と、本の執筆に使用した参考資料ついての質問に終始し、ランはできる限り完璧かつ簡潔に回答した。

後列にいて、一度も発言していない若い女性が挙手をした。ジョージ・ピアスは彼女が発言するまえにマージーに相談した。

「はい、ミス・アダムス。失礼ですがまだお目にかかったことがないと思いますが」

「ええ」女性は語調を整えた。「さっき西海岸から到着したばかりです。トリビューン紙のナンシー・アダムスです。コルファックスさん、あなたはなぜ韓国の闇市場についてそこまでご存じなのですか？」

ランは首筋が火照るのを感じた。「アダムスさん、僕は韓国の闇市場のことは何も知りません」

「でも小説にはリアルに描いていますね。何もご存じないのであれば、どうしてあれが書けたんでしょう？」「その点には触れないように言われているんです」

ジョージ・ピアスは咳払いをし、下唇を親指と人差し指でつまみ、口を開こうとした。

「誰に言われたんですか？」ナンシー・アダムスが早口で続けた。

「担当将校のひとりです」

「何の担当ですか？　答えてください、コルファックスさん。あなたは闇市場に関与したかどで裁判にかけられたのですか？」

「いいえ。一切関与していないことが明らかにされています」

「でも、誰がその判定をしたのですか？　コルファックスさん、裁判でないとしたら？」

「一連の担当将校たちです」

「軍法会議ではなくて？」

「違います」

「将校たちが言ったにすぎないと？」

「そうです」

「コルファックスさん、ご本では、数名の幹部将校が闇市場に関わっています。あなたの身の潔白を証明したのは、本に描かれた人物たちだと考えられないでしょうか？」

「いいえ」

「でも、あなたが言うように、実際にご存じないかどうか、どうしたらわかりますか？　担当将校の名前は何といいますか？」

「彼は関与していません」

「あなたも彼も関わりがないなら、なぜ名前を出せないんですか？」

「アップルビー将軍です」ランは名前を口にしなければよかったと思ったが、女性の執拗さにびくびくしていた。

ジョージ・ピアスが立ち上がった。「ご出席の皆さん、会見の途中で心苦しいのですが、コルファックスさんは晩餐のために着替えなければなりません。記者会見へのご出席ありがとうございました。皆さまにとって有意義なものであったなら幸いです」

「コルファックスさん、最後に一つお聞きしたいのですが」最初に質問をした女性記者だった。

「多くの読者が、外国での長い兵役から戻った若者がニューヨークで過ごす最初の夜に何をするのか興味があると思います。ひと言お願いできますか?」

「シンプルですが、ディナーと舞台」

「誰か特定の方と?」

「リタ、リタ・ベンソンです」

「なるほど、まさに特別な方ですね。ありがとうございました、コルファックスさん」

ジョージ・ピアスとマージーは午後の会見に満足の態《てい》でロビーで別れ、ランは着替えるためタクシーで家に帰った。

「おや、若旦那様、見違えるようになりました」ソンは思いっきり笑顔になった。「ぜんぶ新しくなりました、朝とは違うけれどすてきです」ランの手の荷物を取った。

「ソン、ありがとう。すぐに着替えるよ。その箱に入っているジャケットを着て行く」

「お母様から電話がありました、若旦那様。あわてておられました。電話してほしいとのことです」

「わかった、今すぐかけるよ。でもあまり時間がないから急がないと。バスタブにお湯を張ってくれますか。あまり熱くないのがいい」

ランは図書室のデスクの前に座った。

「お母さん、元気？　どうかしたんですか？」電話はすぐにつながった。

「ラン、かけてくれてよかった。どうかしたかどうか、あなたの答えを聞くまでわからないわ。今朝の新聞に、あてこすりの記事が出ていたのよ。ラン、リタ・ベンソンって誰なの？」母親は声に不安を滲ませていた。

ランは笑い声をあげた。「心配するような相手は誰もいないよ。彼女は飛行機のなかで偶然会った人だよ」

「記事にはそう書いてなかった」

「お母さん、これは他人の請け売りなんだけれど、あの手の記事は無視するんだ。あの婦人はいい人だよ、それだけだよ」

「あなたが誰かのいい人になったんじゃなければいいのよ。でも、あなたが望むなら、それでもいいんだけれど」

「僕は誰かのいい人なんかじゃないし、なる気もない。何も心配いらないよ。お母さん、僕急がないと、ディナーの約束に遅れる」

「彼女となの？」

「そうだよ」ランはまた笑った。「ミセス・ベンソンと」

「そう、わかったわ。じゃあまた近いうちに電話します」

「それに、もうすぐ会えるね。そのときに、ミセス・ベンソンに会ったら楽しいよ」

ランは電話を切った後、思いに耽ってしばらく座っていた。母親の心配を不快には思えなかった。彼女は詮索していたのではなく、母親なら当然の心配を素直に表したにすぎない。彼が幸せかどうかをいつも陰ながら案じている母親の存在は、ある意味で慰めだった。


「まあ、あなたちっとも遅くないわ」四十五分後に、セントレジスの部屋に電話をすると、リタ・ベンソンが言った。

「一切謝ったらだめよ。この業界は、三十分以内なら時間どおりなんです。私の部屋でカクテルを飲むか、それとも新聞に配慮してラウンジにしましょうか？ それにしても、ここが馬小屋［原語はadd to stable（厩舎に入れる）で、女性が若い男性を囲うという意の俗語］だとしたら、ずいぶんお高くついているわ」

「ラウンジでお待ちしています、リタ」ランは笑って答えた。「それと、例のいい人の件は気にしていません」

「あら、うかつだったわ」リタも笑いながら言った。「では後でね」

数分後、リタ・ベンソンがカクテル・ラウンジに姿を現わしたとき、ランは新調のディナー・

ジャケットを着てきて良かったと思った。部屋のなかの誰もが、テーブルに近づく彼女のほうを振り向いた。彼女はおそらく三十五歳ぐらいに見えたが、ランは五十五歳近いだろうと推測した。彼女は、誂えもののワインカラーの絹のイブニングドレスを細身の体にゆったりと優雅に纏っていた。短くカットした髪は頭の形にぴったり合い、顔立ちをみごとに引き立たせ、長く優美な首すじと細い肩を強調していた。

「リタ、美しいよ」ランは素直に褒め、立ち上がって椅子に手をかけた。

「そりゃそうよ、あなた。どれだけ手をかけているかわからないですもの。でも、気づいてくれて嬉しいわ。でも、あなたこそ褒められるべき。なんてハンサムなのかしら。髪の毛は誰がカットしたの？　私も一度行ってみようかしら」

カクテルは早々に終えて、ダイニングルームに移った。

「ラン、あらためて言わせていただくと、ご本は実に素晴らしかったわ。ホテルに着いてすぐ注文して、一息に読み終えました。いま、もう一度読み始めたところよ。ブロードウェイで上演しようかと一日中考えていたけれど、思うに、舞台向きではないかもしれない。多分、映画だろうと思うの。ただ、映画はやったことがないのよ。ぜひ一度、時間のあるときにゆっくり話し合わなければなりませんね。今は急がないと、間に合わない」

彼女は席を立ち、ストールを羽織るのをランが手伝った。「お勘定を二〇パーセント割増しにして、私につけておいてくださる、モーリス？」彼女は連れと二人で通りすぎながらヘッドウェイターにそう声をかけた。

ランはほとんど舞台に集中できなかった。ディナーの席で彼の本についてリタが言ったことに何度も考えが戻って行った。褒められたのは当然嬉しかったが、考えそのものには馴染めなかった。あの老人の物語は、本以外の形は考えたことはなく、実際に本になってからも、まだ日が浅くて慣れたとは言えなかった。

「どう、楽しめたかしら？」リムジンに乗るリタにランが手を貸すとき、彼女が訊いた。

「はい、とても。でも正直言うと、ディナーでの発言の後で、芝居にはあまり集中できませんでした」

「あなたの本のことかしら？　本気で思っているのよ。でもそのまえに、もう一度本を読んで、それから話をすることにしましょう」

サーディーズまではほんの一走りだった。「ミセス・ベンソン、ミスター・コルファックス」よく通る声でヘッドウエイターが呼びかけた。「お待ち申しあげておりました。お席はこちらです。コールドウェルさんが既におみえです」

エメット・コールドウェルの書くコラムは世界の主要紙に同時配信されていた。ランは前から知っていたが、通されたテーブルでいきなり当人に会うつもりはまったくなかった。彼は長身で社交的な、両眼の離れた知的な顔立ちで、眉はハンサムと言うにはやや高く、大学教授を思わせた。彼は立ち上がった。

「リタ、いつ会っても嬉しいよ」彼は手を差し出した。「そしてあなたがラン・コルファックスですね。昨日の新聞の写真からでは、本人とわからなかったでしょうね」

ランが握手をすると、男性は強く硬く握り返したので、ランは彼に好感をもった。長年仕事に従事してきた者だけが醸し出すものが、立ち居振る舞いのすべてに現れていた。

角の丸テーブルの椅子にそれぞれ落ち着くと、名物のサーディーズのステーキサンドイッチとトスサラダの夜食を注文した。

エメット・コールドウェルが司会役だった。「リタ、僕の聞いた噂って、あれ本当なのかい？君がランの本の興行権を買おうとしているそうだけど」

リタは思案げになり、ウエイターが飲み物を出し終えて下がるまで答えを延ばした。

「ええ、そう考えていると言うのが真実よ。でもまだ決めたわけではないし、専門家の意見を聞かなければ決められないわ。この本は素晴らしいし、感動を呼ぶ物語が美しい筆致で描かれていると思います。舞台との相性がどうなのか、舞台化で原作の持ち味と舞台の双方の良さを発揮できるかどうかは、まだわかりません。おそらく映画化が必要になるかもしれないわ。その点に関してはアドバイスを受けなければなりません。月曜の午前に、ハル・グレイという人に会う予定よ。それまでにちゃんと本を読んでおくように言ってあるの」

ハル・グレイが全米で最も成功している独立系プロダクションの社長だということは、ランも聞いていた。彼はまたドキュメンタリー映画で数々の受賞歴の持ち主でもあった。

「ハルが興味を持てば、この本にふさわしい仕事ができるでしょう。それに、これは立派な歴史小説ですからね」

エメット・コールドウェルは小型のノートに遠慮がちにメモをとった。「ラン、あなたはどう思う?」

「正直、僕には考える時間がありませんでした」ランはちょっと間をおいた。「出版社の事務所のマージー・ビロウズに、副次的権利の取り扱いには代理人を立てるべきだと指摘されました。早速僕に紹介するために、そのひとりと会う約束をとってくれたんです。でも、もしリタが映画化に興味があるなら、この題材をきっと上手に使ってくれると思います」

コールドウェルは微笑んだ。「マージーのことはよく知ってますよ、ラン。彼女が君に興味があるなら、彼女のアドバイスに従っていればうまくいくでしょう。この業界ではベテランで誰よりも優秀ですから。ジョージ・ピアスは彼女がいてラッキーですよ。彼女は万事勝手がわかっている人です」

食事のあいだ会話が続き、ランはリタ・ベンソンとエメット・コールドウェルのあいだのくつろいだやりとりを楽しんでいた。彼ははたと思った。彼らはまさに世界の中の小さな世界なのだ。この発見は彼を魅了した。

帰宅した彼を待ち受けていたソンが、図書室に飲み物を運んできた。

「ソン、帰りが遅いときは、寝ないで待っていたらだめだよ」ランは言った。「しばらくは夜遅くなることが増えそうだから」

熱いシャワーを浴びた後でランは、清潔なパジャマを着て暗くなった主寝室の巨大なベッドに横になった。階下では夜の街の音が、一日の出来事と、ここに至るまでの人生を振り返るランの思考の背景にかすかな音の流れとなって聴こえていた。何年も前に、母親に話をしていた父親の声が聞こえてくる気がした。

「スーザン、彼を自由にさせてやりなさい」父親は言ったものだ。「自由を与えれば、この子は自分を見いだすだろう」

はたして自分を見つけたのだろうか、と彼は思った。これがラン・コルファックスなのか？　彼は眠気に襲われながら自問した。

翌朝目を覚ましたとき、室内はまだ暗く、ランは一瞬自分がどこにいるのか思い出せなかった。夢のなかで、英国のレディ・メアリー、パリのステファニー、そしてオハイオの母親が入り乱れていた。この女性たちは、彼の人生にいま起きている変化にどう反応するだろうか。周囲のたたずまいに見慣れたものを感じて、彼は現在に引き戻された。起き上がってカーテンとテラスに通じるフランス窓を開けた。暖かい陽光が部屋に差し込んだ。ランは短パンを穿いて太陽の下に出てゆき、自分の影の傾きをちらっと見た。十時頃だろう、と彼は思った。午後の影がテラスを覆うまえに、日光を浴びる時間だった。彼はくつろいだ姿勢で長椅子におさまり、痩せた体を日差しが温めた。

「新聞を全部とりそろえました、旦那様のおっしゃるとおり」ソンがテラスにコーヒーを運んできた。用はないかと自分を見守るソンの態度にランは今も驚き、嬉しかった。

「全部デスクに置いてあります。お好きなときに読めます。ここに持って来ますか？」

「いや、後にするよ。まず日光浴が先だ」

マージーの電話で、ランの黙想は中断させられた。

「ラン、新聞はもう読んだ？」

ランは正直にまだだと答えた。

「そう、今朝の新聞にはどこも間に合わないだろうと思っていたら、ひとつだけ出てました——ナンシー・アダムスよ、トリビューン紙の。残念ながら相当意地の悪い書き方よ。これで本が売れるのは良いとして、記事全体が不快なの。無視することよ。今日のランチはどうするの？　エージェントと午後三時に会うことになっているから、その前に昼食を一緒にどうかと思って」

マージーと正午に会う約束をして、受話器を置くと新聞を仕分けしてトリビューン紙を探した。

その記事は一面の下段に出ていた。「闇市場の少年、夜遊びに繰り出す」リタと連れ立ち劇場の前でリムジンから降り立つランの写真が掲載されていた。ランは、ナンシー・アダムスが、彼ラン・コルファックスが韓国の闇市場に個人的に関与したか、あるいはそれをネタにした本のいずれかで大儲けをしたと説明している記事を読んだ。そのコルファックスが昨夜、富豪の未亡人リタ・ベンソンと有名スポットに姿を見せた。著書で一儲けしての贅沢な暮らしというところか。ディナーはリタの奢りだったし、その他の一切を出版社側が支払うと申し出ていたのを思い出して、ランは苦笑した。

記事の最後の一文はランをひどく動揺させた。「コルファックス氏の闇市場への関与がいとも簡単に否定された点について問題視し、しかるべき人をたてて韓国のアップルビー将軍に詳しい経緯を確認するべきである。コルファックス氏がこの不愉快極まりない取引を直接見聞きしていたに違いないことは、著書を読めば明らかである」

「でも、彼女にはこんなことを言う権利なんてなかったはずだ」後でランチをとりながら、ランはマージーに訴えた。

「あら、でも彼女にはあるのよ」マージーの声はやさしいが、きっぱりしていた。「それが報道の自由の代償というものよ」彼女は続けた。「自分で取材して書く限り、なんでも書きたいように書ける。今回も同じ。あなたが闇市場で一儲けした——直接関与したか、または本に書いたかのいずれかによって、と書いてある。それも本当でしょ。実際、本に書いたし儲けてもいる。彼女の記事が出たらもっと儲かるわ。だけど絶対に気にしてはだめよ」

昼食中ずっと、その後代理人の事務所に移ってからも、会話は続いた。

「ラン、あなたは今や売れっ子だ」著作権代理店社長のラルフ・バーネットは言った。「現在、わが社は有り余るクライアントを抱えていますが、あなたの仕事を引き受けさせていただきます。あなたの作品のことで話がしたいと言ってくる人間がいたら、つまらぬことでも、われわれを通すこと、ただそれだけです。もちろん、あなたにはずっと話題の人物でいてもらわなければなりませんよ。そうすれば、あなたもわが社も大金を儲けられますから。今朝の記事が出たら一週間で、本の売り上げは一位になりますから、今にわかりますよ」

実際そのとおりになった。ランは新聞の書評欄を広げてデスクに座っていた。彼の本についての良く書けた長文の書評が、ベストセラーリストの反対側に掲載されていた。ジョージ・ピアス、マージー、それにラルフ・バーネットが喜ぶだろうな。彼は内心そう思った。

その書評は、ランにとっても嬉しいものだった。彼の言わんとしたことが書評においてすべて正確にくみ取られていることに、ラン自身目をみはった。いくつもの書評が出ていたがすべてがこれほど思慮深く、丁寧に書かれていたわけではなかった。全般にはどれも好意的で事実に基づいて書かれていたが、ナンシー・アダムスがトリビューン紙に二度にわたり掲載した続報だけは例外だった。そのうちのひとつは、韓国のアップルビー将軍に彼女が直接電話で連絡をとろうと試みたことを伝えていた。将軍は電話に応答せず、オペレータを介して、彼自身はなにもコメントがないと伝えられただけであった。だが、電話での取材を報告するにあたって、例の不愉快なあてこすりを再び繰り返す機会を与えられたのだった。この記事の出た二日後に、彼女はニューイングランドの州出身の若手次期大統領候補のジョン・イーストン上院議員と面会した。彼は軍事調査委員会の委員でもあり、本を読んだうえで彼女と再会することを約束している。記事の中で、彼女は上院議員の発言を全文報じることを読者に誓い、前回同様、紙面のうえであてこすりを繰り返すことを忘れなかった。

ニューヨークに来てからの二週間、ランは新聞に書かれるほかに何もしていなかった。大衆は彼の一挙手一投足に実際興味などあるのだろうかと彼は思った。木曜日に映画の封切りにリタと出かけ、土曜日には二人で慈善ダンスパーティーに出席した。金曜日、ジョージ・ピアスとマージーとのランチ、これは慌ただしい日常の一コマに過ぎなかったが、すべてはゴシップ欄の記事になった。母親は律儀にも、記事のことで数回電話を寄こし、彼はこのような形で母親の生活にも影響を及ぼしていることに心を痛めた。彼は母親に、万事順調だと納得させる以外なかった。デスクの電話の音で、考えが途切れた。ドナルド・シャープだった。

「シャープ教授、ジョージ・ピアスを紹介していただいたお礼状も書かず、どうかお許しください。

戻ってきて二週間しか経っていなくて、ずっと忙しかったんです……」

「いいんだ」ドナルド・シャープは笑って言った。「新聞で読んだよ。君は実にいろいろな所に出没しているね。リタ・ベンソンって誰なんだい？　君がそれほど時間を割く相手というのは、よほどの人なんだろう」

ランは笑って言った。「サンフランシスコからの機内で会った、とても感じのいいご婦人で、いまは僕の本の映画化に興味を持っているんです。実際、彼女の弁護士と僕の代理人が、目下話をまとめようとしているところです。新聞はなんでもけなして書く」

「そうだな」ドナルド・シャープは間をおいた。「今は何を書いてる？」

「書いていないです。実際、何を書きたいか考えることもできない。もちろん僕は書きますよ。でも、この新聞騒ぎでいちいち腹を立てたり、爆笑したり、エネルギーをみんなそちらに持っていかれています」

「その対処法をおしえてあげよう。奇妙に聞こえるかもしれないが、記事を読まないに限る。彼らが何を言おうが、君にどうこうできるものではなく、一切無視すれば、君は自分の仕事ができる。人が君について言うことをすべて気にしていたら、そうしないことでやり遂げられるはずの、あるいは、やり遂げるべきことが、決してできないだろう。これまで君と同じような立場にいる人間を見てきたが、彼らが存続するには、本当に、何を言われても一切合切無視する以外にないんだ」

「おっしゃるとおりでしょう。この業界のことを少しでも知っている人間は、みなそう言います。でも、おわかりでしょうけれど、口で言うのは簡単ですが、行うのは相当難しいです」

「むろんそうだよ。だが、努力して目指すものではある。今からこの方式を始めれば、必ずうまくいく。いずれ最後はそこにたどり着くんだよ——多くの失意と反省を繰り返した挙句に。でも、今からアドバイスを守って、他人の言うこと、特にマスコミに耳を貸さないようにするなら、君は数々の苦悩から自分を救うことになるだろう」

ランにたいする親密な呼び方であったり、会話が私的な色合いを帯びると、あの夜ドナルド・シャープの家で起きた出来事が蘇ってランの顔を紅潮させた。

「シャープ教授、僕は——」

ドナルド・シャープが割って入った。「待ってくれ、今のうちに、二点ほどはっきりさせておかねばならないことがある。たいして時間はとらせないよ。まず最初に、これからはドンでいいよ。今では年齢も身分も、そう呼べないほど差がありはしない。二点目に、何年も前に僕たちのあいだに起こったことについては申し訳なく思っている。だがあの一件を、できれば、今後の僕たちの友情の妨げにしてはならないと思っている。僕たちは知性があるのだから、なんとか考えられると思う。僕は、同じ立場にいる男性なら誰でもとっただろう行動をした。今の君なら、そういうことが理解できるかもしれない。そして、君は僕にたいして、同じ立場にいた少年なら誰でもそうしたであろう反応をした。たしかに、私にもそれはわかる。違う結果になっていたらよかったのに、などとは思わないと言ったら嘘だ。お互いに嘘をつく必要はない。だが、今話したような考え方をするかぎり、どんな形であれ、僕たちは友人同士でいよう」

ドナルド・シャープがそこまで率直に話をしたことでランは救われた気がした。

「それでいいと思うよ、ドン。あの状況で起きたこと、その事実さえ忘れなければ」

「決して忘れはしないよ。さて、君のお母さんから二週間後にニューヨークに行くと聞いている。僕も同じ便で行こうと思うんだ。ひょっとして、ジョージ・ピアスは君を紹介した代わりに僕の文章をどれか出版しようと言うかもしれない。どっちにしろ、僕らのために少々時間を空けておいてほしいんだ。それじゃあ、近々また会おう」

ランは承知したと言い、会話を終えた後もしばらくもの思いに耽った。ドナルド・シャープの家で過ごした夜から今日まで、自分の人生は実に多くのことがあった。個人的には肉体的嫌悪感がいまだに強く残っていたが、あのとき母親がシャープに示した憐みというものを、以前より理解できるようになった。彼のように両方の性の板挟みにされた男にとって、誰とも満足のゆく人間関係を得るのは難しいだろうと彼は思った。彼の完全記憶能力により、ランの耳には、かつて交わした長い会話のように、父親の声が聴こえていた。

「いいかい、世界はいろいろな種類の人間で成り立っているんだよ。或る人がどのような人間になるかは、その人自身に責任があり、その人の外に責任をもつことはできないのだ。さはさりながら、できるだけ沢山、異なるタイプの人間と知り合うことが大切だ。というのも、そうした人々が基本的にわれわれの人生を構成しているからだ。世に泥棒がいるからといって、それを知った人が盗みを働く必要はない。食人族や売春婦がいるからといって、人が人肉を食べたり体を売っても問題がないというわけではない。要は、間違っているということだけでそれを行う人たちを避ける必要はないし、そうした行為になぜ走るのか理解しようとすることの妨げにまでなる必要はない。美と秩序をお前ぐらい重んじる人間は、何度も傷つくだろう。でも世の中は、美しく、秩序ある人々ばかりではない。お前が彼らにそうあってほしいと思うようには必ずしもならないのだよ。少なくとも、お前に正直に話ができる相手なら、それで満足しなさい。そうすれば、あるがままの相手を理解するようになるだろう。人々から少し距離をとるんだ。そうして、こうありたいと思う人間でいなさい。そうすれば、どこかで誰かが現れて、美しいものはすべて善いということを証明してくれるだろう。その人が現れたら、一目でわかるだろう。なぜなら、その時まで、沢山の他の人間たちを見てきたはずだから。その人との永続的な友人関係を始める準備はできている。それこそ人間にとって根底にある願望充足なのだ」

いまのランにはドナルド・シャープを友人として、あるいはどう呼んでもいいのだが、受け入れることができた。この友人関係が、彼自身や、彼の知る自分らしさに何ら影響を及ぼすものではなく、人間性のあまたの側面への理解をさらに深めてくれるに違いないと感じていた。ランの思考は、またしても電話に中断された。リタ・ベンソンからだった。

「いまから車を遣るから、カクテルとディナーに来てもらえないかしら？　週末にハル・グレイをうちに呼んで、話題はずっとあなたの本のことばかり。それで何点か三人で確認したいことがあります。あなたもよかったら泊まってってね。明日、一同車で市内に戻ることにしましょう」

彼は行くと答えた。ソンが軽い昼食を用意し、一泊用の荷物を作った。ベンソン夫人の車が到着したことをドアマンが伝えたとき、ランは出発するばかりになっていた。日曜の午後の道は空いていて、ランは郊外から高速道路に乗って、さらにコネチカット州のベンソン夫人の自宅までのドライブを楽しんだ。邸宅は古い重厚な石造りで、ベンソン夫人が購入して近代的な改装を施していた。何エーカーもの芝生や庭園は隅々まで手入れが行きとどき、邸宅との配置も考えられていた。南側のテラスでカクテルがふるまわれ、皆で暖かな午後の陽射しを楽しんでいた。ハル・グレイは長椅子に腰かけ、リタとランに向き合って話をしていた。

「この企画にはいくつか問題があるんだ、ラン」彼は説明した。「ストーリーは素晴らしく、映画化に適している。ただ、問題はアメリカ人のスターにふさわしい役柄がないことだ。興行収入の点で、これは絶対に必要だ。脚本家に頼んでスターが演じる役として作家の役を書き足すことも考えたんだよ。そうすると、この本自体の映画になって小説は劇中劇になり、われわれに必要な役も備えたものになる」

晩餐のあいだも会話は続き、夜更けに及び、ランは脚本作家たちと共同で必要な役柄を書き加えることになった。

翌日、市内に戻った三人は、ランの代理人およびリタとハル・グレイの事務所弁護士に会い、必要な書類に署名をし終えた。ジョージ・ピアスは大喜びで、後で全員をお祝いのディナーに招待すると言ってきかなかった。ハル・グレイの事務所は翌日に報道陣向けの昼食会を手配し、そこで正式に映画化が発表されることになった。

ランはトリビューン紙のナンシー・アダムスに対して敵愾心を抑えることができなかった。翌日の昼食会で当然彼女と顔を合わせることを思うとたまらず、その夜、ジョージ・ピアスとリタ・ベンソンのまえで感情を露わにした。マージーとハル・グレイは翌朝早くに予定があるのでディナーの後、早々に退散していた。そこで三人はリタの車でランのアパートに行き、客間でソンが彼らに飲み物を出していた。

「魅力的なお住まいね、ラン。あきらかに男性趣味だけれど、ちょっとしたところに女性らしい趣向を感じるわね」

リタは暖炉のまえのソファーに座っていた。少し前に部屋に入ったときにランがマッチで点火したばかりなのに、火はすでにパチパチと音をたてて燃えていた。ソンの薪の積み方に中国式のコツがあって、早く火が点くのはそのせいだろうとランは思っていた。

「それはきっとセリーナの趣味に違いないです。祖父の二人目の妻だった人です。祖父が亡くなって家を譲り受けてからも、何一つ変えていませんから」

ランは暖炉の片側にある安楽椅子に落ち着き、ジョージはもう一方の安楽椅子に座った。ランはこの家に戻ってから、客を連れてきたのは彼らが初めてのことだと気づいた。家に関しては、模様替えを考えたことはなかった。

「あなたの個性に合った部屋に是非改装するべきよ、ラン」リタは飲み物を少し口にして、カクテルテーブルにグラスを置いた。「身の周りに自分らしさを表現するのは大事なことよ」

「その表現すべき何かが、多分僕にはまだわからないんです。でも、それはまたゆっくり考えます。今悩みがあって、お二人からアドバイスをいただけると思って、今夜お話ししたかったんです。明日、ナンシー・アダムスと話をしなきゃなりません――」

ジョージ・ピアスが口を挟んだ。「そうだな、僕もそのことは考えていた。彼女にあれだけ書かれて混乱しているだろうし、怒りを感じるのは無理もない。今度は成り上がりの上院議員とやらを出してきて、君の本を元に本格的な調査を開始すると言わせている。覚えておくべきことは、彼女はさして害にならないということだ。むろん君を苛立たせるし怒らせもするが、彼女が書けば書くほど本が売れて長い目でみれば君も金持ちになる。最悪なのは、彼女の質問に答えるはめになることだが、君は潔白なんだから答えて損はない。とにかく気にしないことだ。彼女のことは無視して先に進むんだ。彼女は調査報道記者と称する新手の一派で、あれが彼女の仕事、つまり新聞を売ることが目的なんだ。忘れてはいけないのは、彼女が書けば本が売れるということだ。どんな状況でも、彼女の言葉でかっとなったらだめだ。そうすると彼女は本当のことが書ける。質問に対して君が冷静さを失ったと書けるわけだ」

「どうすればいいかわかったわ」リタは話しながら考えをまとめた。「記者会見は私に主催させて頂戴。そうすれば、記者の質問はいったん私が受けて、それからランとハルに振って、記者に書いてもらいたいことを回答するようにするの」

ジョージ・ピアスはグラスの中身をぐーっと喉に流し込んだ。「いい考えだ、リタ。君が記者の質問に答えるというのは、理に適っている」

「当然だわ。つまり、今の時点で百万ドルのお金を払ったのは私なんだから。それだって、立派なニュースよ」

三人とも笑った。

「もう一点だけアドバイスをいただきたいんです」ランは話しながら火をつついた。「イーストン上院議員に電話をして質問があれば答えると申し出ることも考えました。僕には隠すことは何もないので、こうすれば白黒をつけられるかもしれません」

「ほっておけばいい」ジョージが言った。「したければ彼のほうから電話すればいいさ。君は何もしていないんだ――忘れていい」

「確かにそうだわ、ジョージ」リタはソファーから立ち上がった。「そろそろ、帰らなくちゃ、明日出てこられないわ」

ランは客を玄関まで送ると、暖炉に戻ってグラスの中身を飲みほした。


「彼女にはこれ以上もう何も言うことはないよ、お母さん」

ランは祖父の書斎に母親とドナルド・シャープの三人で座っていた。二人は午後の便で着き母親は客間に落ち着いた。一方、ドナルド・シャープは隣のブロックの小さなホテルに部屋をとって、そこを事務所にした。ソンは二日間かけて若い主人の母親に出す最初の料理を準備した。ニューヨークは午後五時には暗くなり、ひやっとする夜気には、もうまもない冬の兆しがあった。火格子のなかで火があかあかと燃えるそばで、ソンが準備しておいたブラッディマリーをピッチャーからそれぞれのグラスに注いだ。中華料理の温かい前菜がオーブンで焼ける匂いが家中に漂っていた。

ランは続けた。「ナンシー・アダムスは言えることはすべて言い尽くしている。彼女が大袈裟に書き立てて、挙句にはイーストン上院議員まで巻き込む始末。僕はワシントンに行って公聴会の質問に答えたし、アップルビー将軍が韓国から参加して、現地で行われた逮捕について供述した。話はそれだけだよ」

「でも」母親は顔をしかめた。「彼女は結果を記事にすることができたはずよ。さんざん失礼なことをほのめかした挙句、あなたが潔白だったと言えたはずよ」

「ランの言う通りだ、スーザン。どだい記者というのは自分の誤りを認める記事など書かないものです。ましてナンシー・アダムスの性格からは考えられない。ランはいまや有名人です。彼の本は売上げランキングでずっと首位の座にある。記者の言うことに我慢して自分の仕事をする以外にないのです。そこで、実は見せたいものがあります」ドナルド・シャープは黒革で薄型のアタッシュケースを膝にのせて、パチンと音をたててケースを開き、中からマニラ封筒を取り出した。「お父上の手稿だ、ラン。先程お母さんから読んでくれと手渡されたものだ。とてもいいので、君がなんとかしたほうがいいと思うんだ」

「父の基本的な考えは、これ以上僕には発展させようがないように思えます。父の主張は明確ですが、やはり僕が持っているほうがよい気がします。もう一度読んで出版に役立ちそうなあてをさがしてみます。できれば出版すべきだと思います。立派な仕事だと思うし、父の一生と研究を代表すると言っていいと思います。それに、ご存じのとおり、芸術と科学にかんする父の理論に僕はまったく同感なのです」

「同じくだ、君もよく知っているように」ドナルド・シャープは立ちあがり、窓の下のデスクの上の緑色の大きな吸取紙器の真ん中に原稿を置いた。デスクは、仕事の合間に顔をあげて窓の外を眺められるようにランがそこに移動させていた。祖父の死後、家のなかで変えた数少ないことのひとつだった。

ランは、母親とドナルド・シャープの来訪を楽しんだ。ドナルド・シャープは一週間後にオハイオに帰ったが、その前にランはディナー・パーティーを開いて、母親がジョージ・ピアスとマージーに会えるようにし、さらに母親とシャープがリタ・ベンソンに会えるように取り計らった。二人はリタとジョージから誰もが感じるのと同じ感銘を受けたが、マージーのことは、ランと彼のキャリアにたいする彼女の堅実な見方を高く評価した。ドナルド・シャープが発ってから、ランは母親をジョージとマージーとの昼食に連れて行き、その次はディナーに、それからリタと観劇に行った。

「みなさんいい方たちね、ラン」母親は言った。観劇後に帰宅すると、応接間に就寝前の飲み物をソンが用意していた。

ランは笑顔で言った。「リタ・ベンソンですらなの、お母さん?」

母親は息子がからかっているのがわかった。「ええ、おそらく、特にミセス・ベンソンがね。もちろん、マージーの次にだけれど。新聞で書かれているのとはまったく違ったわ」

「新聞の人物評どおりの人なんて滅多にいないよ。僕の友人たちのことを認めてもらえてよかったよ、お母さん」それは彼の本心だった。母親が認めなかったとしても、今のままの人間関係でいることはわかっていたが、それでも母親の承認が得られてよかったと思った。

「私にできることはもうないわ」母親が言った。

母の優しい茶色の目がせつなそうに笑っていた。彼女はいまも綺麗だった。

「僕に何かしてくれる予定だったの、お母さん？」

彼はわざとおどけた声を出したが、母親の言った意味がよくわかっていた。彼女が主婦役を頼まれるだろうと期待してやってきたことは、数日間一緒にいただけで明らかだった。母親はなにも訊かなかったし、彼も断ったわけではないが、ソンが完璧な仕事を黙々とこなすので、家事と若い主人の世話に助けが要らないのは明らかだった。若主人は、アメリカの入国審査官という見えない恐怖から彼を救ったご主人の孫だった。ご主人の家は、長年彼の安全地帯だった。今の彼がアメリカを知らないことは、中国の南京郊外の故郷の村で一生暮らした場合とほとんど変わりはなかった。この外国で、安全地帯の外にいる中国人は広東方言を話し、彼には理解できず、また彼の中国語は相手に通じなかったので、中国人同胞を探そうとは思いもしなかった。彼には年老いた主人のほかには、アメリカで信じられる者はいなかった。特に女性は、自分の姉に裏切られてからは信じなかった。

ずっと以前に、ソンは自分の蓄えで中国で小さな店を買っていた。路傍の掛け茶屋で、店は実の姉に任せ、彼自身は上海のホテルで給仕の仕事を続けていた。姉は毎月のように儲からないと言ってきた。ところが店は儲かっているが、彼女が売上げをアヘンを吸う怠け者の夫と、子供たちに使っていると人づてに聞いた。姉は年上だったので彼には何も言えなかったが、故国を去り、親戚もいないアメリカに永住しようと決意したのはその時だった。移民法について彼に教える者はいなかった。この家に安息の地を見いだせなかったらどうなっていたか、彼には想像もできなかった。

だが、こうして今この家で、彼は若い主人に一生仕える身となった。ランの母親にたいしてこの上なく丁重であったが、彼一流の完璧主義を発揮して、自分の意図するところを彼女に正確に伝えた。つまりこの家に彼女は必要ない――はっきり言えば彼女の居場所はない――ということだった。

「そうじゃないわ」彼女は続けた。「何も計画はしていなかったのよ、ラン。あなたが韓国から帰ってくるまでは。韓国に行ってあなたがどう変わるかわからなかった」

「あれは単なる中断さ」彼は考えながら言った。「僕を変えたりしなかった。僕を変えるのは人間だけだ、多分。それには時間が必要なんだ。韓国では誰にも時間がなかった――馬鹿げた定型の訓練、それにアメリカ人将校たちは――」

彼は肩をすくめてそれ以上言わず、苦々しい記憶を遠ざけた。

「そしたら、あなたのこれからの予定は？」

ランはコーヒーカップを置いた。「気持ちを整理しようと思う」

「大学には戻るの？」

「それは必要ないよ。必要な知識は、どこで見つかるかわかっているよ」

「本で？」

「そこら中にあるよ」

「そろそろ帰ろうと思うわ、ラン」

「お母さんが好きなだけいればいい」


母親は滞在を二、三日延ばし、その間、彼は母親に尽くした。母親は大切な人だったが、もう彼には必要でなかった。それでも彼は性急になろうとはしなかった。母親を美術館や劇場、そして交響楽団のコンサートにも連れて行った。愉しいひとときだったが、互いに話はしなかった。帰宅するとソンが玄関で迎え、それから図書室か応接間で寝酒を出した。いちど、部屋で二人きりのとき、彼女はレディ・メアリーのことを持ち出した。

「レディ・メアリーについて話したいことはない？」

「ああ――ないよ、もう済んだことだ」

「後悔はしていない？」

「ないよ。双方ともね、お母さん」

「あなたにはいい経験になったわね」

「うん――少なくとも自分が少しわかるようになったよ」

「それだけ？」

「そう、それだけ」

母親に説明することは不可能だし、あえて言う必要もなかった。彼には、また書き始めるために、ひとりになる時間が必要だった。それは数時間か、あるいは何か月かもしれなかった。

母親は立ち上がった。「明日帰ることにするわ」

ランは椅子から立つと母親に優しく腕を回して頬にキスをした。ステファニーのことも、これ以上母親には話さないでおこう。話すべきことは恐らくもう何もないに違いない。なんであれ、自分だけの胸に留めておきたいなら、語るまえにまず生きてみることなのだ。

「お母さんがそれでいいなら。またいつでも好きなときに来てくれる？」

「今度はあなたが家にくる番よ」

「お母さんが望むなら」
二人のあいだを隔てるものは時間だった。母親は息子の過去に属し、現在にさえ属しているといえたが、まだ見ぬ未来は彼自身のものだった。

未来を急ぐ必要はなかった――だが、青春の残り時間が彼に重くのしかかっていた。次に何をするにしても、今すぐに着手したかった。でも、どのように何を始めればいいのだろうか？　ソンの無言の献身が、家のなかに整然として落ち着いた環境を作りだしていた。交際面では、ジョージ・ピアス、マージー、リタ・ベンソンのいずれかと週に三回ディナーをするのが慣例になった。脚本作家たちと組んで映画に必要な登場人物を本に盛り込む作業をし、脚本が完成して配役を決める段階になると、もう彼の時間と労力をかけるものはなかった。ステファニーをしきりに思い出した。二人はとるに足りない情報で埋められた何でもない手紙のやりとりをしていて、何度かパリに会いに行こうかと思ったが、その都度彼女がニューヨークに来るのを待つのが良いだろうと、思いとどまった。自分の人生で彼女がどのぐらい重要になるのか、いや、非常に重要になるかは、彼にはまだわからなかった。彼は夢を見、祖父が半世紀以上を費やして収集した革表紙の蔵書を読み、通りを歩いた。どこからどう次の作品を書き始めればよいのか、それ以前に何を書くかさえわからず、そのことで時間をとられ頭がいっぱいだった。短かった軍隊の経験は次第に消えてなくなり、後に残ったのは韓国の田舎の景色、混雑した大通りや狭い路地、兵舎や将校とその家族が住む米軍将校用住宅地の記憶だった。住宅地は、アメリカのどこにでもある小都市の郊外をたいそう忠実に再現したものだった。

韓国でそうした生活をせずに、彼は良かったと感じていた。彼の本は韓国人の生活について書いたもので、米国の介入にも触れてはいるが、あくまで韓国人の視点から描いていた。この不幸な小国で彼が経験したこととの中で、ただ一つ残酷なまでに鮮明で、不吉なまでに澄んだ記憶が浮かび上がった。それは、南北の境界線の数フィート先で、昼も夜も、絶えず行進し続けるひとりの北朝鮮共産軍兵士の顔だった。目に見えない境界線の先に、敵はいた。だが彼は、敵と言うよりはむしろ知られざる者だった。知られざる者――まさにこの言葉なのであり、この言葉は、人生そのものを指してもいた。ランは人生に何の影響力もなかった。どこから始めてよいかわからなかった。アメリカという国の、この人間のひしめく島にいて、彼は人生をしっかり摑むこともなく、理解することもなく、自分の居場所もなく、入口さえ見つけていなかった。

橋を渡ったマンハッタンや、ニューヨーク市内のどこへ行っても人波であふれていた。人生は流れ、渦を巻いていたが、彼は流れには入らなかった。新聞は相変わらず彼の一挙手一投足を不正確に伝えていたが、もはや彼を煩わせることはなかった。実際、彼は記事を読みもしなかった。どの記事も、以前の記事に輪をかけた無意味なものにすぎなかったからだ。彼の本は引き続きベストセラーの一位を守り、結局はそれが唯一重要な点で、考慮すべきことだったのだろう。人々が彼の本を読むのは嬉しかったが、金が必要でなかった彼にとって、ほとんど何の意味もなかった。

ジョージ・ピアスと彼の代理人、そしてリタさえ、なんでも金を中心に考える傾向があった。それが彼らには自然なのだと彼は思ったが、ある意味でこのことが、親友である彼らとさえ隔たりを生んでいた。ひとりマージーだけが、彼が商品ではなく人間でいられると思える相手で、しばしば昼か晩に食事を共にした。だがそんな彼女でさえ、彼の本当の生活、内面の生活にはさして重要な役割を果たさなかった。その内面の生活とは、彼のなかで今まで誰にも明かしたことのない部分だった。友人たちはより彼の趣味に合った部屋に模様替えするよう勧めたが、祖父が遺していった状態のままにしていた。そうしたことに、彼はほとんど関心がなかった。いつもひとりだったので、寂しさを感じたことがなかったが、そうでなければ寂しいと思ったかもしれない。

ひょっとしてステファニーがやって来たら――するとある冬の朝、突然彼女が現れた。その日、往来の絶えた通りには雪が厚く降り積もっていた。ランは図書室の丈の高い窓に向かって座り、屋根や電信線、玄関口に雪の輪飾りが結ばれていく様子にうっとりと見入っていた。彼はいつものように美に魅せられた。目の前の祖父の革張りのデスクに置かれた電話が鳴り、彼は受話器をとった。

「もしもし?」

「もしもし」ステファニーの声で返事があった。「はい、私です」

「いまパリ?」

「パリじゃなくてここよ――ニューヨークよ」

「今日来るって聞いていないよ。昨日君の手紙が着いたばかりで、今日返事を書こうと思っていたんだ。どうして教えてくれなかったの?」

「教えているところよ、そうじゃない?」

「だけどほんとうに驚いたよ!」

「私はいつでも予告なし、そうでしょ?」

「だったら今どこにいるの?」

「五番街の、五十六丁目と五十七丁目のあいだ、父の新しい店がある場所」

「いつ着いたの?」

「昨夜、遅くて電話できなかったの。悪天候で飛行機がすごく揺れて、最悪だった! 怖いと言えば、本当に怖かった。でも使用人たちが一週間先に来ていて、私たちのためになにもかも用意ができていたの。あとは寝ておしまい。父は今朝から店内を見て回っているわ。さっき朝食を済ませたところ。こちらに来てくださる?」

「もちろん。吹雪で遅れるかもしれない。でもいますぐ行くよ」

「そこから遠い？」

「交通事情による——渋滞してると思うけど」

「歩くんじゃないの？」

「そうなるかもしれない」

「待っているうちに、飽きてしまいそう」

「僕のほうは急ぐよ」

「途中、気をつけていいてください」

ランは笑った。彼女の英語はいつも完璧で、個々の単語の発音は明瞭で、それでも不完全なところが魅力的だった。成句は、中国語とフランス語の混じりあったものを英語で表現していた。

「今なぜ笑っているの？」

「嬉しいからだよ！」

「まえは嬉しくなかったの？」

「今嬉しいのに気づいて、まえが間違いだとわかったんだよ」

「じゃあ、どうして今すぐに来ないの？」

「行くよ、行く！　今すぐ行く、それ以上しゃべらないで！」

彼はまた笑って、受話器を台に戻すと、まともな服を着ようと自室に飛んでいった。起きて、窓に吹きつける雪を見てぐずぐずしていたが、シャワーを浴びてひげを剃った後、祖父の豪華な金銀糸で織られたサテンのガウンを羽織っていた。ひげ剃り！　今は口ひげを伸ばしていたが、彼女はいいと思うだろうか？　年齢よりも上にみられるのは得だった。彼がくるくる動き廻るのを聞いて、ソンがドアをノックして部屋に入ってきた。

「失礼します、旦那様。雪とは困りましたね。どこかへお出かけですか？」

「パリから友達が来てる」

彼はネクタイを結んでいた――ブルーのスーツに、ワインカラーとブルーの縞のネクタイを締めながら、ふいに思い出した。

「そういえば、彼女は中国人とのハーフなんだ」

「彼女？　どちら側がでしょうか？」小柄な体に合わせたように、ソンは小さく生真面目に笑った。

「父親が中国人なのはいい、母親はどうでもいい」

ランは笑った。「相変わらず中国人だね！」

「母親は死んでおりますか？」ソンは期待を込めて聞いた。

「それは知らない」ランは鏡のなかの自分を凝視しながら言った。

ソンはクローゼットのなかから外套をとりだした。「これを着て行くことです、旦那様。裏がすごく暖かい毛皮です」

「そんなに寒くないと思うけど、とりあえず持っていくよ」

「タクシーが来なければ」ソンは心配そうだった。

「歩くよ！」ランは答えた。

結局、タクシーは見つかった。すっぽりと雪をかぶり、通りをのろのろ走ってきたところへランが飛び乗った。

「五番街へ――五十六丁目と五十七丁目の間です。停めてほしいところで言います」

延々と車の中かと思ったが、外はすばらしい雪景色だった。白一色の雲のあいだから舞い降りる雪の中を、小さな黒い人影が風に屈して、一歩一歩苦労しながら進んでいた。急いではいたものの、目に入ってくるすべてに次々と関心が移り、頭脳が休みなく働いて、景色、音のすべてを未知の将来に備えて取り込んでいた。これが彼の頭脳、つまり知識の貯蔵庫だった。人生の毎分、毎時間、昼夜のすべてがプログラミングされたコンピューターだった。役に立つものも立たないものもすべて彼は記憶した。役に立つ！　だが何の役に立つのか？　そんな問いなどどうでもよく、答えなど要らない。彼があるがままの自分でいて人やものと出会い、いかなる瞬間もそれを生きれば十分なのだ。吹き溜まりの中をタクシーが緩慢に進み、凍ったわだちの上をよろめきながら越えていく今このときも、時間は決して歩みを遅らせはしないのだ。

なんとか五番街の家に着くと、立派な店構えの窓に雪のカーテンが掛かっていた。店と隣接した住居の玄関のベルを彼は急いで押した。赤いドアの上に真鍮製の漢字のステファニーの父の名前があった。彼は、その名前を兎の毛の筆と中国の濃い墨で練習したことがあった――すべてはパリでの話で、彼がアジアに行く前のことだった。すぐにドアが開き、彼は雪まみれの突風に乗って中に入った。ランはその召使いに見覚えがあった。中国人のほうも彼がわかり、友好的に大きく歯を見せて笑った。

「ミス・コン？」彼は訊ねた。

「お待ちです。お帽子とコートをお預かりします」

彼女は待っていなかった。翡翠色の錦織を施したサテン地の中国風ドレスを優雅にまとい、微笑みながら階段を降りて来た。変化したのは彼女の髪型だけだった。髪を巻き上げ、輝く黒髪に包まれていた。立って彼女を待ちながら、その美しさに今まで気づかなかったことに驚いていた。彼女のクリーム色がかった白人顔、アジアの詩歌にうたわれたうりざね顔、そしてアジア人の黒い瞳――これらの特徴は韓国や、一時的に立ち寄った日本でさえも目にしていたが、いくぶんアメリカ人的な特徴が、アジア人の輪郭を引き立てているのだった。彼女はアジアではアメリカ人と呼ばれるだろうが、ここニューヨークではアジア人だった。

「どうしてそんなにじっと見ているの？」

彼女は階段の途中で立ち止まって、答えを待った。

「私、変わった？」彼女は訊ねた。

「おそらく変わったのは僕のほうだ」

「そうね、アジアに行ってきたんでしょ」

彼女は歩み寄って両手を差し出し、彼はそれを両手で握りしめた。

「君がここにいるなんてなんて幸運だろう！」

彼が覗き込んだ彼女の顔は輝いていたが、いつものように静かだった。彼女が自制を失うことはなかった。だが表面の滑らかさには、暖かみがあった。彼は迷ったが、キスはやめておいた。代わりに彼女の左手を自分の頰に当て、それからそっとおろした。彼女は右手で彼を捉え、閉じたドアに向かおうとした。

「父が待ちかねているわ」彼女が言った。

手をつないだまま、少しためらい、彼はステファニーの愛らしい顔をうかがった。

「やっぱり君は変わった！」ランは言い張った。

「それはそうよ」彼女は冷静に言った。「もう子供じゃないわ」

二人はお互いの目をじっと見つめ合い、どちらも身を引かなかった。

「君をもういちど最初から知る必要があるな」

「あなたは――」彼女は口ごもった。「あなたももう子供ではないわ。立派な大人よ。さあきて！

父のところに行かなくちゃ」

コン氏は、内壁に背を向けた、艶のあるダークウッドの四角いテーブルの右手にある、彫刻入りの大きな椅子に座っていた。紫色の中国の長衣に、黒のサテンのベストを着ていた。大きな部屋は、パリにある彼の図書室をそのまま再現したものだった。テーブルの上には中国の壺が置かれ、彼は中国のべっ甲縁の眼鏡越しに調べていた。ランが部屋に入ると、笑顔をみせたが、立ち上がろうとしなかった。まるで一時間前に会った相手のように、男性にしては独特のわずかに高めの、優しい、温厚な声でこう言った。「この壺は有名なアメリカ人の所蔵品なのです。個人販売向けにするかもしれません。中国美術品の最高峰のいくつかを、あなたのお国はお持ちです。これは驚くべきことで——理由はいまだにわかりません。私の店も、やはりアメリカ人の収集家たちを相手に忙しいのですが、彼らは非常に金持ちです！　この壺をご覧なさい！　中国古代の墓の埋蔵品です。今から千年以上前の漢王朝のものです。恐らく死者のためのワインを容れてあったのでしょう。通常は八角形で多面の壺です。素材は赤色粘土ですが、釉薬は鮮やかな緑色——実に美しい！　それにこの光沢——わかりますか？　銀色がかった玉虫色です！」

彼は壺を両手で持ち上げ、そっとなでた。そして注意深くテーブルの上に戻した。

「掛けなさい」彼は言った。「元気な顔をよく見せてくれ」

彼は低い鼻に眼鏡を押しつけ、広げた両膝に手をのせて、テーブル越しにランの顔をつぶさに観察した。それから眼鏡を外し、折り畳んでベルベットのケースにしまった。そして立っているステファニーの方を振り向いた。

「お前は席を外しなさい」彼は言った。「ここからは仕事の話だ」

彼女はランに微笑むと、部屋を出て行った。分厚い北京絨毯の上で足音はしなかった。

コン氏は大きく咳払いをして椅子に座りなおした。それでも、ランの顔から目を離そうとしなかった。

「あなたは」彼は力をこめた。「あなたはもうりっぱな男だ。戦争にも行った」

「幸い、人は殺しませんでした」ランは言った。

コン氏は右手を振ってランの答えを払い除けた。「でも、いろんな光景を見て人生を学んだ。そうでしょう。私のほうは、めっきり年をとりました。心臓病を患いましてね。そんな時に、なぜ新しい国に来たのか？　あなたがいるからです。私には息子がいない。一人娘がいるだけです。賢い娘で、私の商売のことをよく理解しています。しかし所詮は女です。どんな女でも、いつなんどき間抜けかごろつきと結婚するかしれない。私はそれを危惧するのです。娘が私の信頼する男と無事に結婚するのを見届けねばなりません。中国人の男がいい。だが、中国人って、どの中国人です？　われわれは国を追われた――共産主義者とはどういう人達なのか？　それもわかりません。それに娘はアメリカ人とのハーフです。おそらく良家の中国人なら、自分の家系のことを考えて血筋の純粋さにこだわるでしょう」

「でも」――ランは抑えることができなかった――「あなたはアメリカ人と結婚したんでしょう」

「妻はアメリカ人の男に走った」コン氏は言い返した。「おなじように、因果応報とやらで、中国人の婿は私の娘を捨てて、別の中国人女性に走るかもしれない。新しい中国人女性は実に大胆だ。義理の息子には金がある」

コン氏は憂鬱な表情をしていた。深いため息をつき、咳をしてから、左手を体の左側に当てた。

「胸が痛い」

「誰か呼びましょうか?」

「いや、まだ終わっていない」

コン氏は、二、三分、胸に手を当てたまま、黙って目を閉じていた。それから目を開き、手を降ろした。

「私は死ねないのです」彼はゆっくり言った。やせ細った顔には苦痛が露わだった。「娘の結婚が整い――執り行われるまで、彼女の将来が安泰であることを見届けるまでは死んではならないのです」

「ステファニーと話はしたのですか?」ランには、おそらく老人がそうしていないだろうことはわかっていた。「彼女にも自分の考えがあるんじゃないでしょうか」

「これは娘が決めることではないのです」彼の信念は固く、まるで背後にある翡翠の置物のようだった。「娘のような若い女性に、自分の将来を託し、子供まで産もうという男を選ぶなどという重大な決断ができるでしょうか。彼女の母親は自分で決めて、その結果がこのざまです。何と言われようと決めるのは私です、そしてもう決めたのです。あとはあなたを説き伏せるだけです。今日からそのつもりでいてください。今夜は一緒に夕食をして行ってください。あなたはいまや有名人です。だから今日は娘に料理をするように頼んだのです。母親があの子にしてやらなかったことは、忠実な召使いたちにさせました。彼女はあなたの妻としてよく仕込まれています。それはそうと、ぜひ娘に店を案内させますよ。そうすれば娘の能力がおわかりになります。彼女は男性に劣らず私の商売をわかっています。私が教えたのです。では、彼女が料理を仕上げるあいだ、一緒に一杯やりましょう。ただ、あまりいつまでも決断しないというのは駄目です。私はもうかなりの年寄りです。この問題を見とどけないうちは、ご先祖の仲間入りができません」

古いタウンハウスは、戸建て住宅が隣り合わせになったもので、一つは住居、もう一方が店舗だった。店舗の入っている建物は、趣味のよいカーペットや壁紙、そしてカーテンなどの内装に中間色のベージュが使われ、美術品との鮮やかな対照がそれらをさらに引き立てていた。隠れたスピーカーから静かなピアノの曲が流れ、ランは部屋から部屋へと案内され、美術品を次々に見せられた。その一つ一つが、前に見たものにもまさるとは言わないまでも、甲乙つけがたかった。

「これは観音菩薩」ついに最後の部屋まで来たとき、ステファニーが言った。部屋のある五階からは五番街が見渡せ、いまも路上に雪が舞い降りていた。ステファニーが示したその彫像は、三フィートほどの木像で、相当古いものとランには思えた。像は両側をアーチ型の窓に挟まれた小部屋に置かれ、部屋のなかで一番大事な空間になっていた。ランは観音菩薩を知っていたが、ステファニーが説明するままにそれを聞いていた。

「この観音像が私のとっておきなの。慈悲の女神で、五百年以上前のものです。父がパリ郊外の小さな古道具屋で見つけたのよ。その店にはほかになにも目ぼしいものがなくて、父と店を出ようとしたら、奥のテーブルの下に、横向きになっている観音像を父が見つけたの」

「父が観音像を手に取り、それを買ったら、店の主人がとても驚いていたわ。今はここに、誰かが女神様と恋に落ちて家に連れて帰るまでしばらくおいでになる。けれど、その恋人ともつかの間でまた次の恋人のところへ行き、それを繰り返すの。なぜなら観音様は永遠の存在で、普通の人間にはそんなに長く所有できるものではないのよ。観音様に永遠の住処がないのはある意味では悲しいことだけれど、慈悲の女神の支払わねばならない代償でしょう」

ステファニーは笑って、二人して観音像の前に立ち、自分の腕をすばやく彼の腕にすべりこませ、可愛らしく首をかしげて彼を見上げた。

「今まで見た中で正真正銘、この観音像が一番の美しさだ」ランはそう言い、ある決意を固めた。

「僕が買います、ぜひ。お顔にはどことなく君を思わせるものがあるよ、表情のどこかに」

ステファニーは微笑んだ。「中国側の私ね、ラン」

ランは彼女にキスをした。彼女の柔らかい唇を包み込む長く優しいキスで、彼女もそれに応えた。「ぜひあなたに持っていてもらいたいの」抱擁が解かれると彼女は言った。「どうしても今夜、あなたの家に持って帰ってちょうだい。父と私からの贈り物です。女神様にはあなたの守護をしてもらうわ」

「だけど、代金は払わなきゃだめだ」ランは反対した。「お金ならあるんだ、ステファニー、それぐらいは持っているよ」

ステファニーは断固として言った。「お金なら私たちにだってあります。私たちにだってまかなえます。私たちのあいだで、観音様を売り買いする必要はありません。父と私からの贈り物として受けとってほしいの。どうしてもお金のことを言うなら、あれほどの観音像をお迎えするのに、アパートの内装をやりかえなきゃならないときに、私たちがどんなに儲かるか考えてみて」

二人は笑って、腕を組んでエレベーターに向かい、隣の家の応接間にいる父のもとに行った。隣の家とは、店舗側のコン氏のオフィス奥のドアから行き来できるようになっており、ドア一枚隔てた向こうにはコン氏の自宅の書斎があった。

「ここには最重要の富裕な顧客のみ連れて来ます」コン氏が説明した。「ここに置いてあるのは私がいちばん大事にしている逸品ばかりで、すべて売り物としなければなりません。この点は、悲しい決断ですが、成功するためには早い段階で下すことが必要です。美術商か収集家のいずれかでなければならず、両方になることはできません。したがって美術商になるなら、すべての美術品に売値をつけることが必要です。とは言っても、私のもっとも大切な美術品をこうして所蔵できて嬉しいのです。美術品を見たいと言う客がいても、私が気に入らなければここには連れてきません。逸品を見ないのですから、欲しがることはありません。まあ、ちょっとした詐欺行為ではありますが、美しいものを売買するのは私の心を穏やかにしてくれるので、実害のない詐欺だと思っています」

「あなたが女神像の持ち主になってくださって嬉しく思います。贈り物にしたのは彼女の名案でした。うちでお預かりしていましたが、あなたの家に飾られているのを想像すると愉しい。女神像はきっとそこがいいだろうし、あなたも女神像のそばで幸せでいられるでしょう。それが私にも嬉しいのです。それに、ああ——これで娘も難なくそちらに行かせられるはずです。でもね、人間より女神像のほうが扱いやすいですよ。神様は、人間が欲する姿、望む姿でいてくださるが、人間のほうはそうはいきません」

ランは笑い、食堂でステファニーが待っていると執事が告げにくるまで、コン氏の仕事の話やランの本の執筆について二人で軽く話をした。ランは美味しい料理と温かいワインをすっかり満喫して、その晩遅くに暇乞いをした。

雪は止んでいてタクシーはすぐに見つかった。ほんの数時間まえには、彼の腕のなかに確かにステファニーがいたのと同じように女神像を抱えて、後部座席に座った。抱きしめたときに感じたしなやかな体のやわらかさと、彼のキスに応えて、彼女の甘くやさしい唇が自分のそれに押し当てられた感触を喜びとともに思い出した。それはレディ・メアリーと交わした相手に要求するだけのキスとはまったく違うものだった。それは烈しく、身勝手な、互いに自分の欲望を相手によって満たそうとするものだった。自分を満足させるためだけで、相手のことなど考えていなかった。ステファニーのことを思うとそれだけで彼は全身を甘美なものに満たされたが、さりとて愛欲を伴わないものでもなかった。ステファニーとの親密さを思い出して、ランは腰のあたりが火照ってくるのを感じた。

彼はタクシーを停め、アパートまで降り積もったばかりの雪の上をほんの数ブロック歩いて帰った。

「とても美しい木彫りですね」夜勤のドアマンがランの手から女神像を受けとろうと手を伸ばした。

「大丈夫」ランは言った。「自分で持てます。そうしたいんです。大好きな友人にもらったものですから」彼女が自分の腕に抱かれたように、誰かの腕のなかにいると考えるのは耐えられなかった。

家に戻ると、玄関ホールの小さなテーブルの上に女神像を置き、しばらくうっとりとそれを眺めた。それから書斎に行き、ステファニーに電話をした。

「女神様は無事に着いたよ」ステファニーが出ると、彼は言った。

「よかった」

「いまの場所にあると、ほんとうに美しいよ。きっと女神像のためにずっとこの場所を空けて待っていたんだ。絶対に見に来てよ」

「ええ、絶対」

「夕食に来てくれない？　料理はソンがしてくれる。とっても腕がいいんだ。君のお父様にも来ていただいたらどうかな」

「父は行かないと思うわ。ここしばらく体調が悪くて、もう滅多に外出はしないの。とは言っても――」彼女はランをからかって、やさしく笑った。「私はもう大人よ。お目付け役は要りません。お望みなら、私ひとりでうかがいます」

「では、明日」

「そんなにすぐ？　いいわ、明日うかがいます、お望みなら」

「ぜひ。じゃあ、また明日ね」

「ええ、また明日」彼女も繰り返した。「おやすみなさい、ラン」

彼はカチッと静かに電話が切れる音を聞いた。

それからの数か月、二人はほとんど毎晩のように一緒だった。ランの友人たちは喜んでステファニーを自宅に招き、心から打ち解けた。特にリタ・ベンソンはそうだった。ある晩三人で食事をし、ランが帰宅してアパートのドアに鍵を差し込むと、なかで電話が鳴り出すのが聴こえた。ソンが目を覚ます前に電話をとろうと慌てて駆けつけた。

リタだった。「あの娘と早く結婚しなさいよ」彼女はランにそう告げた。「あれほどの美人、ずっとこのままってわけにいきませんよ。うかうかしていると気障《きざ》な男に持っていかれるわよ」

ランは笑った。「リタ、そんな話はしたこともないよ」

「だから――なにを話すの？」リタは怒った声を出した。「まったく男ときたら！　いつも話してばかり。彼女はあなたに惚れてるわ。あの子があなたを見るときの目つき、目が眩んで見えていないって言うわけ？　それに私は彼女が好きよ。私が女性を、特に若くて綺麗な女の子をいいと思うのは珍しいことなの。でもあの子はあなたにぴったりだし、いますぐに動かないともらい損ねるわよ。あなたのお母さんは彼女を気に入った？」

ランはある週末にかけて、母親に会わせるためにステファニーをオハイオに連れて行っていた。「母は彼女のことをとても気に入ったよ」ランは言った。「僕たちが帰った後で、母はあなたと同じことを言いさえしたよ」

「じゃあそれで決まりね——さっさと動きなさい、でないとあなたのお母さんと私が彼女の父親と手を組んで無理にでもあなたたちを結婚させるわよ」

リタは笑って電話を切り、ランはひとり頭を悩ませた。そしてついに、次回会ったときに自分の気持ちについてステファニーと話すことにした。

「だからこそ、私があなたと結婚できないのがわからないの？」

二人は書斎に移り、ソンが運んだ食後のコーヒーとリキュールを楽しんでいた。夕食にはソンがこしらえた美味しい海鮮料理が出された。それはソンの考案した料理で、何種もの貝にタケノコとモヤシを加え、ソンの料理に欠かせないショウガを隠し味にして、ソースで和えたものだった。材料のとりあわせはみごとに成功し、ランとステファニーは二人してソンの料理をほめちぎった。ソンは嬉しさを表そうと、何年も秘蔵してきてニューヨークでは手に入りにくいボトルを開けて、珍しい中国製のリキュールを二人に供した。

その日の午後、ステファニーと公園を散歩しながら、ランは自分の気持ちを詳らかにした。ステファニーは彼の話をすべて聞き、そして言った。「今はこれぐらいにしてもいい？　ディナーを食べながら考えさせてほしいの。食事の後で、またこの話題に戻るのはどうかしら」

彼女は体をすこしずらし、座ったまま身をかがめてランの腕に手をのせた。

「私の気持ちも考えて、尊重してもらわないと困るの。あなたを愛してる。そう言い切れるわ。でもっと大事なことは、あなたに憧れているし、尊敬していることなの。父より尊敬するときもあるわ。あなたの頭脳に感服するし、幅広く多彩なことに興味を持っているのも素晴らしいわ。多分、アメリカ人的な感覚では、こんな自分を無視して結婚したいと思っているの。けれど、中国人の私は、慎重にならなければと思っている」

彼女は座りなおした。二人の目が合ったとき、彼女の目には心の葛藤がはっきりと表れていた。

「あなたの子供のことを考えなきゃならないわ、ラン。もちろん、あなたは沢山息子を持つのよ」

ランは眉をつり上げて、陽気に誇張して彼女をからかった。

「僕はただの種馬と思われているのか、人間ではなくて？」

小さなグラスから甘い液体を一口すると、彼女はしばらく考えてから言った。

「私が言いたかったのは、まさにそれなのよ、ラン。いま、人間として、実に頭脳明晰な人間として、あなたを考えなければならないの。あなたの知力と遺伝子があれば、美しく頭脳明晰な子供たちが生まれることは間違いなくて、あなたはそうすべきなの。知能や文化度の低い人間は、当たり前のこととして生殖を繰り返します。彼らは将来の人口過剰と、結果としての食糧不足やその他についてまったく考えないか、せいぜいかろうじて考えている程度にすぎないのよ。単に生殖が自然の欲求だという理由で、何世代もこのまま続けていくでしょう。一方、知能や文化度のより高い人間社会の構成員たちは、避妊法を用いて人口増加の問題を懸命に制御しようしています。同時に、彼らは自分たちを絶滅させるか、少なくとも既に深刻といえるほどの少数派にしているのです。こういう人間開発の世界的傾向があるからこそ、あなたが沢山息子を持つことが大事だと私には思えるの」

「でも、僕が他の人たちより多少なりとも優れた息子を持つと信じる根拠は見当たらないよ」ランは違和感を隠そうとして笑った。「それに、この議論、方向を変えられないかな？　どうも顕微鏡で観察されてるような気がしてきたよ」

「その発言自体、あなたが問題をありのままに見ていない証拠よ」ステファニーは話を続け、表情は固い決意をうかがわせた。「繁殖ではオスが結果を左右するのはわかりきったことでしょう。優れた牡牛を並みの牝牛と交配させると、優れた仔牛が生まれることは昔から知られています。一方で、優れた牝牛を劣った牡牛と交配させると劣った仔牛が生まれるの」

「だけどステファニー、僕は牡牛じゃないし、君は牝牛じゃない。僕らの子供は牧場で跳ねまわる仔牛じゃないんだ。子供たちはみんな可愛くて優秀な頭脳を持っていて、なんでも思いのままになるだろう。なぜなら僕たちは愛し合っているから。僕を愛していることは否定しないでしょう？」

「ええ、否定しないわ。でも、さっき言ったように、だからこそあなたとは結婚しないってわかってほしいの。もうずっと前に決めたのよ、ラン、私は一生自分の子供は産まない」

「そんなことありえないよ、ステファニー」ランは言った――だが、彼女の表情をみれば、これまで交際してきて、今ほど彼女が真剣なことはないのがわかった。「君は結婚する、僕でなくても誰かと。そして君は可愛い子供たちを産む。その子供たちは、賢い母親をもって、きっと幸運な人生を送るだろう」

彼が愛するようになった、あの何の屈託もない娘の表情は姿を消し、いま彼女は伏し目がちに、女性が愛する男性に向かって魂の奥の苦しみから話すように彼に語った。

「いいえ、ラン」彼女はちょっと声を詰まらせ、果実酒で喉を潤してから、決意を語り続けた。「混血の人間の生来の悲劇は、おそらくその人たちにしかわからないの。私は中国人として育てられました。中国語が母国語です。立ち居振る舞いも服装も中国人、感情も中国人なのです。にもかかわらず、中国人から見れば私はアメリカ人、なぜなら、中国人にとっては私の外見も態度もアメリカ人のようだからなの。彼らの目には、私の骨格や身のこなしは中国人の繊細さに欠けるの。彼らの言うとおりよ。中国人の友人たちと一緒にいるときほど、まわりとの違いを感じることはないわ」

「でもアメリカではそんなこと大した問題じゃないよ、ステファニー」ランは誠実さから眉間に皺を寄せた。

「そこがちがうの、ラン」彼女は顔をあげて、涙で濡れた目で彼を見つめながら語り続けた。「このことで悲しんじゃいけないわ、あなたが悲しいのはわかるけれど、それは短いあいだだけにして、あなたの人生を歩んで行くのよ。私がアメリカに来ようと思ったのは、このことが主な理由のひとつだったの。アメリカでは違うのかどうか、自分の心で確かめたかった。結果は、アメリカも同じだった。ここニューヨークでさえ、もちろんアメリカという広大で美しい国の主要都市のどこでもそうだった。必ずチャイナタウンやラテン区、イタリア人地区、黒人居住区、地上屋、暴動、そういったものすべてが、百年前に終結したとされるあの恐ろしいアメリカの南北戦争がいまだ続くなかで、存在しているんです。それに、唯一の真のアメリカ人、アメリカ・インディアンの窮状を忘れてはならないわ。どんなことも、実際に自分がその物自体になってみないと本当の理解はできないのよ」

「ステファニー、自分を物みたいに言うのはやめて」ランは立ち上がってステファニーに近づき、優しくキスをした。「君は物じゃない。人間の女性だ。何よりも、僕の愛する女性だ」

「だからそうじゃないのよ、ラン。物って言ったのは、悲劇を指して言ったの。なぜなら、ものを考え、理解するのが人間です。いろいろなことを理解すると、自分が存在しないと考えるほうが楽になるときがあるの。いつも優しくしてくれる中国人の友達たちと一緒にいるときほど、自分が中国人ではないと思うことはないし、いつもそれほど優しいわけじゃない西洋人の友達たちと一緒にいるときほど、自分が西洋人ではないと思うことはないの。ラン、私の子供たちは混血児なんです。だから、子供のためっていうより、私のためなの——子供たちが分離の苦しみにあうのが耐えられないの――彼らは存在してはいけないの。そろそろ送ってもらえるかしら、疲れたわ。そして、もうこの話はいっさいやめましょう」

ランは彼女を椅子から起こし、固く抱きしめてキスをした。

「送って行くよ。でも、この話は二度としないって約束はしない。僕の気持ちは決まっているし、断固としてそうする！」

「私だって決めたのよ。そして、私も決意は固いわ。あなたにも承知してもらわないといけないの。それに、この話はもう二度としないって言うこともね。あなたを拒むたびに胸が痛いことをわかってほしいの。なぜってそれは、私自身を拒むことだから」

「ステファニー、僕たち、子供はいなくたっていいんだ」ランは引かなかった。「親のいない子供は世の中に沢山いる。家族がいなきゃいけないなら、養子をもらえばいい。少なくとも僕たちにはお互いがいる」

「あなたの言うことは本当だわ、ラン。そして私の言ったことも真実よ。私は決して子供を持たない。でも、あなたは持つべきよ。そういうわけだから、私たち、納得しておくことが一つあるわ。あなたがほかの誰かを愛して結婚することよ」

ステファニーが軽いスプリングコートを着るのを手伝いながら、ランは深いため息をついた。彼女の蜂蜜色の肌に、淡いイエローが良く似合っていた。

「僕は一生」彼は言った。「他の人は愛せない」

「一生なんて言ってはだめ」ステファニーはそう言いながらドアに向かい、振り返って玄関ホールに飾られた女神像と向き合った。時間の浸食を受けないその顔を彼女は覗き込んだ。「時間がすべて解決してくれるわ、ラン。そのうちわかるでしょう」

女神像はいつもどおり――静かで泰然としていて、寛大な精神が木彫りの繊細な顔のしわの一つひとつに刻まれ、相対している人間の顔に似ていた。

ランはステファニーの後ろに立ち、両肩に手を乗せて、緩やかな曲線をえがいた細い首筋にキスをした。「僕にはあきらめられないんだ、ステファニー」彼は囁いた。

「でも、そうしなければならないのよ、ラン」彼女はなおも言い続けた。女神像から彼の方に向き直り、そっと相手を押しやった。「では家までお願いできるかしら」

「あなたが申し出て娘が断ったって、それはどういうことですか？」コン氏の声には不信感が露わだった。

二人は老人の書斎に座っていた。ステファニーが父親の八十歳の誕生日を祝おうと開いたディナーパーティーに、ランは到着するやいなや、老父に呼び出されたのだ。ランは二晩前に自分のアパートで起こったことを説明した。ステファニーとはそれ以降は会わず、電話で話しただけだったが、そのときも彼女の決意は揺らがなかった。

「そんなに固執するものじゃないわ、ラン」彼女は言った。「あなたは答えを知っているのだから、要求し続けるのは無駄だわ」

ランが話をするあいだに、コン氏は顔色が次第に蒼ざめていき、説明が終わっても長いあいだ無言のままだった。ついに口を開いたとき、言葉は非常に遅く、みるからに多大な労力を要していた。

「そんなことを、あなたに言うような、愚かな娘ではありません。娘のことは私にまかせてください。私から娘に話します……」

彼の声がしだいにかすれ、顔にはまったく血の気が失せていた。ランは立ち上がった。

「誰か人を呼ばなきゃ――どうなっても責任持てない――」

怖ろしいことに、コン氏は立ち上がり、体を揺らせ、突然がくんと膝をついた。その拍子にランの右手を両手で握りしめた。

「君……」彼はとぎれとぎれに言った。「君なんだ。信じられるのは。きっと君が――君が……」

突然、体が崩れ落ち、ランが両腕で受け止めた。

「ステファニー！」彼は大声で叫んだ。「ステファニー――ステファニー！」

ドアが開いて彼女がすばやく入ってきた。父親の傍らに膝をつき、右肘の内側で父親の頭を支えた。恐ろしいほどの静けさのなかで彼女は父の胸に耳を当てた。それから目をあげてランの顔を見た。

「父は亡くなりました」彼女は言った。

その夜彼女を置いていくことがどうしてできただろう？　彼は電話でソンに応援を頼んだ。ソンはランの祖父が亡くなった後の辛い時期を経験していた。ランは、母親に電話したものか二、三分考えて、やめておくことにした。彼女がニューヨーク行きの便に乗ることはわかっていたが、ステファニーの考えを母親に説明する自信が彼にはまだなかった。

「ニューヨークに来いと言うのですか？」ソンは抗議する口調で訊いた。

「そうです」ランはもどかし気に言った。「友達の父親がさっき亡くなったんだ。手を貸してほしい」

「旦那様、マンハッタンには行けません。警察に捕まったらどうなりますか。あなたのお祖父様は決してそんなことは言わなかった」

「ソン、ステファニーさんの父親だ――中国の紳士だ」

「中国人が死んだ？」

「そうなんだ」

「行きます」

相手が受話器を置いたのが聞こえた。そして、ふたたびステファニーの方に向き直った。彼女は、父親の傍らでカーペットにひざまずいていた。父親の頭の下に黄色いサテンのクッションをあてがっていた。そして、手足を揃え、両腕を体の横につけ、足首にかかる紫色の長衣のしわを伸ばした。ランは彼女のそばに寄った。

「ソンが来てくれる。彼に任せよう」

彼女は返事をせず、顔を上げようともしなかった。父親のことをじっと見つめ、泣くことはなかった。ランはかがんで彼女を起こし、そのまま彼女は立ち上がった。

「おいで」彼は言った。「ソンがくるまで、お父さんのそばにいよう。君の召使いを呼ぶか、それとも、ソンが来るまで待っていようか？」

「待って」彼女は言った。「お客さんたちをなんとかしなくちゃ。もうすぐみんなやってくるわ」

ランは黄色のサテン地の長椅子に彼女を導き、二人で隣り合って座った――彼は無言だった。彼女の手をとろうと伸ばした彼の右手が彼女の左手に重なり、そして包み込んだ。やわらかく細い、少女の手だった。

「私を置いていかないで」彼女はそう囁くと、父親からランに視線を移した。

「君を置いてはいかないよ」

二人はそれ以上話さなかった。時間が長く感じられたが、実際はいくらも経たないうちに、ドアが開いた。ソンが立ってこちらを見つめていた。

「ソン、コンさんが――」

「わかっております、旦那様」ソンは言った。「お二人とも、どこか別の部屋に行ってください。あとはすべて私がやります」

「召使いたちがいるわ――」

「ミス・コン、私が見に行きます。どうか、お任せください。大旦那様にしたのと同じことを、すべてお父様にもいたします。どうぞほかでお休みください。すべて私がやります」

「彼がやってくれるよ、ステファニー。さあ、行こう。君は自分の部屋に行く?」

「ひとりでいられないわ」

「僕が隣の部屋にいるよ」

「お店に行きたい」

「お店?」

「そう。父と二人で仕事をしたの。どの作品も、父が好きなところに並べていったの。父がどこかにいるとしたら、あそこだわ。亡くなった人は、その場所からすぐにはいなくならないのよ。はじめは自分が死んだことがわからなくて、いちばん居たいと思う、大切なものがある場所に、しばらくとどまるっていうわ。来て――早く！」

彼女はランを急き立て、手を握り合ったままランが彼女に寄り添って進み、美術品で埋め尽くされた広い部屋に入った。さらに奥へとつながっており、全室照明で明るかった。

「父がいるわ、ラン。いるのがわかる」

ランは煌々と照らされた室内を見回した。コン氏に会えないかと半ば期待したが、彼にはコン氏の存在は感じられなかった。部屋の奥の壁に面して、古色蒼然とした聖餐台が置かれていた。台の中央に小さな黄金の観音像が、紫檀の屛風を背にして飾られていた。観音像の左右に青銅の香炉が置かれており、ステファニーが香を焚くと、馴染みのある白檀の新鮮な香りが立ち込めた。

「父はこの部屋の陳列の仕方をさんざん考えたの」彼女は穏やかに言った。「父はこの部屋がお気に入りで、今もここにいる。父は私に不満なの。亡くなるとき、私に不満だった。父は何を怒っていたの、ラン？」

「君のお父さんは、僕たちに結婚してほしかったんだよ、ステファニー。君も知ってるだろう。そのことをお父さんに訊かれて、本当のことを話したんだ。お父さんに嘘をつく道理はなかったし、あまりにも尊敬していたから」

「私が断ったと知って、それで父は激昂して心臓発作を起こしたんだわ。ああ、ラン、私が父を殺したんだわ」

「それはちがう」ランは片側の壁の真ん中に置かれた心地よさそうな二人掛けの席に、彼女を誘った。ここに座れば、残り三面の壁に上品に配置された美術品を見渡せたからだ。長椅子の背に肘を乗せてステファニーの隣に座り、彼女を正面に見るよう向き直りながら、人差し指で彼女の顎を持ち上げた。

「君のせいじゃない。お父さんは今日で八十歳で、ずっと心臓が悪かった。あのとき発作が起きたのは偶然だったんだ」

「初めて父に逆らったときに発作が起きたのも偶然なの？　私の祖父も同じ病気で亡くなったけれど、九十五歳まで生きていたから、それに比べれば息子は寿命を縮めたわ。私はいつも父の意に沿うように生きて来たけど、でもこの一点だけはできなかった。結婚と母親になることは、女にとっては個人的な問題なの。これだけは自分で決めなければならないのよ。父はほかのことはすべて決めたけれど、今回は果たせなくて、それで逝ってしまった」目に沸きあがった涙が頬にこぼれたが、それでも、彼女は平静さを保っていた。

「けれど、ラン、やっぱり私が正しいわ。父が私に反対だったとしても、そしてもうこの世にいないけれど、私の決断は正しかったの」

「それ以上その話をしたらだめだ、ステファニー。お父さんは君のせいで死んだんじゃない。それをわからなきゃだめだ」

ランはステファニーの右手を両手で包み、長いこと二人で黙って座っていた。暫くしてソンが姿を現した。

「すべて終わりました、若旦那様」ソンはそう告げた。「召使いたちが、連絡する親戚はいないと言っていますので、これですべて終わりました」

「ええ、連絡する人は誰もいません。この広大な国で私たちの知る人のすべてが、今夜ここに来るはずでした。もう今頃は全員の耳に入っているでしょう。あなたを驚かせようと思って言わなかったけれど、あなたのお母様も来ることになっていたの。今ごろ、ニューヨークにいるはずよ」

「さようです、若旦那様」ソンが言った。「お母様が到着されて、知りました。今、旦那様の家で待っておられます」

ランは母親が近くにいることを知って嬉しかった。

「母に電話してくれ、ソン。ここに来てほしいと言ってくれ」

ほどなくして母親が到着した。「本当に残念なことになってしまったわね、ステファニー」彼女は言った。「お父様にお会いするのが楽しみでした。さあ、早くお休みなさい、ラン、あなたもですよ。あなたは家に帰って、私がここでステファニーと一緒にいます」

「僕はステファニーと一緒にいたい」

「だめよ、ラン」ステファニーは淡々としていた。「あなたのお母様のおっしゃるとおりよ。すべきことはすべて済んだのよ。今は、休まなくては。私もそうするわ。鎮静剤を持っているの」

アパートまで主人に付き添ったソンは、戻ると湯船に湯を張り、書斎に飲み物を運んで、その晩は部屋に下がった。

ランはデスクに向かって座ったまま眠りに落ち、母親が翌朝戻ってくるまで、曲げた両腕に頭を乗せたままでいた。だんだん意識が覚めてくるにつれ、ひどく疲れていることだけははっきりわかった。目を開いて、向かいに母親が心地よさそうな椅子に座っているのを見たときは一瞬びっくりしたが、そのうち彼の中で昨夜の出来事の記憶が蘇ってきた。

「ああ、お母さん、ステファニーは？」母親の表情を見て、彼の声はしだいに小さくなり、ついに黙った。

「ラン、気を強く持つのよ」母親の声は重々しかった。「何事にも、道理があることを覚えておかねばなりません。お父様が、死を予期したときにおっしゃったことを思い出さなくてはならないわ」

彼の声には恐れが露わだった。「お母さん、一体何を言ってるの？」

「ステファニーが亡くなりました」

彼は耳を疑い母親を見つめていたが、遂に腕に顔を埋めた。事態を悟るにつれて、号泣に肩を震わせながら。

「息子さんは良くなりますよ、ミセス・コルファックス」医者は彼女にそう告げた。ランの嗚咽が止まないのを見て母親が呼んだのだ。「鎮静剤を投与しましたから、あとはよく休ませてください。数時間も眠ればあとはもう大丈夫です。彼はまだ若い。悲しみも難なく乗り超えていくでしょう」

「僕にはステファニーがなぜそうしたのかがわかるんだよ、お母さん。鎮静剤の誤った過量摂取なんてなかった──それはもういいことにしよう。書き置きもなかった──でも僕にはわかっていて、彼女もそれを承知のうえだった。彼女は異人種間に生まれたことで、いつも居場所がないと感じていた。そのせいで僕との結婚さえ拒んだんだ。彼女は子供を産むことを望まなかった。なぜなら、子供たちも混血になるからだ。自分が絶望的な状況にいると思って、彼女がカプセルをいくつか余計に飲み込んだのは間違いない。実際、彼女のなかには抜き難くアジア的なものがあって、自分にできる唯一の行動に踏み切ることは、恥でも何でもなかったのだろう」

「とにかく自分で生きる道を見いだすこと、そこまでこぎつけなきゃならない。僕が思い描いていた人生はどうしようもなく変わってしまった。昨日と同じ今日はなく、人生は無常だ。思い描いていた未来はもはやない。だから、新たに創りださなければならないんだ」

ランは目の前のデスクに置かれたカップのコーヒーを一口飲んだ。

ステファニーと彼女の父親の死から二週間経つと、ランは毎朝母親と書斎でもう一杯コーヒーを飲むようになっていた。二人は、あれこれの出来事を時には何時間でも話し合い、偶然の出来事がたがいに絡み合って人生を織りなすことに思いを馳せた。コン氏とその愛娘は希望どおり火葬に付された。中国では共産主義体制が継続していて、遺体を祖国に帰すことができなかったからだ。ランはコン氏の全財産を受け継いだ。むろん遺言によって、ステファニーの夫がランでなかった場合も、ステファニーが一生困らないようにしてあったが、彼女も亡くなった今、相続人限定はなくなった。

「ここ数週間、お母さんにいてもらえて嬉しいよ。お母さんがいなければ、はたして切り抜けられたかどうかわからない。毎朝ゆっくり話せたおかげで、将来に向かって手探りで進み出せたんだ」

母親はカップをデスクの上の受皿に戻すと、窓の外を見るために立ち上がった。

「あなたの役に立てたなら嬉しいわ。この不幸があってからずっと、自分がまるで役に立たないと感じていたのよ。ステファニーのことはほとんど知らなかったし、お父様のことは存じ上げなかったし、あなたのことも、今まで本当はわかっていなかったような気がするの。あなたが自分の考えを整理するのを横で聞いてあげていることで、なんらかの役に立てたのなら、私の至らなさも、捨てたものでもない気がするわ。あなたのお父様は、あなたが特別な能力の持ち主だと感じていらしたの。私も、いつだってあなたの才能を信奉していたんじゃないかと思うわ。そして、あなたが自分を見つけるのを待っていたのよ。この悲しみが、あなたにそうさせたのかもしれない」

「僕には、人生で究極的に目指すものが何かがわからない。コン家の財産はすべて、立ち上げた財団の基金にした。目的は多岐に渡っているが、シンプルだ。世界中の混血の人々の置かれている絶望的な状況の解消を趣旨としている。いつの日か、恐らく五、六百年後にはこの問題自体がなくなるだろうが、今現在は存在している」

「この世界はいよいよ小さな世界になり、もはや人間を人種や肌の色で判断し続けることはできなくなっている。過去一世紀のあいだに、時代遅れの移動手段で何か月もかかってアメリカ大陸を横断していたのを、時間を削減して、その結果として距離も縮まり、数週間、数日間に短縮させ今では数時間で行けるようになった。移動方式の高速化がさらに進めば、間違いなくそうなるが、僕たちは一歩も動かずに目的地に着けるようになる。少数人種の集団の一員に甘んじることなく、みんなが全体の、人類という一つの人種の一員になることなんだ」

「戦争は男たちを世界中に送り出し、人種が混合し、未来の人が形成され始めている。世界中の人々が、この未来の人との出会いを受け入れ、感謝を抱くまでになるように、誰かが働きかけねばならない。僕自身、韓国の街頭でそういう人たちを何人も見たが、実際、ひどく痛ましい状況にある。誰もが彼らが存在しなければよかったと思っているが、現に存在し、これからも存在し続け、その数は増え続けるだろう。この人たちをありのままに認めて、彼らの直面する重い責任を僕たちは共有して行かなくてはならないんだ。僕にはコン財団による援助の形態がまだ具体的にはわからないけれど、つきとめてみせるよ。ジョージ・ピアスとリタ・ベンソン、それにドナルド・シャープが設立時の理事就任に同意した。この人たちと協力して、役員同様に重要な財団の職員を採用する。そして、混血の人たちがどこにいようと会いに行き、この人たちが社会の役に立つ市民になるのを援助する努力を惜しまないつもりだ」

「世界中で有名人たちが混血の人々の将来に心をくだいているのを知れば、おそらく世間の人たちも反省し、ひいては世界を変えられるだろう。そうすれば、財団の設立趣意書に謳われたことが実現できたことになる」

「あなたはどうなの、ラン?」母親は窓の外に目を向けたまま訊ねた。その瞳は涙で滲み、頬は涙で濡れていた。彼女はこの子を通して学び、成長する自分に気づくことが最近よくあった。「あなたはどうするつもり?」

「僕自身のこと? 正直本当のところはわからないんだ。今は、この大事な仕事をなんとかしなきゃならない。書くことは続けるよ、もちろん。僕は物書きだから。この先誰かと結婚するのか、――選択肢として、ほかにどんな人生があるのか、今はこの大仕事をやり遂げること以外に何も考えられない。決めなきゃならないことは山ほどある。一つ一つ、先走らず、必要なときに判断すればいいと思う。これまで、人生はひょっとして僕に多くを教えすぎた気がする。その結果、僕は必要以上に、そして自分で望む以上に賢くなった。僕は自分の子供には知識を押しつけはしまい。賢すぎるのは健全じゃない。知識は人を世間ばかりか賢明な人々からも孤立させるので、知りすぎることが不安になる。毎日が本の一頁だと思って、丁寧に、隅々まで味わって読むのが一番いいと思う。僕はまだ人生の春で、夏がくるのを待ち望んでいる。秋もまたよいものだろう。そして、僕をずっと悩ませてきたあの好奇心というやつを携えて、人生の終わりに向かうだろう。いつか、この地上の生命全体を振り返るとき、それは自分の全存在の一頁にすぎないものであるかのように、僕の目に映じるだろう。そのとき僕は、同じ渇望に促されて、さらにその先を知ろうとするだろう。人間が知り得ない理由によって、その先に真理が存在するという確信を得ようとするだろう。おそらくそれこそ――永遠の探求心こそが、人間のすべての営為の根源なのだ」

訳者あとがき

原書は *The Eternal Wonder*（2013）、パール・S・バックの遺作である。発見されたときにはニューヨーク・タイムズ紙上で大々的に報じられた。出版に至る経緯は、養子エドガー・ウォルシュ氏による本書の序文に詳しい。

パール・バックは、その作品中最もよく知られた『大地』（*The Good Earth*, 1931）でピューリッツア賞（一九三二）、のちに中国の農民を描いた一連の作品および両親それぞれの伝記に対してアメリカの女性作家初のノーベル文学賞（一九三八年）を受賞した。

その後、顧みられなくなっていたが、二〇〇四年秋、全米で一千三百万の視聴者を有するオプラ・ウィンフリーのブック・クラブに『大地』が推挙され、ベストセラーリストに返り咲いた。二〇一〇年にはヒラリー・スパーリングによるバックの伝記 *Pearl Buck in China, A Journey to the Good Earth*（2010）、アンチー・ミンのバックの伝記的小説 *Pearl of China*（2010）が相次いで出版された。バックの評伝作家のピーター・コン元ペンシルベニア大学教授によれば、中国系アメリカ人作家のマキシーン・ホン・キングストンは、バックを西洋の文学においてアジアの声で語った最初の作家として賞賛している。また近年、刘海平や姚君伟、郭英剣などの中国人研究者の間でバック再評価の動きが進んでいると言う。社会の動乱を背景として、個人の苦難を描くパール・バックの物語の系譜は、文化大革命や、種々の政治運動のもとに設定されたユン・チアンの『ワイルド・スワン』、アンチー・ミンの『レッド・アゼレア』、ノーベル文学賞作家高行健の『霊山』に代表される中国小説に受け継がれている(マイク・マイヤー、「東洋の真珠」、*New York Times Book Review* (March 6, 2006)。

一九七二年九月、余命半年のバックはバーモント州の病院で本書を執筆した。序文にあるように、作品の不完全さはやむをえないものと思われる。作者がもう少し長く生きていたら、作品を読み返し、全体のバランスを見直して手を入れていたであろう。作品の冒頭部分は殊に繰り返しが多く、訳者の判断で修正をおこなった。

『終わりなき探求』は、ひとりの才能ある子の誕生から彼が志を立てるまでの遍歴の物語である。主人公のランは、幼少より並外れた知能を発揮し、十二歳で大学入試に合格する。三年生のときに、慕っていた心理学の教授にハラスメントを受け、大学を離れひとり旅に出る。故郷オハイオを出てニューヨークに渡ったランは、ブルックリン在住の母方の祖父を訪ねる。中国で七年間医学を研究したという祖父は、孫の創造的な資質を見抜き、自分探しの旅に送り出す。英国への航海の途上で貴族の未亡人と知り合い、彼女によって性の目覚めを経験する。十七歳の夏にランはパリで米中混血の娘ステファニーとその父親に出会うが、父娘と数奇な縁で結ばれることになる。時を経ずして兵役で韓国に赴いたランは、軍部の腐敗の実態をもとに小説を著し一躍ベストセラー作家となる。ニューヨークに凱旋し、再会したステファニーと恋におちるが、ふたりには思いがけない運命が待ち受けていた。現状に混乱しつつも、ランは母親に促されるままに未来に目を向けようとし、また来し方を振り返る。いまだ人生の春を生きる主人公の心情に、終わりの近い著者の心境を重ねるように、エピローグでは人生の終章の後に真理があるという著者の確信が明かされている。

シカゴ・トリビューン紙のインタビューでウォルシュ氏は、*The Eternal Wonder* はある意味でバックの隠された自伝であるとしている。バックはどの作品にも自身の分身が登場すると言っているが、特に自伝的要素が顕著なものに『この心の誇り』（*This Proud Heart*, 1938）、『他の神々』（*Other Gods*, 1940）、『正午の鐘』（*The Time is Noon*, 1967）、短編で "The Woman Who Was Changed"（1979）が挙げられる。本書には、これらの作品に共通する告白小説的な趣はない。むしろ、作家の身辺の動静が彼女にペンをとらせたと考えるほうが自然であろう。最晩年の著者は公私ともに気の休まることがなかった。

一九七二年のニクソンの訪中の折、バックはこれを中国に帰還する最後の機会と捉えた。彼女はジャーナリストとして同行するべくあらゆる手を尽くした。だが亡くなる九か月前、中国政府は入国ビザを拒否し、バックが長年にわたり新中国の人民と党指導部を歪曲して伝え、誹謗中傷したため許可できないと通達した（一九六九年に発表した *The Three Daughters of Madame Liang* は文革の惨禍を正確に描いている）。バックはこの一か月後、八十歳の誕生日の直後に肺がんと診断され、バーモント州の病院に入院する。

この頃、バックのヒューマニタリアンとしての事業も危機に揺らいでいた。一九六四年、バックは自身の財団を立ち上げた。米国における、アジア人とアメリカ人の戦争孤児、混血児救済の草分けである。開設当時バックは、私財をはたいて死ぬ前にやらねばならぬ事業にやっと着手したと友人に書き送っている。ところが一九六九年、バックが心血を注いで経営にあたってきたパール・バック財団は、内部スキャンダルによって崩壊寸前の態であった。会長のテッド・ハリスが寄付金横領などの疑いでマスコミのはげしい追及を受けて辞任し、ペンシルベニア州の社会福祉局より財団の「業務一時停止命令」が言い渡され、七十七歳のバックは三十年以上暮らしたフィラデルフィアを去ることになる。世間の非難をよそにバックはハリス氏を擁護する立場を貫き、彼を伴い終焉の地バーモント州ダンビーに退いている。

一九七三年三月六日、バックの逝去に際しニクソン大統領が弔文を寄せ、翌日のニューヨーク・タイムズ紙は一面の訃報、文学の評価、そして社説の三つの記事を掲載した。

その死から一年後、バーモント州ラットランド郡の陪審員は、バックの遺言を無効と判断した。

遺言書作成当時、バックが財団経営者ハリス氏の不当な影響および詐欺行為により遺言書にサインさせられたという事由による。バックの養子らは事実上、相続権を破棄されていた。ちなみにこの後、裁判は六年間争われ、一九七九年に遺族側がバックの遺産を取り戻した。

八十歳でこの世を去るまで、アメリカ社会においてバックの公的地位は揺るぎないものであった。だが自らの選択した結果ではあったが、私生活は穏かな晩年と言うには程遠い。自分の病気を知っていたバックが物語る終わりなき探求とは、作者のなかに最終的に残った価値だろう。

翻訳に関して東京女子大学名誉教授北條文緒氏から貴重な助言を得た。また国書刊行会の中川原徹氏には適切な助言を受け刊行まで導いていただいた。両氏に厚くお礼を申し上げる。

戸田章子

二〇一九年　九月五日

訳者略歴
戸田章子（とだ あきこ）
　1963年東京に生まれる。上智大学外国語学部英語学科出身。米国 Merck & Co., Inc. の日本法人 MSD 株式会社に同時通訳者として勤務した後、現在公益財団法人原田積善会に勤務。
　訳書に、ローレンス・ヴァン・デル・ポスト『ある国にて――南アフリカ物語』（みすず書房、2015年）

終《お》わりなき探求《たんきゅう》

2019年10月1日　初版第1刷発行

著者　パール・S・バック
訳者　戸田章子
発行者　佐藤今朝夫
発行所　株式会社国書刊行会
〒174-0056　東京都板橋区志村1-13-15
TEL 03（5970）7421　FAX 03（5970）7427
https://www.kokusho.co.jp
印刷・製本　三松堂株式会社
装幀　真志田桐子

ISBN 978-4-336-06368-7
©Akiko Toda, 2019 ©Kokushokankokai Inc., 2019. Printed in Japan
定価はカバーに表示されています。落丁本・乱丁本はお取り替えいたします。
本書の無断転写（コピー）は著作権法上の例外を除き、禁じられています。